自鞏洛舟行入
黃河卽事寄府縣僚友

공현의 낙수에서 배로 황하로 들어가며
즉흥시를 지어 부현의 벗들에게 부치다

강물 낀 푸른 산 뱃길은 동쪽을 향하고
동남쪽 사이 활짝 열려 드넓은 황하로 통하네
겨울 나무는 먼 하늘 끝에 닿아 희미하고
석양은 물결 속에서 사라져 간다

來水蒼山路向東
東南山豁大河通
寒樹依微遠天外
夕陽明滅亂流中

鬼眼

귀안

귀안 1
현우 퓨전 무협 소설

초판 1쇄 찍은 날 § 2005년 6월 8일
초판 1쇄 펴낸 날 § 2005년 6월 18일

지은이 § 현우
펴낸이 § 서경석

편집장 § 문혜영
편집책임 § 최하나
편집 § 장상수 · 서지현

펴낸곳 § 도서출판 청어람
등록번호 § 제1081-1-89호
등록일자 § 1999. 5. 31
어람번호 § 제2-0616호

주소 § 경기도 부천시 원미구 심곡1동 350-1 남성B/D 3F (우) 420-011
전화 § 032-656-4452 팩스 § 032-656-4453
http://www.chungeoram.com
E-mail § eoram99@chollian.net

ⓒ 현우, 2005

ISBN 89-5831-578-4 04810
ISBN 89-5831-577-6 (세트)

鬼眼
현우 퓨전 무협 소설
FusionOrientalHeroes
귀안 1 ■ 혼돈(混沌)
도서출판
청어람

목차

드리는 글

초등학교 시절, 난 황순원의 '소나기'를 읽고 생각했다.

녀석이 그녀를 죽인 것이구나. 나쁜 놈.

중학교 시절, 난 프랜시스 버넷의 '소공녀'를 일본 애니메이션이 아닌 책으로 보면서 생각했다.

만화가 더 재밌었구나.

고등학교 시절, 나름대로 문학적 소양을 가진 지식인의 범주에서 놀아보고자 사무엘 베케트의 '고도를 기다리며'를 읽고 나서 생각했다.

도무지 무슨 소린지…….

돌이켜 보면 내게 있어서 '김용'만한 걸작은 다시없었던 듯싶다.

이른바 타율학습 시간을 쪼개 남아들의 장쾌한 서사시에 동화되어 언제 들이닥칠지 모를 선생님의 행보를 예의주시하며 조심스레 책장을 넘기던 손맛은 십 수 년이 지난 지금도 여전히 짜릿한 전율로 남아 있다.

당연하게도 당시 신성한 학당에서 무협소설을 읽고자 했던 나의 불순한(?) 모험들은 대부분 성공하지 못했다. 은사께서는 용돈 쪼개가며 어렵사리 구입한 책을 무참히 찢어버리며 미래는 대학을 가야 비로소 있는 것이고, 이런 책이야말로 너의 미래를 망치는 것이라 훈계를 하셨다.

나의 미래는 아직 진행형이기에 감히 확신할 수 없다.

그러나 나는 분수에 맞는 대학에 진학했으며, 열심히 공부했고, 졸업 후 경제 활동에 동참하며 수천만 소비자의 한 사람으로서 대한민국의 경제 발전에 작은 기여를 하고 있다고 자부하는 사람이 되어 있으니 선생님의 우려는 아직까지는 기우에 불과했다고 말할 수 있다.

그리고 여전히…

한적한 주말 오후의 내 손엔 무협과 판타지가 들려 있다.

나는 고색창연한 검 한 자루를 들고 중원천하를 누비며 거대한 바스타드 소드를 들고 사악한 마룡을 처단하는 통쾌함을 그곳에서 맛본다.

무협과 판타지는 치열한 삶 속에서 잠시 비켜서, 가장 여유로운 시간에 가장 친근하게 만날 수 있는 나의 가장 은밀한 친구인 셈이다.

이제 나는 내 마음대로 재단하며 수, 졸을 판단하던 건방진 독자의 입장에서 준엄한 법의 심판을 받는 죄인의 심정으로 이곳에 서고 말았다.

삶을 통찰하는 순간의 깨달음도, 5년 안에 10억을 만들 수 있는 마법 같은 이야기도 없지만 나의 졸작 『귀안』이 화장실에 앉아 도무지 소식없는 그 녀석을 기다리는 데 조금이나마 무료함을 덜어줄 수 있다면, 나아가 졸작을 통해 말하고자 하는 바를 독자님 중 한 명에게라도 전달할 수 있다면 나의 이번 모험은 성공작이라 자축할 것이다.

숱한 우여곡절 속, 번번이 무너지려던 못난 글쟁이에게 격려를 아끼지 않으셨던 독자제현과 모자란 글에 장르문학상 은상이라는 무한한 영광을 주신 고무판 회원님들과 운영진을 비롯한 금강 선생님, 그리고 도서출판 청어람의 아티스트 유리님과 절세미녀 하나 씨에게 깊이 감사드리며 독자제현이 내내 건강하시기를 마지막으로 소망하는 것으로 글을 맺는다.

　　　　　—따가운 햇볕이 내리쬐는 봄날, 빛 고을에서 현우 드림.

삶을 관통하는 저주 앞에, 시작부터 호의적이지 않던 삶을 두고 밀고 밀리는 공방전에 지칠 대로 지쳐 버린 육신은 나의 명령을 배반한다. 발끝에서 시작된, 기분이 나빠질 정도의 서늘한 한기가 요추를 거쳐 경추, 뒤통수에 이르러 다시 심장을 압박하여 삶의 마감을 강요하지만.

나는 그럴 수 없다.

깨어나 다시 볼 세상은 여전히 호의적이지 않고 모진 삶을 강요할 것이나, 그럼에도 일어나야 한다.

일어서라.

아아… 제발 일어서라, 눈꺼풀이여.

넨장맞을 근육들아! 제발 좀 움직이란 말이다!

그 순간 화살처럼 들이닥치는 햇살이 망막을 두들겨 댔다.

　머리 속에서 거대한 폭발이 일어나 세상이 새하얀 불꽃들로 맹렬하게 타올랐지만, 나는 다시 눈을 감는다거나 눈 주위의 근육들을 조종하여 찡그리는 등의 짓을 하진 않을 것이다.

　좀 더 즐길 것이다.

　명백한 삶의 증거들을 두고.

　크크크, 난 충분히 즐길 것이다.

하얗게 달구어진 세상의 빛과 더불어 찾아든 안통(眼痛)이 슬슬 사라지는가 싶더니 차츰 윤곽을 드러내는 풍경.

풍경이랄 것도 없다. 구름 한 점 없는 높디높은 하늘뿐이었다.

진, 그의 입가에 모호한 미소가 걸려들었다. 패배자를 발밑에 두고 그를 비웃을 때나 어울릴 법한, 삶의 막바지로 몰아붙이는 운명의 저주 앞에 보란 듯이 일어서며 날리는 그런 종류의 미소였다.

그때다.

부스럭!

신체의 각 기관은 새로운 위험 신호에 빠르게 반응했고 늘어져 있던 근육들은 바짝 긴장하기 시작했다. 벌떡 일어나 되는대로 집어 든 것은 발치에 떨어져 있던 검은 쇠뭉치였다.

여전히 부스럭대는 덤불. 이윽고 모습을 드러낸 것은 작은 도토리를 들고 갈팡질팡하는 앙증맞은 다람쥐였다.

진은 피식 웃어버렸다.

한 줌도 안 되는 다람쥐 때문에 이토록 긴장을 하다니. 그간 겪었던 심상치 않은 일들 때문이었을 것이다.

'가, 가만……'

심상치 않았다는 것은 분명하거늘 정확히 무슨 일이었는지가 명확하지 않다.

그것은 분명히 누군가에게 얻어맞았는데 때린 놈이 누군지 도저히 모르는 상황처럼 찜찜하고 개운치 않은 것이었다.

그러고 보니 몸에 맞지 않은 옷을 입은 것처럼 낯설고 불편하다.

진은 불안한 눈초리로 주위를 훑었다.

깊은 계곡이다. 위로는 깎아지르는 절벽이고 주위는 비 개인 후로 싱그럽고 탱탱하게 일어선 초목들뿐이다.

'내가 왜 여기에……'

진은 머리를 감싸 쥐었다. 과거를 기억하는 데는 하등 쓸데없는 짓이었으나 본인에게는 간절한 바람이 담긴 행동인 것이다.

그러다 문득.

'뭐, 뭐지, 이게?'

진은 쥐고 있는 익숙하면서도 낯선, 모순적인 느낌을 전해오는 쇳덩이를 새삼스레 쳐다봤다.

맞다! 권총이라는 놈이다.

'베레타 사, 92FS 반자동권총, 9미리 파라블럼탄, 장탄수 15발.'

진의 얼굴이 찌푸려졌다. 어째서 자신이 이 쇳덩이의 재원을 이리 자세히 알고 있는 것일까. 게다가 이 서늘한 쇳덩이가 왜 이리 포근하난 말이다.

그런데 더 이상한 것이 있었다.

'뭐가 이렇게 커?'

그의 기억 속 베레타 권총은 이리 크지 않았다. 권총이 그동안 영양 보충을 해서 훌쩍 자라난 것이 아닐까 하는 터무니없는 생각이 꽤나 설득력을 가질 만큼 거대한 권총이었다.

'이건 또 뭐가 이렇게 작아?'

권총을 쥐고 있는 하얀 손. 마디가 보이지 않을 정도로 도톰한 살이 올라 있는 작은 손이 보인 것이다.

자신의 손이 이리 작았던가. 이리 연약한 살로 뒤덮인 형편없는 약골의 손이었던가.

아니다. 기억 속에 있는 자신의 손은 소위 솥뚜껑에 비견되는 용량을 자랑하지는 않았지만 살쩌 뒤뚱거리며 날아다니는 파리도 잡지 못할 이따위 비리비리한 손은 아니었다.

그리고 보니 권총이 훌쩍 자라난 것이 아니라 권총을 쥐고 있는 손이 너무 작은 것이었다.

그렇다면 권총을 쥐고 있는, 곰 발바닥마냥 보드란 살이 덮여 있는 이 쪼끄만 손은 누구의 것인가.

꼼지락.

사고는 대뇌를 자극하고 대뇌피질은 신경 체계를 통해 신체 각부에 명령을 내렸다. 그러므로 남의 것으로 짐작되는 이 작은 손은 여기에 전혀 반응하지 말아야 한다.

그런데 움직인다!

우연일 수 있다.

어쩌다 타이밍이 절묘하게 맞아떨어진 게다.

도리질을 쳐보기도 하고, 뒤통수를 툭툭 쳐보는 등의 정신을 차리기 위한 일련의 행동을 시연한 후, 다시.

꼼지락.

"……!"

그래, 또 우연이다. 가끔, 아주 가끔이지만 우연은 겹쳐 오기도 한다.

다시.

꼼지락!

"이런 쑵……!"

진은 가슴에서 우러나오는 욕지거리를 마저 내뱉지 못하고 두 손으로 급히 입을 틀어막았다. 그의 목구멍에서 나온 목소리건만 작고 하얀 손처럼 생소한 목소리.

"아아~"

행여 극심한 스트레스로 인해 목소리가 쉬어버린 것이 아닌가 하여 몇 번이나 목소리를 가다듬어 보지만 역시 쉬어버린 칼칼한 목소리와는 거리가 먼 앳된 목소리만이 흘러나올 뿐이었다.

무슨 일인가. 도대체 무슨 일이 일어난 것인가.

불안하게 흔들리는 진의 눈길이 우연히 하늘에 닿을 듯 솟아 있는 절벽의 끝을 향했다.

"저곳은?"

주위의 풍경들처럼 하늘 모르고 솟아오른 기암괴석의 봉우리는 도무지 생소하기만 했다.

그럼에도 절벽은 가슴을 꿰뚫고 가는 섬뜩함과 아랫배를 묵지하게

압박하여 배뇨의 충동을 이끌어내는 빌어먹을 요기를 선사해 주고 있
었다.

　진은 안다. 그것은 분명히 죽음이었다.

　오감을 통해 전해져 오는 삶의 생생한 증언들이 명백하건만, 죽음이
느껴진다.

　저곳에서 무슨 일이 있었다.

　분명히…….

그곳에 있었던 일

쏴아아!

천지를 두드려 대는 세찬 폭우. 깊은 산은 구성지게 울어댄다.

"헉, 헉, 헉."

살을 도려낼 듯한 거친 폭우 속. 걸레쪽 같은 가죽 옷을 걸친 아이가 거친 수풀 속을 힘겹게 헤쳐 나가고 있었다.

나뭇가지와 날카로운 풀잎에 스쳐 생채기가 가득한 아이. 오랜 여정에서 비롯된 피로가 겹겹이 쌓여 있으나 커다란 눈망울에는 여전한 총기가 가득한 아이다.

번쩍!

우르르릉! 쾅!

지척에서 벼락이 내리친 게다.

찰나간, 대낮처럼 밝아진 사위. 칠흑 같은 검은 머리카락 밑으로 유난히 희기만 한 눈자위 안에는 서로 다른 자(紫), 녹(綠)의 눈동자가 불안하게 흔들렸다.

아이는 재빨리, 그러나 조용히 수풀 속으로 몸을 가라앉혔다.

번쩍!

쿠르르릉 쾅!

다시 한 번 세상을 두드리는 천둥. 그야말로 눈 깜짝할 사이에 스치고 가버린 빛이었지만 아이는 분명히 보았다.

십 장 밖 덤불 속에 숨어 사방을 향해 날카로운 눈을 빛내고 있는 사내들. 비까지 오는 야심한 산중에서 저 짓들을 하고 있을 사람이란 장장 삼 개월 동안 자신을 뒤쫓던 그자들밖에 없는 것이다.

일 장.

차 한 잔 마실, 결코 짧지 않은 시간 동안 아이가 왔던 길을 다시 되짚어간 거리였다. 아이의 연배에 어울리지 않은 극도의 신중함이되 먹이에게 접근하는 맹수와도 같은 은밀함이었다.

부스럭!

기겁하는 아이. 삼 장여 떨어진 오른쪽 수풀이 불쑥 솟아오른 것이다. 그러나 그 상황에서 비명이나 지르며 산통을 깰 만큼 아이는 어리석지 않았다.

아이는 입을 틀어막으며 습지 깊숙이 더욱 침잠되어 갔다.

온몸에 덤불을 뒤집어쓴 채 갑자기 솟아난 자, 지금까지의 삶이 그리 간단치만은 않았다는 것을 보여주는 험악한 인상의 사내였다. 험악한 인상이 뒷간 가다 붙들려 온 마냥 초조하게 일그러져 더욱 가관을 만들어내고 있다.

곧이어 어림잡아 대여섯 곳의 수풀들이 솟아났다. 역시나 앞선 사내와 같은 복장의 사내들이되 앞을 가로막고 있는 사내들까지 합친다면 아이가 파악한 사내들보다 배나 많은 숫자였다.

험악한 인상의 사내의 입이 여간해서는 알아채지 못할 만큼 미세하게 떨렸다. 전음입밀의 수법, 사내의 수준을 여실히 보여주는 장면인 것이다.

다른 사내들 역시 대답 대신 굳은 얼굴로 고개를 끄덕일 따름이니, 그들이 주고받는 대화를 아이로서는 알 길이 없었다.

이내 사내들의 기척이 차츰 멀어져 갔다. 아마도 잠복을 포기하고 재수색을 명령한 모양이었지만 아이는 움직이지 않았다. 호흡을 죽이고 손가락도 꼼지락대지 않았으며 눈동자마저도 굴리지 않았다.

그렇게 송장 아닌 송장 상태로 덤불 속에 숨어 있기를 한 시진.

아이는 눈을 슬그머니 뜨고 호흡을 살렸으며 손발을 조금씩 움직이는가 싶더니 덤불 속에서 슬그머니 몸을 일으켰다.

사위는 여전히 기세를 올리며 대지를 두드려 대는 빗줄기의 소음 외에는 아무것도 들리지 않았으며 아무런 기척도 느껴지지 않았다.

비로소 안도의 한숨을 내쉬고 막 한 발을 떼려던 그때!

아이의 등 뒤로 거대한 그림자가 서서히 일어나기 시작했다.

태양선교(太陽禪敎) 포교원(布敎院) 음양대(陰陽隊) 대주 함철원 또한 움직이지 않았던 것이다.

그는 알고 있었다. 본단의 생포하라는 명을 받고 지난 삼 개월 동안 추적하던 마수족(魔獸族)의 마지막 후예가 이 얕은 습지 어딘가에 분명히 숨어 있다는 사실을. 그리고 무림에서 웬만큼 깐죽댄다는 녀석들은 한주먹 거리로도 치지 않을 경지의 무인인 자신조차 감지하지 못할 만큼 기척을 숨기는 탁월한 재주가 있는 꼬맹이지만 결국은 움직일 것이라는 것을.

그래서 기다렸다. 귀식대법을 극한으로 시전한 채 세찬 폭우를 온몸으로 감당하면서 체온이 급속도로 내려가 이러다 내가 죽게 생겼다, 는 노파심에 요기가 오금을 저리게 할 때까지도 꼼짝하지 않고 기다렸다.

제까짓 게 움직여야지 별수있나? 쪼끄만 꼬맹이 놈이. 제 놈도 먹고 싸고 해야지 언제까지나 이 음습한 습지에서 웅크리고 있을 수가 있겠는가?

없었던 게다. 아이는 마침내 움직였고, 움직였다 싶은 순간 정확한 위치를 파악하여 귀식대법을 풀고 일어난 것이다.

함철원은 흉흉한 미소를 입가에 매단 채 아이의 등 뒤로 슬그머니 다가섰다. 이제 이 손만 뻗으면 지랄 맞던 삼 개월간의 개고생이 마감되는 것이다.

뚜둑!

'넨장할······.'

잔가지 부러지는 소리에 아이의 고개가 휙 돌려졌다. 함철원은 낭패한 표정으로 자신의 발밑을 일별하고는 아이에게 고개를 돌려 씨익 웃어 보였다.

나는 나쁜 사람이 아니다. 건량과 건포만 씹으며 이 빌어먹을 산에서 일주일간이나 너를 추적했으니 당연히 약간의 짜증이 나긴 했지만 너를 해할 의도는 쥐새끼 발톱의 때만큼도 없으니 너는 안심해도 된다.

대충 이런 의도를 담아 보낸 미소였으나 타고난 험악한 인상과 지난 삼 개월의 피로가 고스란히 담겨 있는 그의 얼굴이 이런 의사를 전달해 주리라 믿는 것 자체가 헛짓거리인 셈이었다.

아이도 마주 웃었다. 웃었다 싶더니 몸을 팽 돌려 냅다 내달리기 시작했다.

"이런!"

함철원이 몸을 날려 아이를 덮쳐 나갔다. 그러나 아이는 덮쳐 오는 함철원을 가히 날다람쥐를 방불케 하는 민첩한 몸놀림으로 수월하게 피해 버렸다.

일류무인의 그것을 한참이나 넘어선 자신이 고작 꼬마의 몸놀림을 따라가지 못했음에도 함철원의 입가에는 비릿한 미소가 걸렸다.

"지금이다!"

그 순간 아이에게 몇 개의 그물망이 덮쳐들더니 그중 하나가 정확히 아이를 감싸 안았다. 나름의 한 수를 준비해 놓고 있었던 게다.

아이는 발버둥 쳤으나 그럴수록 그물망은 더욱 옥죄어올 뿐이었다.

"되었다!"

함철원과 음양대 수하들은 환호했다. 아이를 잡은 것으로 무슨 특별한 혜택이나 상을 받는 것은 아니었지만, 적어도 이 재밌는 세상 더 살아볼 수 있는 기회를 가지게 되었으니 그것만으로도 이들은 충분히 행복했던 것이다.

"어서 자루에 담… 어?"

커다랗게 걸려 있던 웃음은 순식간에 사라지고 하얗게 질려 버리는 함철원이다. 그가 받은 명령은 온전히 아이를 생포해 오라는 내용이었다. 한데, 그물에 걸려든 아이는 어디에서 다쳤는지 피를 흥건히 흘려대고 있었으니 당황하지 않을 수 없었던 것이다.

"좆됐다!"

함철원은 서둘러 그물을 헤치고 아이의 상태를 살피려 했다.

그 순간!

"크와앙!"

죽은 듯 누워 있던 아이가 고양이의 울부짖음 같은 묘한 괴성을 지르며 함철원에게 달려들었다. 실상 아이가 흘린 피는 식량으로 지니고 있던 복분자 즙이 와중에 흘러나온 것이었다.

놀란 함철원은 반사적으로 칼을 빼 얼굴을 틀어막았는데, 아이는 제 속도를 이기지 못하고 함철원의 칼에 어깨를 베여 굴러 떨어져 버리고 말았다.

거동하기 어려워 보일 정도로 제법 크게 벌어진 상처, 그럼에도 아이는 통증조차 느끼지 못한 듯 후다닥 일어서 날카로운 눈으로 함철원들을 쏘아보기 시작했다.

아니다. 그저 성난 눈길이라고 보기엔 뭔가 이상하다.

도깨비불처럼 일렁이는 자녹의 안광, 입술을 비집고 나온 날카로운 송곳니, 어느새 길게 자라난 손톱. 아이는 흡사 궁지에 몰려 머리끝까지 화가 난 살쾡이와 같은 모습으로 변해 있는 것이었다.

"뭐……?"

아이는 함철원에게 다시 달려들 듯 자세를 잔뜩 낮추며 으르렁댔다. 함철원과 그의 수하들은 어찌해야 할지 몰라 칼을 치켜든 채 부들부들 떨고만 있을 따름이었다.

손톱만큼이라도 흠집을 냈다간 껍질을 홀랑 벗겨 똥물에 튀겨 버릴 거라던 포교원 집령사자의 엄포 따위는 머리 속에 한 자도 틀어박히지 않을 만큼, 변해 버린 아이의 모습은 가히 충격적이었던 것이다.

멍해져 있는 함철원들의 눈치를 살피며 낮게 으르렁대는 것을 멈추지 않은 채 슬슬 뒤로 빠지기 시작하는 아이. 이내 그대로 몸을 돌려 수풀 속으로 내달리기 시작했다.

“대, 대주! 아이가 도망갑니다!”

비로소 정신을 번뜩 차린 함철원, 칼을 던져 버리고 목청껏 외쳤다.

“젠장할! 다들 칼 버려!”

이제야 집령사자의 협박이 생각난 게다.

함철원과 그의 수하들이 신법을 놀려 수풀 속으로 뛰어들었다.

손까지 이용해 네 발로 뛰던 아이는 엉거주춤 일어서는가 싶더니 다시금 두 발로 뛰기 시작했다.

그것과 동시에 귀신불처럼 빛나던 자녹안도 서서히 옅어져 갔고, 날카롭게 자라난 송곳니와 손톱도 슬며시 제자리를 찾아 들어갔다.

“헉헉헉.”

움켜쥔 왼팔은 온통 피 범벅. 그렇지 않아도 시체마냥 하얗기만 하던 아이의 얼굴은 간혹 비치던 핏기마저 사라졌으니 걸어다니는 송장이라 해야 옳을 지경이었다.

“저쪽이다!”

잠시 나무를 짚고 숨을 고르던 아이는 멀지 않은 뒤쪽에서 사내들의 목소리가 들리자 다시 뛰기 시작했다.

그러기를 한참 후.

아이는 갑자기 멈춰 섰다.

휘이이잉.

쏟아지는 폭우 속에서 더욱 피어나는 운무, 밑으로 끝없이 펼쳐진 만장단애(萬丈斷崖).

길이 끊긴 것이다.

그럼에도 아이의 입가에는 활짝 밝은 미소가 피어났다.

더 이상의 도주를 불가능하게 하는 끊긴 길이 아니다. 오히려 험난했던 긴 여정이 비로소 막바지임을 알려주는 것이기에 안도하는 것이다.

이곳이 바로 목적지다.

단 한 번도 와본 적이 없지만 꿈에서 수없이 봐왔던 그곳, 그들 부족의 성지(聖地)다.

마수족(魔獸族).

사람들은 아이의 부족들을 이리 불렀다. 바깥 세상에는 관심도 없었고, 그들에게 피해를 준 일도 없이 깊은 산에서 자급자족하며 평화롭게 살았던 자신의 부족. 그러나 바깥 세상 사람들은 부족에게 매우 관심이 많았던 모양이다.

그들은 아이의 가족과 친구들을 악마의 자식이라 했다.

잘못 알고 있는 거다.

악마라는 사람은 일평생 한 번도 본 적도 없거니와, 자신을 비롯해 아버지도 아버지가 따로 있었고, 친구들도 자신과 다를 바가 없었으니 바깥 사람들이 부족 모두를 악마의 자식이라고 한 것은 명백히 잘못된 거다.

그러나 그 사람들에게는 이러한 설명이 도무지 먹히지가 않았다. 아니, 설명할 기회조차 주지 않았다.

그들은 짐승을 사냥할 적에나 쓰는 커다란 칼과 활로 다짜고짜 가족과 부족들을 사냥하기 시작했던 것이다. 용맹한 부족의 전사들이 매번 힘겹게 물리쳐 냈으나 언제부턴가 나타난 인두겁을 쓴 괴물들로 인해 부족의 전사들마저 속절없이 쓰러져 나갔다.

결국, 호랑이도 맨손으로 때려잡는 부족 최고의 전사 울라타이마저 그 괴물들의 칼 아래 쓰러지고 말았다.

울라타이는 부족의 족장이었다. 그리고 아이의 아비이기도 했다.

울라타이는 인두겁을 쓴 괴물들을 강호인이라 불렀다.

"아들아, 너는 저들에게 잡혀서는 안 된다. 그들은 너를 악마로 만들려 한다. 너는 물론 우리 부족은 마귀가 아니다. 위대한 마이뉴족의 마지막 후예. 너는 우리 일족의 긍지를 지켜야 한다. 앙그라 부마이로 가거라. 위대한 일족의 영혼은 위대한 앙그라 마이뉴만이 받아줄 수 있다. 가거라."

그때서야 아이는 알게 됐다.

자신의 부족은 자신을 지키기 위해 죽어갔다는 것을··· 강호인이라는 괴물들이 진정 노리는 것은 자신이라는 것을······.

자신을 붙잡아서 구체적으로 뭘 하려 하는지는 모른다. 빼앗겨서는 안 된다는 것만이 분명했을 뿐이다.

지킬 수 없다면 인멸해야 한다.

영신(靈神) 앙그라 마이뉴의 신령이 깃든 이곳, 앙그라 부마이에 그의 영혼을 내던지는 것만이 인멸의 유일한 길인 것이다.

아무도, 누구도 마이뉴족의 영혼을 더럽힐 수 없는 이곳에서······.

"이, 이봐, 꼬마야. 아저씨가 교자 사줄게. 이리 온?"

어느새 뒤쫓아온 함철원과 음양대 수하들은 얼굴이 하얗게 질린 채 아이에게 손짓했다. 아이는 그들을 향해 천천히 돌아섰다.

"그렇지! 그렇게 무서운 곳에 서 있지 말고 이리 오련? 배고프지? 이거 봐라. 말린 말고기야. 어때? 맛있겠지?"

함철원은 육포를 씹으며 맛있어 죽겠다는 표정을 지어 보였다.

아이가 희미하게 웃었다. 함철원의 꼴이 우습다는 것인지, 포기를 할 수 밖에 없는 상황에서의 자조적인 웃음인지 애매하기는 했지만 왠지 편안해 보이는 미소였다.

육포를 들고 호들갑을 떨던 함철원도 터무니없이 큰 미소로 마주했다. 그러나 함철원의 미소는 순식간에 탈색되어 버렸다.

눈을 지그시 감아버린 아이가 두 팔을 활짝 펼치더니 낭떠러지를 향해 몸을 기울이기 시작한 것이다.

"안 돼!"

함철원이 기겁하며 잽싸게 몸을 날렸다.

턱!

함철원은 겨우 아이의 팔을 낚아챌 수 있었다. 그러나 함철원마저 절벽에서 위태하게 자라 있는 나뭇가지에 겨우 한쪽 발이 걸쳐져 있는 위험한 상황. 함철원은 절벽을 오르려 했으나 빗물을 잔뜩 머금은 절벽은 쉽게 바스러져 버렸고 상황은 점점 위태해질 뿐이었다.

함철원 손에 잡혀 축 늘어져 있던 아이의 고개가 서서히 들어올려졌다.

이윽고 번뜩이는 자녹안.

"헉!"

함철원은 조금 전의 기억에 놀라 순간 아이의 손을 놓치고 말았다. 번뜩 정신을 차린 함철원이 다시 아이의 손을 잡아채려 했지만 아이는 끝이 보이지 않은 계곡 밑으로 이미 모습을 감춘 후였다.

비로소 몸을 추스를 수 있었던 함철원이 힘없이 절벽 위로 올라서자, 기대에 찬 눈빛을 반짝이는 수하들이 그를 잡아 올렸다.

"대, 대주, 그 아이는……."

함철원은 한숨을 포옥 내쉬며 아직도 세찬 빗줄기를 퍼붓고 있는 하늘을 물끄러미 올려다볼 따름이다.

"오늘부로 쌍박힌다. 하늘님조차 찾지 못할 곳으로……."

수하들의 고개가 떨구어졌다.

과연 교단의 손이 미치지 못할 곳이 중원 천지 어디에 있을까?

그들이 한 달 후에도 살아 있다면 그때부터는 그야말로 덤으로 얻은 인생일 것이다.

아이의 주변으로 수천, 수만의 물방울이 머물러 있다.

시간이 정지한 것처럼 비현실적인 장면이나, 이것은 오히려 지독히도 냉정한 현실의 단면이기도 했다.

아이가 깊은 계곡으로 떨어지는 속도와 맹렬하게 쏟아지는 빗줄기의 속도가 같았기에 오직 아이만이 볼 수 있는 장면인 것이다.

'아빠… 무서워.'

태어날 적부터 위대한 전사라는 마이뉴족의 후예라 할지라도 아이의 나이 이제 열 살. 이 어린 소년에게 당면한 현실은 너무나 가혹한 것이었다.

아이는 두 눈을 꼭 감았다. 급격히 가까워지는 세찬 계곡 물줄기를 더 이상 볼 용기가 없었던 탓이다.

그때!

기기기깅!

계곡의 저 아래, 요요로운 기운이 응집되기 시작했다.

'뭘까, 저건?'

탕녀의 음부처럼, 악마가 깨어나 들어올리는 눈꺼풀처럼 서서히 갈라져 가는 공간. 마침내 활짝 벌어진 공간에는 지독한 요기와 함께 칠흑의 어둠이 소용돌이 치고 있었다.

아이는 이 기괴한 장면을 마지막으로 눈에 담은 채 바닥으로 곤두박질쳤다.

지독한 두통.

분명치도 않은 흐릿한 영상과 기억이라 규정지을 수 없는 모호한 실체가 머리를 뒤흔들었다. 어떻게든 끄집어내려 했으나 그때마다 엄습하는 통증이 머리 속을 뒤집어엎는다.

"니, 니기미!"

그것은 맞지 않은 옷을 입은 것처럼, 지금의 생소하고 낯선 몸처럼 낯설고 이질적인 것이었다.

"단지 꿈인가?"

그럴 것이다. 누구나 하룻밤에도 대여섯 가지의 꿈을 꾸지만 모든 꿈을 기억하는 이는 없다 했다. 기껏해야 깨어나기 전에 꾸었던 마지막 꿈 정도, 그나마 이마저 잊어버리는 경우가 대부분이라 했다.

그런 것이리라. 직접 체험하지 않은 꿈은, 머리 속 세상에서만 일어나는 꿈은 기억을 되짚는다 해서 쉽사리 떠오르는 것이 아닌 것이다.

그럼에도 개운치가 않다.

진은 계곡의 물줄기에 머리를 처박았다. 여전히 지끈거리는 두통이 해소될까 해서다.

"푸우."

세차게 머리를 흔들어 물기를 털어내더니 이내 세차게 흐르는 계곡의 물줄기로 망연한 시선을 뿌리는 진이었다.

간밤에 비가 왔던 모양. 물이 불어난 계곡의 가장자리에선 거센 물살이 수석(水石)에 막혀 갈 길을 찾지 못하고 작은 소용돌이를 만들어 내고 있었다.

“……!”

두근!

그 순간 심장을 관통하고 지나가는 충격적인 영상!

칠흑의 어둠에 휩싸여 아무것도 볼 수 없었던 긴 터널.

그곳은…….

맞다. 시공을 가르는 균열의 틈. 진은 시간을 연결하는 공간에 들어섰고, 그 후 찬란한 빛 속에서 유독 검기만 한 터널에 들어섰다.

시공 균열의 틈?

이 무슨 뚱딴지 같은 소린가. 시간을 연결하는 터널이라고? 무슨 어린애 장난 같은 헛소리냔 말이다!

두근!

수챗구멍에서 딸려 나오는 오물처럼 작게 뽑아져 나온 하나의 기억은 이어지는 거대한 기억을 매달고 올라왔다.

“하, 한진회.”

그렇다. 한진회다. 그놈들을 잡으러 어린애 장난 같은 짓거리라 치부하면서도 몸을 실었다.

그런데 왜?

한진회라니, 섬마을 청년 조합 같은 촌스럽기 짝이 없는 한진회라니.

기억의 다짐.

터널에 한 발을 내디딜 때마다 한 덩어리씩 헝클어져 가는 기억을 추스르려 입술을 깨물었다. 그토록 노력을 했건만, 대체 그토록 기억하려 했던 다짐이 무엇인가.

진은 발치에 떨어져 있는 소도(小刀)를 집어 들었다.

묵직한 검. 권총처럼 친숙하고 포근한 느낌이 전해져 온다.

스르룽.

눈부시도록 찬란한 백광. 그리고 이내 드러나는 선명한 음각.

"세… 영지한(細英之恨)!"

여린 꽃의 한? 아니다.

세영… 세영?

진의 눈에 습기가 자욱하게 배어들었다.

세영…….

그의 삶의 이유, 그의 가슴속 깊이 각인된 따뜻한 존재, 사랑하는 아내 김세영. 바로 그녀의 이름인 것이다.

자녹의 귀광(鬼光)을 발하던 진의 눈이 활화산처럼 타오르기 시작했다.

"한 · 진 · 회!"

세영의 영혼을 짓밟은 자들.

하나뿐인 혈육을 구천에 떠돌게 한 자들.

더불어 자신의 소박한 꿈마저 더럽힌 자들.

엉망으로 뒤엉킨 기억을 되돌리자 엄청난 두통이 앞을 가로막고 섰다.

그러나 포기할 수 없다.

알아야 한다.

어디서부터, 무엇이 잘못된 것인지······.

이 생소한 육신은 무엇이며, 어째서 이런 모습으로 이곳에 있는 것인지 생각해 내야 한다.

"······!"

그렇다!

그날부터다.

언젠가부터 장마가 끝난 뒤 어김없이 찾아오곤 했던 게릴라성 폭우가 세상을 집어삼킬 듯 쏟아져 내린 날.

가진 모든 것을 하루아침에 잃어버리고 하늘을 저주하는 것 외에는 아무것도 할 수 없게 만든 한 남자를 남겨놓은······.

그 빌어먹을 날부터다!

제2장

그 빌어먹을 날

콰콰콰콰콰광!

푸슉! 쾅! 쿠과광!

퉁퉁퉁! 콰과과과광!

세상을 뒤집어엎는 폭음과 불꽃.

인간의 목구멍을 긁고 터져 나오는 섬뜩한 비명 소리는 혼조차 달아나게 하는 엄청난 폭음에 저만치 밀려 조연으로 전락한 지 오래다.

현진.

삶은 시작부터가 그에게 그다지 호의적이지 않았다.

일곱 살 겨울, 엄동설한에 어린 동생과 단둘만 남겨질 때부터 편견으로 가득한 세상과 번번이 이완되려는 자신과 싸우며 치열하게 살아왔다.

구렁텅이로 몰아붙이려는 괴팍한 삶은 결국 그를 어쩌지 못했다.

젖동냥으로 키운 동생은 누구나 부러워하는 번듯한 직장을 가졌고, 자신은 아름답고 착한 아내를 얻었으며, 얼마 전에는 아빠가 된다는 소식도 들었다. 해코지를 하려 안달하는 심술쟁이 인생에게 보기 좋게 한 방 먹인 것이다.

그러나 너무나 철저하게 깨져 버린 운명의 여신은 아직도 포기하지 않은 모양이었다.

30분 전, 브리핑에서 들은 임무는 80kg이 조금 넘는 목재 상자를 회수하라는 통상적인 내용이었다. 내용물에 대해서는 누구 하나 알려주는 이가 없었고 관심도 없었다.

육군특수전여단 대테러특임대 아라한 팀.

그리 생산적인 직업이라고는 할 수 없지만, 시키는 것만 잘하면 월급 체불 한 번 없는 고마운 직장이었기에 팀원 누구도 회수할 물건에 대해서 관심을 가지지 않았다.

그러나 늘 그렇듯 사전 준비만은 철저했다.

그런 줄로만 알았다.

믿음과 약속은 깨지기 마련이라던가.

빌어먹을 책상물림들.

3차원 그래픽씩이나 돌려가며 브리핑받았던 이곳 양만댐 지하의 구조는 보고 들은 것과는 전혀 달랐던 것이다.

300평이 조금 넘는 저장 창고라고? 씽씽 단란주점 미스 김 생각하다 흥분하면 똘똘이가 낄 정도로 천장이 낮은 곳이니 보폭에 주의하라고?

진은 물끄러미 천장을 올려다보았다. 족히 10미터는 되는 높이였다.

뭐가 껴?

피식, 웃고 마는 진이다.

흰소리를 늘어놓던 작전처장의 안면을 뭉개놓고 싶다는 충동도 잠시, 다산을 상징한다던 거대한 귀두석(龜頭石)이 생각난 탓이었다.

이 작은 댐의 구조에 대한 설계도가 의도적으로 왜곡되어 있음을 이번 작전을 지휘하는 지휘부는 몰랐고, 당연히 진의 아라한 팀도 알지 못했다.

기껏해야 발전기나 보일러 시설 정도가 들어서 있을 줄 알았던 저장창고는 축구장 세 개 면적은 되는 거대한 벙커였던 것이다.

그러나 이 사실을 알고 있었던 사람들이 있었다.

까닭 모를 분노의 창끝을 진의 아라한 팀에게 겨누고 있는 바로 그들이다.

그들은 충분히 준비된 채로 아라한 팀을 기다리고 있었다.

결국 아라한 팀은 입을 벌리고 먹이를 기다리는 악어의 아가리 속을 제 발로 걸어 들어간 꼴이었다.

아라한 팀은 필사적으로 저항을 했으나 압도적인 화력의 열세를 극복할 길은 없었다.

매복에 걸린 후 이제 5분, 죽음의 전주곡 같던 엄청난 폭음은 서서히 잦아들고 있었다.

동료들은 뿔뿔이 흩어져 버렸고, 무전기로 불러보아도 아무도 응답하는 이가 없었다. 진입 전, 지시된 무선 침묵을 아직까지 풀지 않고 있거나 응답하지 못할 상황임이 틀림없었다.

그 상황이란 현재로선 비관적일 수밖에 없었다.

전투보병차라니…….

대체 저걸 어떻게 이곳에 가지고 들어왔을까?

20톤짜리 저 덩치를 어떻게 이 벙커에 가지고 들어왔는지도 궁금했

지만, 미친 들소처럼 발광하던 전투보병차 한 대가 맥없이 주저앉아 있
는 이유 또한 궁금하지 않을 수 없었다.

지금의 소강 상태도, 의외의 상황에 적들이 당황한 탓일 것이다.

진은 기관단총의 탄창을 빼 남은 탄약을 확인했다. 이제 마지막 탄
약이다. 이것마저 떨어지면 전투보병차를 상대로 권총이나 갈겨야 할
것이고, 권총탄마저 모두 소모하면 돌멩이라도 던져야 할 판이었다.

'이쑤시개로 코끼리를 찔러 죽이는 게 쉽지.'

치이익.

무선 침묵을 해제한 진의 무전기에서 날카로운 접속음이 흘러나왔
다.

─삐이. 알파! 알파! 상황 보고하라! 상황 보고 하라!

일부 대원의 방탄헬멧에 달린 소형 카메라가 부서져 버린 모양인지
지휘부는 지금의 상황을 아직 모르는 듯했다.

상황? 궁금하면 직접 와서 보시던가.

진은 방탄헬멧에 장착된 마이크 내장 헤드셋을 신경질적으로 뽑아
던져 버렸다.

그 순간!

숨죽이며 접근하는 인기척.

카라락!

털썩.

UMP-45 특유의 총성이 울림과 동시에 콘크리트 기둥 옆으로 무너
지는 인영(人影). 적병이다!

콰과과과광!

동시에 기다렸다는 듯 엄청난 총탄의 폭풍이 진의 주위로 덮쳤다.

그러나 진은 이미 그곳을 빠져나와 바로 옆의 거대한 기둥 뒤로 몸을 숨긴 후였다.

총탄의 폭풍이 잠잠해지고 잠시 후.

진은 슬며시 고개를 내밀어 적의 동태를 살펴보려다 흠칫 놀라고 만다.

기둥 옆에 비스듬히 쓰러져 있는 아담한 체구. 왼쪽 어깨가 통째로 날아간 참혹한 시체였다. 검은 방탄헬멧에 검은 두건, 그리고 검은 군복. 적병의 군복과는 확연히 구분되는 모습이었다.

시체를 알아본 진의 눈이 깊이 가라앉았다.

'채연아⋯⋯.'

아라한 팀의 홍일점인 탓에 그리 잘난 외모가 아님에도 추앙받았던 송채연 중사. 조금 전까지만 해도 자신은 낮은 천장에 낄 대가리(?)가 없으니 이번 작전에는 그야말로 적임자라며 짓궂은 농지기를 그럴싸하게 받아냈던 그녀다.

생사를 확인할 필요는 없었다. 상반신의 절반이 없어지고 이마 앞부분까지 수박처럼 깨져 나간 상태로 살 수 있는 인간이란 없을지니.

진은 그녀의 오른손에 꼭 쥐어진 소총 한 자루를 슬며시 끄집어 당겼다. 매끈하고 육중한 몸매를 자랑하는 MSG90A1 반자동 저격소총이다.

소총의 5발들이 탄창은 꼭 차 있었다. 600미터 밖에 있는 담뱃갑의 배에 구멍을 내놓는 여단 최고 명사수인 송채연 중사였건만 단 한 발도 쏘지 못하고 당한 모양이었다.

아라한 팀은 모두가 저격 교육을 이수했다. 그 누가 되었든 상황과 여건에 따라 저격수가 될 수 있는 것이다. 진은 탄창을 다시 끼워 넣고 장전했다.

송채연 중사의 얼굴에 손수건을 덮어주려는 순간이다.

쾅! 쾅!

느닷없이 전방에서 울려 퍼진 두 발의 총성.

진의 옆으로 두 명의 병사가 맥없이 널브러진 것도 동시의 일이었다. 배후로 돌아 들어온 적병이 더 있었던 것이다.

진은 놀라 총성이 울린 곳으로 총부리를 돌렸다.

"살아 계셨습니까?"

반가운 음성. 새까만 위장크림 위로 허연 먼지가 엉겨 붙어 귀신같은 얼굴이 무너진 콘크리트 더미 위로 쓰윽 올라왔다.

당최 본바탕을 알 수 없을 정도로 엉망인 몰골이지만 진은 단번에 그가 누구인지 알아보았다.

"하보그!"

또 다른 아라한 팀원, 하철수 하사다.

190㎝가 넘는 키에 엄청난 근육질 몸매, 특히 터미네이터를 닮았다 하여 성과 사이보그의 합성어인 '하보그'로 통하고 있는 그다.

동시에 여기저기서 모습을 드러내는 검은 군복의 사내들.

팀 내 최고 연장자인 최만덕 상사와 팀장 박봉구 소령, 그리고 얼굴을 잔뜩 찌푸린 채 복부를 움켜쥐고 힘들어하는 김석재 중사도 보였다.

"이것뿐인가?"

덤덤하기 이를 데 없는 박봉구 소령의 음성. 그러나 눈빛 너머 내재된 분노를 숨기지는 못했다.

오 년을 하루같이, 때로는 가족으로, 또는 전우로 지내왔던 열세 명의 동료들이 오 분 만에 다섯만이 남아 있는 현실.

냉정을 잃지 않아야 하는 지휘관임에 분노를 표출하지 못하고 있는 게다.

"퇴로는 차단됐습니다. 후위를 맡았던 찰리 팀도……."

"그 애들은 우리보다 더 힘들었을 겁니다."

최만덕 상사가 말끝을 흐리자 박봉구 소령이 여전히 덤덤한 음성으로 마무리를 지었다.

이 난리가 났는데도 아직까지 뒤가 조용하다는 것. 퇴로 확보와 화력지원을 맡은 찰리 팀도 아라한 팀의 사정과 다르지 않다는 의미였다. 아니, 저쪽은 이미 전멸했을지도 모를 일이다.

"자, 장갑차 하나는 잡았는데, 헉헉, 하, 하나는 실패했습니다."

김석재 중사가 핏물을 계속해서 게워내면서도 입을 열었다. 예상대로 팀 내 폭파 전문가인 김석재 중사가 전투보병차 한 대를 주저앉힌 것이었다. 하지만 남은 한 대를 파괴하는 것은 실패한 모양. 그 과정에서 입은 부상은 심각해 보였다.

냉정을 찾으려 무던히도 애쓰는 모습의 박봉구 소령이 조용히 고개를 끄덕였다.

"기관총에 장갑차라니… 결국 제대로 된 정보는 하나도 없었군요."

하철수 하사는 기가 차는지 피식 웃어버렸다.

잘못된 장소에, 잘못된 무기를 들고, 잘못된 시간에 들어서 죽기만 바라고 있는 심정이 기쁠 리가 없기에 작위적인 웃음이다. 그들이 이곳에 들어오기로 마음먹은 순간, 이미 실패가 보장된 작전이었던 셈이다.

이번 작전의 실패로 군은 중대한 경험을 얻게 될 터지만 본보기가 될 아라한 팀으로서는 전혀 반갑지 않은 현실이었다.

"뭡니까?"

원망이 가득한 진의 시선이 박봉구 소령에게 쏟아졌다.

이따위 엉터리 정보를 가지고 전우들을 잃으면서까지 무리하게 회수해야 하는 물건의 정체가 뭐냐는 질문이다.

"……."

박봉구 소령은 눈을 지그시 감을 뿐 굳게 닫힌 입술은 열릴 기미가 보이지 않았다.

"중요한 물건이겠죠. 채연이, 진국이, 고 소위와 김 상사, 그리고 최 중위의 목숨보다 충분히 가치가 있는 것이니 죽어 나자빠지는 순간에도 자신들이 목숨을 바쳐 회수해야 하는 물건이 무엇인지는 절대로 알아서는 안 되는… 그런 것이겠죠."

비아냥거림이 섞인 진의 물음에도 눈을 감고 묵묵히 듣고만 있던 박봉구 소령의 눈이 불현듯 매섭게 뜨여졌다.

"우리는 군인이다. 명령을 받으면 그 명령을 수행하도록 훈련을 받은 군인이다. 그것 외에는 아무것도 중요하지 않아!"

군인이 생각이 많으면 나라가 어지러워진다는 자신의 지론을 신봉하는 그다. 즉, 알고는 있으되 말해 줄 수는 없으며 알려고도 하지 말라는 의미였다.

"어련~하시겠소."

"움직입니다!"

진과 박봉구 소령의 신경전을 끊어놓는 최만덕 상사의 경호성. 동시에 장갑차의 무한궤도가 시멘트 바닥을 긁어대는 거북한 소음이 울려 퍼지기 시작했다.

최만덕 상사가 10미터가량을 낮은 포복으로 빠르게 전진하더니 전방을 조심스럽게 살폈다. 이윽고 박봉구 소령을 향해 손가락을 몇 차례 펼쳐 보이는 최만덕 상사.

박봉구 소령이 최만덕 상사의 손짓을 보며 읊조렸다.

"장갑차 한 량, 보병 삼십 명 이상, 기관총 두 정. 총공세다."

"마무리를 하겠다는 의지군. 조또, 이제 뒈질 일만 남았네."

하철수 하사는 욕지거리를 뱉어내며 신경질적으로 K-7 소음 기관단총을 장전했다. 지금쯤 지원 팀이 투입되고는 있을 터이지만 그들이 도착할 때까지 살아남을 것이라는 기대는 아무도 하지 않았다.

묘하게도 기대가 사라지니 죽음에 대한 공포가 사라지고 참을 수 없는 분노가 솟구쳐 올랐다.

"내가 막는다. 어차피 잠시 동안이겠지만… 너는 퇴로를 뚫어라."

진은 저격소총을 들고 최만덕 상사가 있는 곳으로 뛰어갔다.

어찌 되었든 가만히 앉아서 죽기를 기다릴 수는 없는 노릇. 임무는 이미 실패했지만 비명에 간 전우들에 대한 혈채는 받아내야 했다.

최만덕 상사가 엄폐해 있는 콘크리트 더미 옆으로 뛰어든 진은 심호흡을 가다듬으며 저격소총을 장전하고 조준했다.

잠시의 정적.

투앙!

뭉툭한 총성의 여음이 채 가시기도 전에 전망창으로 머리를 내밀고 있던 전투보병차의 조종수 머리가 수박처럼 터져 나갔다.

'아직 모른다?'

반격탄은 날아오지 않았다. 요란한 엔진 소리와 무한궤도의 거친 소음이 조종수의 죽음을 가려 버린 모양이었다.

다시 한 번 저격소총에서 불꽃이 튀었고, 이번에는 차장 해치를 열고 기관총을 잡고 있던 차장의 머리가 부서지며 전투보병차 안으로 미끄러져 들어갔다.

이제야 이쪽에 저격수가 있다는 사실을 안 모양. 전투보병차 양옆에 바짝 붙어 다가오던 적병들이 황급히 엎드리며 고함을 질러대기 시작했다.

저격수 한 명이 중대급 보병의 발목을 잡아놓을 수 있다는 교리는 이번에도 틀리지 않은 것이다.

그 사실을 확실히 주지시키기 위해서는 한 명의 희생자가 더 필요했다. 망원렌즈의 십자망에 슬그머니 얼굴을 들어올리는 병사의 얼굴이 들어왔다.

투앙!

병사의 왼쪽 눈에 7.62미리 탄이 파고들어 가 뇌수를 감고 뒤통수로 터져 나오는 모습이 망원렌즈를 통해 슬로비디오처럼 선명하게 비춰졌다.

머리가 부서지는 적병의 모습이 너무 어려 보인다는 점이 적지 않은 마음의 부담이었으나 전장에서 감상은 금물이다. 어린아이라도 총을 들었다면 사람을 죽일 수 있고, 나와 동료가 살기 위해서라면 죽여야 하는 곳이 전쟁터인 것이다.

진이 최만덕 상사를 보며 고개를 끄덕였다. 자리를 바꿀 때가 됐다는 의사다. 저격수의 위치 변동은 극도로 위험한 행동이지만 생존을 위해서는 반드시 필요한 일이기도 했다.

―칙. 1차 위치 확보!

비로소 무선 침묵을 깬 최만덕 상사의 무전기에서 나직한 기계음이 흘러나왔다. 후방에는 아직 적이 없다는 의미다.

콰광!

최만덕 상사와 진이 낮은 포복으로 빠져나가자마자 그들이 있던 자리에서 폭발이 일어났다.

지나치게 정밀한 단 한 발의 포격. 어디쯤으로 가늠해 무작위로 퍼붓는 사격이 아니었다.

"젠장!"

적들은 열감시 장비까지 가지고 있었던 모양. 이렇게 되면 확실한 엄폐물 없는 은폐는 더 이상 의미가 없다.

"앞만 보고 달려요!"

최만덕 상사의 외침이 없더라도 진은 이미 달리고 있었다.

핑! 핑! 핑!

귓바퀴 언저리로 소총탄이 스치고 가는 파공음에 오금이 저린다. 간혹 오랜지색 긴 꼬리를 매달고 공기를 가르는 예광탄의 줄기를 볼 땐 당장이라도 총탄이 뒤통수를 파고들 것만 같았다.

"지원! 지원!"

진의 외침이 있기 전부터 박봉구 소령과 하철수 하사가 자리한 위치에서는 불꽃이 터져 나오고 있었다. 마구 갈겨대는 것처럼 보이지만 실제로 적병들은 수숫단처럼 무너졌다. 58식 돌격소총으로 무장한 정규군을 상대로 기관단총의 빈약한 무장의 대테러특임대는 뛰어난 사격술로 아슬아슬한 힘의 균형을 맞추고 있는 것이었다. 그나마 운전병과 차장을 잃은 전투장갑차가 더 이상 제 역할을 하지 못하기 때문에 가능한 일이었다.

빗발치는 총탄을 피해 잠시 기둥에 숨어 숨을 돌리던 진과 최만덕 상사. 크게 숨을 들이마신 후 다시 뛰어나가려는 순간.

핑!

최만덕 상사가 동상처럼 굳어져 버렸다. 그는 불신이 담긴 눈으로 자신의 배를 쳐다보면서 서서히 무너져 내렸다.

진은 넘어지는 최만덕 상사를 받쳐 들었다.

"최 상사님!"

총탄은 방탄조끼마저 깨끗하게 관통해 버렸다.

"쿨럭쿨럭, 컥, 커억……. 제, 젠장."

핏물이 하의를 적시는 속도만큼이나 최만덕 상사의 혈색은 급속히 창백해져 갔다.

최만덕 상사가 손을 힘없이 휘휘 저었다. 먼저 가라는 뜻이다.

"엄살 피우지 마세요. 살갗이 조금 벗겨진 것뿐입니다. 아까제끼 바르고 호오 불면 금방 나을 겁니다."

두고 갈 수는 없었다.

어제만 해도 아들이 서울대학에 특차 입학했다며 거한 회식 자리를 갖고 행복해하던 소박한 남자가 최만덕이다. 고아인 진에게 언제나 사람 좋은 얼굴로 형처럼, 아버지처럼 챙겨주던 최만덕 상사. 7년을 이어 왔던 인연의 끈을 이렇게 쉽게 놓아버릴 수는 없는 일이었다.

진은 최만덕 상사의 양팔을 잡고 들쳐 업었다. 아니, 들쳐 업으려 했다.

피비빙.

콘크리트 바닥에 어지럽게 튀기는 작은 불꽃들.

진은 옆구리에 불에 덴 것 같은 극렬한 통증을 느끼며 앞으로 고꾸라져 버렸다. 최만덕 상사에게 집중된 몇 발의 총탄 중 한 발이 그의 허벅지를 관통하고도 진의 옆구리를 길게 찢고 지나간 것이다.

더 이상 최만덕 상사에게서 숨결이 느껴지지 않았다.

"이런 씨발! 그만 쏴라! 그만 좀 쏘란 말이다!"

쏘지 말라면서도 정작 진은 기관단총을 갈겨댔다.

한 명당 정확히 세 발. 그의 사격술은 냉정을 잃지 않았으나 눈에는 광기가 가득 차 올라 있었다.

"야, 이 새끼야, 빨랑 튀어와!"

진은 박봉구 소령의 목소리를 듣지 못했다. 엄청나게 쏟아지는 총탄과 폭음에도 그의 귀에는 너무나 고요한 침묵만이 흐르고 있을 뿐이었다.

진은 힘없이 늘어진 최만덕 상사를 기둥 뒤로 끌었다. 그 와중에 최만덕 상사의 머리가 총격을 당해 반이나 터져 나갔지만 진은 그를 놓지 않았다.

탄약이 마침내 바닥을 드러내자 진은 최만덕 상사의 손에 굳게 쥐어진 레밍턴 870 산탄총을 집어 들었다.

철컥, 쾅! 철컥, 쾅…….

산탄에 적들은 거대한 해머에라도 맞은 듯 힘없이 뒤로 튕겨 날아갔으나 다 잡은 먹이를 놓칠 수 없다는 듯, 적들은 전진을 멈추지 않았다.

철컥, 틱!

산탄도 바닥이 났다. 적들의 눈, 코, 입이 구별될 정도의 거리. 최만덕 상사의 품에 몇 발의 탄이 더 있을지는 모르지만 그것을 찾아 장전할 시간 따위는 없었다.

진은 허벅지의 홀스터에서 마지막 남은 무기인 예리코 941(Jericho 941 Tactical, by Israel) 권총을 빼 들었다.

"애가 둘인 분이다."

쾅쾅쾅쾅쾅!

탄창 하나가 순식간에 소모되고 재장전.

철컥!

“형수님은 집안일밖에 모르시는 분이다.”

쾅쾅쾅쾅쾅!

쓰러지는 적병들. 다시 재장전.

철컥!

“어쩌자고 이런 짓을 했냔 말이다.”

쾅쾅쾅쾅쾅!

미친 사람처럼 중얼거리며 방아쇠를 당기던 진의 어깻죽지를 누군가 끌어당겼다. 하철수 하사였다.

“가장이다. 여우 같은 마누라에 토끼 같은 자식들을 뒷바라지해야 하는 가장이란 말이다!”

기어이 울먹이고 마는 진이었다.

“정신 차려, 새끼야!”

동료의 죽음, 주인 모를 피와 살점들이 난무하는 이 지옥에서 장교와 부사관이라는 형식적인 계급 따위는 무의미할지니.

하철수 하사가 진의 뺨을 몇 대 갈기고 나서야 진은 하철수 하사를 돌아보았다.

“너 같으면……”

공허함 뒤에 자리한 냉혹한 광기. 하철수 하사는 하마터면 뒤로 물러설 뻔했다.

“정신이 차려지겠냐?”

멍한 표정이 되고 마는 하철수 하사다. 수년 동안 지켜봤지만 미친 것 같으면서도 어느 순간 정상으로 돌아와 있는 진의 정신 상태가 여태껏 적응되지 않은 탓이었다.

"퇴로 확보! 병기 선택 자유! 최대 속도로 빠져나간다!"

박봉구 소령의 외침에 비로소 진과 하철수 하사는 서로의 얼굴을 마주 보았다.

퇴로 확보.

빠져나갈 길이 생겼다는 말이니, 곧 희망을 의미했다.

살아남을 수 있다는 희망 따위가 아니다.

심장을 파고들어 도무지 떨쳐 낼 수 없는 이 분노를, 적들을 향한 원한을 갚을 시간이 더 주어졌다는 그런 종류의 희망인 것이다.

하철수 하사가 김석재 하사를 부축하고, 박봉구 소령과 진이 뒤를 따랐다.

내려올 때도 이리 멀었던가. 요란하게 울리는 철제 계단이 그들의 다급한 마음을 대변해 주었다.

마침내 올라선 댐의 주구조물. 그러나 밖으로 향하는 좁은 통로에서는 기다렸다는 듯 수많은 적들이 밀려들었다.

총격보다는 주먹질이 수월할 지경인 혼전의 와중.

"크억!"

김석재 하사가 갑자기 튀어나온 적병의 총검에 옆구리를 찔려 단말마의 비명을 지르며 쓰러졌다.

하철수 하사가 김석재 하사를 찌른 반란군의 머리에 권총탄을 퍼부었다. 머리가 으깨지며 골수와 피가 얼굴을 뒤덮었으나 탄이 바닥나 맥없이 공이치는 소리가 들려올 때까지 방아쇠를 당겨대는 하철수 하사였다. 특전학교 동기이자 단짝의 죽음. 비로소 하철수 하사의 이성도 무너져 내린 것이었다.

"컥!"

무방비인 하철수 하사의 등 뒤에서 들려오는 짧은 숨 넘김.

놀라 돌아본 하철수 하사가 본 것은 그의 등을 노리고 접근한 적병이 스르르 무너지는 장면과 피에 감긴 소도(小刀)를 들고 있는 한 마리의 혈수(血獸)였다.

"열 놈은 죽이고 죽어라. 그렇지 않으면… 죽여 버릴겨."

음산한 음성.

들어치나 메치나 결국은 죽는다는 소리일 터이지만, 진의 손을 거친다면 그리 곱게 죽지 못할 것이라는 느낌은 하철수 하사가 아닌 누구라도 받았을 것이다.

하철수 하사를 뒤로하고 실성한 황소처럼 달려나가는 진.

탄창을 갈아 끼우는 적병의 목이 솟구쳐 올랐다.

공포에 질려 멍하니 바라보고만 있는 녀석 또한 가슴이 갈라지며 무너져 내렸다.

피 맛을 본 소도는 죽음의 춤사위를 멈추지 않았다.

거추장스러운 것들은 모두 베어졌다. 가로막은 소총도, 소총이 보호하려 했던 머리도 속절없이 갈라지고 말았다.

연이어 무너지는 동료들의 죽음에 반란군들은 혹은 공포에 젖어, 혹은 분기탱천하였지만 어깨조차 부딪치기 부담스러운 좁은 통로에서는 그저 차례를 기다리는 것 외에 그들이 할 수 있는 일이란 없었다.

빗발치는 총탄의 그물. 그러나 진의 검무는 공포에 질려 버린 적병들의 막연한 총질에서 한없이 자유로웠다.

"미치… 겠군."

진의 신위를 멍한 시선으로 목도하고 있는 하철수 하사의 독백. 눈앞에서 펼쳐지고 있는 광경을 도무지 믿을 수 없었던 것이다.

"통제실! 유르고 팀과 합류한다!"

하철수 하사를 현실로 되돌려놓은 박봉구 소령의 외침.

유르고 팀은 양만댐의 통제실을 확보하기로 했었다. 예정대로라면 유르고 팀은 시설물 전체를 감시하고 있는 CCTV의 중앙관제소인 통제실을 점거하고, 진의 아라한 팀에게 양만댐 전체의 상황을 중계해 줘야 했다.

그러나 유르고 팀 역시 찰리 팀처럼 아무런 소식을 전해오지 않고 있었다. 그것이 의미하는 바는 너무나 분명했다.

애써 부정하고 있는 것이다. 하늘이 무너져도 솟아날 구멍은 있다는 개소리를 지금 이 순간만큼은 진정 믿고 싶은 그들이기에.

마침내 들어선 중앙통제실. 엉망으로 부서져 버린 통제실의 철제문을 뛰어넘자마자 진과 하철수 하사가 콘솔박스와 탁자를 문 쪽에 밀어붙였다.

빠르게 구축한 방어선을 두려워하는 것인가. 영원히 끝나지 않고 달려들 것 같던 적들은 거짓말처럼 조용해졌다.

"포기한 건가?"

진은 자신이 말하면서도 우스운지 피식댔다.

"설마요. 우리는 이제 돌멩이밖에 없는데요."

무기라고는 피가 말라붙어 무뎌진 진의 소도와 하철수 하사가 주워 온 58식 소총, 그리고 박봉구 소령의 K-5 권총뿐이었다.

"쟤들은 그걸 모르지."

하철수 하사는 고개를 끄덕이는가 싶더니 이내 도리질을 쳤다.

통로를 지나오면서 백정처럼 칼질을 해대던 진의 모습이 생각난 탓이었다. 21세기 전투에서 칼이 나와야 했던 이유 정도는 적들도 파악했을 것이다.

"팀장님, 여긴 아무도……."

박봉구 소령을 돌아본 하철수 하사는 말을 이을 수 없었다.

무릎을 꿇은 채 초라하게 떨리는 뒷모습을 보이고 있는 박봉구 소령. 하철수 하사의 말문이 막힌 이유는 당당하기만 했던 그의 나약한 모습을 봤기 때문이 아니었다.

왜 보지 못했을까.

이 지옥을…….

여기저기 널려 있는 피륙 파편. 주인 잃은 팔다리들과 뭉개진 머리들. 당장 피에 전 비명이 튀어나올 듯한 생지옥이 펼쳐져 있었다.

"니기미……."

힘이 풀린 진의 손에서 스르르 소도가 떨구어졌다.

이내 방탄헬멧마저 벗어버리고 물끄러미 헬멧 안을 들여다보는 진이다.

헬멧 안의 한 장의 사진.

맹렬히 타오르던 광기는 사라지고 따뜻한 기운이 진의 눈 안에 번져 나갔다.

"어이, 마눌님. 이 서방님은 오늘은 못 들어갈 것 같다. 어쩌면 내일도… 그리고 그 다음날도… 나 없는 동안 밥 잘 챙겨 먹고, 아프지 말고, 그리고… 그리고……."

진은 방탄헬멧으로 얼굴을 가렸다. 곧이어 가늘게 떨리는 그의 어깨.

우는 것이다.

단 한 번도 남 앞에서 눈물을 보이지 않았던 그지만 지금 이 순간만큼은 울음을 참을 수 없었던 것이다.

두려움, 슬픔, 절망은 순식간에 전이되었다. 하철수 하사도 흐느껴 울기 시작했다.

박봉구 소령은 그들을 내버려 두었다. 살아서 여길 빠져나갈 수 있을 것이라는 거짓말은 하고 싶지 않았다.

그저 이 친구, 그의 품에 안겨 있는 오랜 친구에게 작별 인사나 하고 싶을 뿐이었다.

육군사관학교 동기생, 첫사랑을 가로채간 후레자식, 매번 일등을 가로채 간 얄미운 녀석. 그럼에도 세상에 둘도 없는 막역지우(莫逆之友).

유르고 팀의 팀장인 신한성 소령이 허리 아래가 몽땅 날아간 시체가 되어 박봉구 소령의 품에 다소곳이 안겨 있었다.

"번번이 앞서 나가더니 결국… 이것도 먼저냐?"

엉망으로 찢겨진 박봉구 소령의 투박한 손이 치켜떠 있는 신한성 소령의 눈을 가만히 감겨주었다.

세 남자의 흐느낌 뒤로 어지러운 군화 소리가 점점 커져 오고 있었다.

제3장

불꽃은 하늘에서 피고 지네!

강길승의 입가에 씁쓸한 미소가 걸렸다.

'여기까진가?'

이 참혹한 연극에서 그가 맡은 배역은 슬슬 내려설 때가 되어가고 있었다.

'한진회라……'

처음엔 그저 세상모르는 광신도 집단인 줄로만 알았다. 그도 그럴 것이 한진회의 회장이라는 자가 강길승에게 제시한 미래는 누가 봐도 정신 나간 소리였고, 그 불가능한 미래를 위해 그에게 요구한 것은 미친 짓이었기 때문이다.

쿠데타라니.

군인에게 조국을 향해 총칼을 들이대라고 요구하는 것은 참을 수 없는 모욕이다. 적어도 강길승은 그렇게 생각했다.

그러나 집어치워야 할 개소리는 실제로 가능한 일이었다. 두 눈으로 직접 목도하였음에도 의심의 여지는 없었다.

지구촌이다, 세계화다 떠벌이지만 적자생존의 법칙 또한 변하지 않을 진리였다. 민족의 염원인 통일은 이루어졌다지만, 지난 19세기처럼 주변 강대국의 이해득실에 따라 다라나 벌려주는 접대부 국가에서 별반 나아진 점이 없는 조국이었다.

돌이킬 수 없는 현실. 그러나 그들은 돌이킬 수 있다고 했다.

강길승은 그들의 요구를 들어주기로 했다.

강길승과 한진회가 포섭한 몇몇 동조 세력들이 일으킨 이번 쿠데타는 처음부터 성공 불가능한 쇼에 지나지 않았다.

마지막 불꽃놀이를 위한 명분과 개연성을 제공하여 실질적인 주동 세력인 한진회를 은폐시키는 것, 이른바 '몸빵' 역할이 이번 작전의 궁극적인 목표인 것이다.

이제 이 우스꽝스러운 쇼도 서서히 끝을 향해 치닫고 있었다.

양만댐의 인공 호수 아래에 위치한 방공호의 천장에서 뿌옇게 먼지가 내려앉았다. 강길승의 눈앞에는 수십 명의 병사들이 부산하게 움직이고 있었다.

"보고! 3저지선 붕괴! 퇴각 요청 확인바람."

"보고! 동남부 방향 적 기갑부대 출현!"

다급한 보고 내용이 강길승에게 보고되었다. 그러나 강길승이 할 수 있는 일이란 없었다.

─치지직……. 퇴각 요청 받아주십시오! 개 떼같이 몰려오고 있습니다! 야, 이 새끼야! 거기 뚫리면 안 돼! 너라도 가서 막…….

무전 내용은 끝을 맺지 못했다. 무전기가 고장이 났거나 아니면 무전기가 있는 참호에 직격탄이라도 맞은 모양이었다.

강길승은 제발 전자이기를 바랐다. 아직 쇼는 계속되어야 했으나 무의미한 희생 또한 그가 바라는 바가 아니었다.

"귀소! 귀소! 응답하라, 귀소!"

응답이 없는 무전기를 두드려 대는 통신병은 겁에 질려 있었다.

'아직은 아니야. 좀 더…….'

강길승의 옆을 지키고 있는 사내, 황기영은 급박한 상황임에도 느긋하게 보였다. 이번 일의 조력을 위해 보냈다고는 하지만, 실상은 강길승을 감시하기 위해서리라.

강길승이 황기영에게 물었다.

"지하에 침투했던 놈들은 어찌 되었소?"

"대단한 녀석들이더군요. 세 개 팀, 총 39명에게 200명 정도가 당했습니다. 무능한 놈들만 남아서 궁상떨고 있는 줄 알았더니, 병사들은 제대로 훈련시켜 놨더군요."

"군이 많은 시간과 돈을 투입해서 길러낸 재원들이오. 그들을 모두 희생시킬 셈이오?"

"엄밀히 말하자면, 모두는 아닙니다."

"……?"

"가뜩이나 손이 부족한데 우리 측 요원까지 희생시킬 수야 없지요."

"……!"

질렸다는 듯 강길승의 표정이 일그러졌다. 곳곳에 뿌려져 있는 그들의 세력. 새삼 이들의 힘이 두렵기까지 한 것이다.

기이잉!

강길승이 착잡한 시선을 망연히 뿌리고 있는 그때, 벙커의 굳건한

철문이 열리며 한 인물이 들어섰다.

다른 이들보다 머리 하나는 더 붙어 있는 거한, 검은 군복이 온통 피투성이인 사내였다.

"오오, 어서 오시게. 이덕수 군, 아니, 하철수 하사라 불러야 하나?"

그는 아라한 팀의 막내, 하철수 하사였다.

"둘 다 틀렸습니다. 혈의 누, 그게 제 이름입니다."

이덕수, 하철수 하사, 그리고 이제는 혈의 누가 된 사내의 입가에서 싸늘한 미소가 떠올랐다.

김세영, 그녀는 외출이 부담스러웠다. 며칠 전 산부인과에 갔다가 지금이 가장 위험한 시기라며 절대 안정을 취하라는 의사의 협박이 있었기 때문이다.

하지만 집 안에만 며칠씩 있어야 한다는 것은 여간 고역이 아니었다. 남편은 중요한 임무가 생겼다며 삼 일 전에 나가서는 감감무소식이었다. 얼마 전, 북한군의 불순한 세력이 쿠데타를 일으키려다 진압되었다는 뉴스를 본 이후로 남편의 직업이 군인이라는 사실이 새삼스레 불안하고 초조했던 것이다.

결국 견디다 못해 외출을 결심한 것이 두 시간 전의 일이다. 남편을 따라 서울에 온 이후로는 친구도 만나기 어려웠기 때문에 그녀의 유일한 수다 상대는 또래인 남편의 여동생, 즉 시누이뿐이었다.

세영은 정확히 약속한 시간에 나왔으나 아직 시누이는 보이지 않았다. 공인회계사인 시누이는 시간을 잘 지키는 편이었으나 워낙에 바쁜 직업이기 때문에 가끔씩 늦는 경우도 생겼다.

개의치 않고 세영은 쇼윈도 안에 진열된 상품들을 감상하기 시작했다. 지난 몇 년간의 불황을 딛고 이제 한국은 전에 없는 호황을 누리고 있었다. 사람의 왕래가 줄어들어 고전을 면치 못하던 이곳 동대문의 상가들은 북적이는 사람들로 이젠 활기가 넘쳤다.

“언니.”

“어머!”

세영은 뒤에서 누군가 쿡 찌르자 깜짝 놀랐다. 호리호리한 체형에 깔끔한 검은 정장을 입은 전형적인 캐리어우먼, 바로 세영의 시누이인 현선아였다.

“뭘 그렇게 놀라요?”

“아가씨도 참. 애 떨어질 뻔했…….”

세영은 화급히 입을 막았다. 남편의 영향을 받아 말투가 다소 거칠어진 탓에 무심결에 내뱉은 말이었지만, 그녀의 배 안에는 진짜 애가 자라고 있었던 것이다. 말이 씨가 되는 일은 없어야 했다.

선아는 고개를 절레절레 흔들었다.

“애고, 오빠가 사람 여럿 망가뜨리는군.”

가장 많이 망가진 사람 중의 하나가 바로 선아 자신이었다. 그녀는 직장 내에서 거침없고 험한 입담으로 인해 앞에서는 ‘영웅여걸’ , 뒤에서는 ‘시궁창 주둥이’ 라는 별칭을 얻고 있을 정도였다.

“그렇게 말하지 말아요. 그이는 누구보다 아가씨를…….”

“알아요, 알아. 천연 기념물 우리 언니.”

더 이상 잔소리는 사양하겠다는 손사래를 휘두르는 선아지만 그녀는 알고 있었다. 부모도, 일가친척도 하나 없는 고아임에도 이렇듯 번듯하게 자랄 수 있었던 가장 큰 이유는 유일한 혈육인 그녀의 오빠의 희생과 사랑 때문이라는 것을. 선아는 자신의 뒷바라지를 위해 모든 것을 포기했던 오빠가 이제야 남들처럼 행복한 삶을 누리고 있는 것을 세상 누구보다 기뻐하고 있었다.

"그런데 뭘 보고 있었던 거예요?"

세영은 오빠의 성격을 그대로 빼다 박은 선아를 보며 씽긋 미소를 지어 보였다.

"저 원피스 예쁘지 않아요?"

쇼윈도의 마네킹에 걸쳐진 화사한 원피스는 다가올 여름을 실감하게 하고 있었다.

"예쁘긴 한데 아줌마한테는 너무 야한 것 아닌가? 게다가, 에헤? 세상에! 이게 얼마라고 적혀 있는 거야?"

"어머! 누가 아줌마라는 거예요? 아직도 거리에 나가면 따라다니는 남정네들이 줄을 선다구요. 저 옷과 나와의 만남을 가로막고 있는 건 오빠의 얇은 월급 봉투뿐이라구요."

큰 눈을 동그랗게 뜨고 정색하는 세영. 순수한 그녀를 보며 선아는 포근한 미소를 지었다. 세영의 저런 점이 그녀의 오빠의 메마른 감성을 채워주고 있을 터였다.

선아는 아무래도 이 순진한 아줌마와 화사한 여름 원피스를 만나게 해줘야겠다고 생각했다.

그때다.

조금 전부터 비실비실 위태한 걸음을 유지하던 체구가 작은 사내가 세영에게 쓰러질 듯 안겨들었다.

"이봐요!"

선아가 날랜 동작으로 사내의 뒷덜미를 잡아챘다. 자신보다 작은 키의 사내 정도는 검도 유단자인 그녀의 힘으로 충분히 제압할 수 있었던 것이다.

가뜩이나 부실한 몸으로 임신까지 한 세영에게는 접촉하는 모든 것이 흉기가 될 수 있었다. 더군다나 노숙자나 다름없는 불결한 위생 상태의 사내라면 말할 것도 없었다.

세영은 적잖이 놀란 표정이었으나 거칠게 사내를 밀어붙이던 선아를 말리고 나섰다.

"전 괜찮아요, 아가씨. 그만 가요."

세영은 선아의 손을 잡아끌며 되려 사내에게 미안하다며 넙죽넙죽 인사를 했다. 못마땅했지만 선아도 별수없이 한 번 참기로 했다.

"피, 피해요, 려성 동무들……."

세영과 선아가 막 돌아서 쇼핑몰로 들어가려는 순간, 곧 넘어갈 듯한 미약한 음성이 들려왔다. 누가 먼저랄 것도 없이 그녀들의 고개가 뒤로 돌아갔다.

조금 전의 그 사내다.

백지장보다 하얀 얼굴, 잔뜩 충혈된 눈, 다 해진 야구 모자 사이로 듬성듬성 삐쳐 나온 머리카락. 당장 죽는다고 해도 어색할 것 없는 중환자의 모습이었다. 그녀들은 사내의 증상이 장시간 불안정하고 막대한 방사능에 노출됐기 때문이라는 것을 알지 못했다.

"어, 어서 피해요. 나, 난 막을 수 없습네다. 이제 시간이 다 됐시요. 빨리 여길 벗어나래요."

말투로 봐서는 북에서 생계를 찾아온 난민 같았다. 평소 이들의 고통을 들어 알고 있던 세영의 눈에서는 당장 왈칵 쏟아질 듯 눈물이 차올랐다. 하지만 선아의 입장에서는 곤궁한 북한 노동자의 사정보다는 여리디여린 올케를 이 비위생적인 사내에게서 떼어내는 것이 급선무였다.

"지구는 나중에 구하기로 하고, 빨리 가요. 얼른요."

"그, 그렇지만……."

병색이 완연한 사내는 손을 뻗어오고 있었다. 아니, 그것은 빨리 벗어나라는 손짓이었다. 무엇으로부터 벗어나라는 것인가.

이것에 대한 의문이 막 솟아오르는 순간, 그녀들은 빛을 보았다. 세상을 온통 하얗게 물들이는 너무나 강렬한 빛. 그것을 신호로 세영과 선아, 그리고 거리를 가득 메운 모든 이들의 사고는 완벽하게 정지되었다.

때문에 그 감당할 수 없는 빛이 병색이 완연한 사내의 등 뒤에서 비롯되었다는 것은 아무도 알 수 없었다.

제4장

불꽃은 하늘에서 피고 지네 2

슈우우욱, 펑!

하늘을 수놓는 형형색색의 불꽃들. 이것을 필두로 도심 곳곳에서 불기둥이 솟아오르기 시작했다.

"……"

물끄러미 밤하늘을 올려다보는 진. 무채색 눈동자가 섬연해지는가 싶더니 결국 얕은 골이 미간을 슬그머니 일그러뜨렸다. 언짢은 게다.

서울 핵피폭 5주년 추도식 전야제에 불꽃놀이에 연예인 공연이라니……. 나라 전체가 곡을 하지는 못할망정, 적당히 침잠된 마음을 가라앉히며 망자들을 애도하는 정도가 진이 알고 있는 추도식이었다.

결국 살아남은 자들이 살아남은 축복을 기념하는 행사인 것이다.

어느 쪽이든 상관없다.

죽은 이들을 추도하는 행사이든, 살아남은 기쁨을 자축하는 행사이든 진은 어느 쪽에도 속하지 않는 것이다.

대한민국 육군 특수전여단 대테러특임대 대위 현진은 양만댐 작전에서 공식적으론 사망했으나, 그날 '푸른 바람'은 다시 태어났다.

죽어가는 그를 30시간의 수술 끝에 살려내고 이름 모를 무인도에서 훈련까지 시킨 후, 푸른 바람이라는 웃기는 콜사인을 붙여놓은 그들.

그들은 아무것도 묻지 말라고 했다.

묻고 싶은 생각은 없었다.

아니, 관심조차 없었다.

진이 관심있는 것은 그의 품에서 고이 펴낸 몇 장의 사진뿐이었다.

온몸에 붕대를 친친 감은 환자의 사진, 머리를 몽땅 밀어버린 여인이 사진기를 향해 브이를 그려 보이는 사진, 그리고 아이를 출산하고 기쁨에 겨워하는 여인의 울음이 담겨 있는 사진.

이 석 장의 사진이 진이 여기 있는 이유였다.

"선아……."

서울 핵피폭 당시, 사건의 중심이었던 동대문에 아내와 동생이 외출을 했다 들었기에 죽은 줄로만 알았던 그의 유일한 혈육.

바로 선아의 최근 사진이었던 것이다.

그들이 도착했을 땐 아내는 찾을 수 없었지만 선아는 구할 수 있었다고 했다. 그러나 막대한 방사능에 피폭되어 완벽한 의료진과 시설, 그리고 지속적인 치료가 병행되지 않으면 살려낼 수 없다고 했다.

그녀를 살려주는 대가.

그들의 칼이 되어주는 것이었다.

어둠에서 암약하는 칼이 되어 그들의 적을 제거하는 것, 그리고 동생에게조차 모습을 드러내지 않고 '푸른 바람'으로 완벽하게 재탄생

하는 것이었다.

선택할 수 있는 카드는 애초에 한 장뿐이었던 셈이다.

그때부터 조국을 위해 목숨을 바쳤던 군인은 어둠에서 기생하는 킬러가 되어야 했다.

M24 저격소총에 장착된 AN/PVS-10 주야(晝夜) 겸용 망원렌즈의 화면에는 작은 숫자들이 요란하게 깜박댔다.

'293.8미터, 남동풍, 0.22노트. 좋군.'

레이저 거리 측정기와 환경 감지 장비들이 상황을 일목요연하게 보여주고 있는 것이다. 아직 목표는 망원렌즈 안에 잡히지 않았지만 규칙적으로 움직이는 녀석은 10분 후면 죽음의 십자선에 놓일 것이다.

잠시의 여유, 진은 소총을 벽에 세우고 앉아 등을 더듬어 뭔가를 뽑아냈다.

치이잉.

시리도록 지독한 예기를 풍기는 한 자루 칼이다.

카타나(刀)보다는 짧고 와키자시(脇差:小刀)보다는 긴, 어중간한 길이에다 옛 조선의 환도와 같이 완만한 곡선을 지녔지만 칼등의 절반까지 날이 서 있는 검의 형태를 띠고 있는 기형검(畸形劍)이었다.

몸이 약한 세영은 검도 수련도 더디기만 했다. 그러나 그녀는 진정으로 검도를 즐겼고, 진은 그것만으로도 충분하다고 생각했다.

진은 세영이 승단하게 되면 선물을 사주겠노라 했고, 세영은 엉뚱하게도 진검(眞劍)을 사달라고 했다.

TV에 나오는 미모의 여검사가 멋있어 보인다나? 검을 가지고 싶은 이유야 불순했지만 진은 제대로 된 진검을 선물하기로 맘먹었다.

수소문 끝에 장인을 찾았고, 6개월여에 걸쳐 제작된 이 검은 일본도에 못지않은 12접쇠의 장인 정신이 깃들어 있었다.

그러나 그녀는 애검의 완성을 보지 못했다.

핵폭발로 어렵게 장만한 18평의 서민 아파트마저 형체도 없이 녹아 버린 지금, 진의 손에 남아 있는 한 자루 검이 세영의 추억이 담긴 유일한 물건인 셈이었다.

검신에 새겨진 검명(劍名)은 그녀의 이름을 그대로 옮겨 적은 세영(細英)뿐이었지만 지금은 두 글자가 더 붙었다.

細英之恨(세영의 한).

진은 검을 집어넣고 시계를 들여다보았다.

6시 29분.

이제 해는 완전히 졌다. 하늘을 수놓는 불꽃놀이는 극에 달해 있었다. 동네 주민들이 삼삼오오 나와 화려한 하늘의 축제를 지켜보고 있었지만 오히려 진이 바라던 바였다. 그들이 요란한 축제 속에 취해 있는 동안 그 뒤에서 벌어지는 살육의 장은 고요히 묻혀 버릴 것이다.

진은 망원렌즈에 눈을 가져다 댔다.

'틀림없군.'

목표는 오늘도 창문을 열어놓고 거의 뜀박질 수준인 춤을 추고 있었다.

제정신과는 거리가 있어 보이는 자. 아녀자를 상대로 사기나 쳐먹고 사는 저런 노인이 위험 인물이라니……

그러나 겁이나 주자고 공연한 소릴 한 것은 아닐 것이다. 바로 저 무

당노인이 두 번이나 암살을 피해냈다는 정보가 제법 신빙성있게 들려
왔던 것이다.

지난 일주일 동안과 다름없이 노인은 같은 시각, 같은 장소에서 저
런 뜀박질을 해댔다. 평소와 다르다면 노인의 손에 들린 물건이 방울
이 아니라는 점이었다.

진은 배율을 올려 목표가 들고 있는 흐느적거리던, 허여멀건 하면서
벌겋기도 한 물체를 확인했다.

"……."

무당노인이 들고 있던 것은 목이 잘려 피를 뱉어내고 있는 닭이었
다. 그다지 보기 좋은 장면은 아니었으나 피에 익숙한 진에게 별다른
감흥이 일어나지는 않았다.

채 300미터가 안 되는 거리. 하품하며 목젖까지도 노려볼 만한 거리
인 것이다. 노인이 내일 아침의 태양을 볼 수 있는 유일한 길은 기적뿐
이리라.

'닭피가 액운을 쫓는다지만 영감에게 해당 사항은 없어.'

철컥!

소총의 노리쇠를 조심히 잡아당기자 탄창에서 밀려난 7.62밀리 탄
이 약실 안으로 미끄러져 들어갔다.

주위는 요란했지만 진의 귀에는 아무런 소음도 스며들지 못했다. 지
금 이 순간, 세상천지에는 진과 무당노인만이 있을 뿐이었다.

물 흐르듯 방아쇠울에 검지가 자연스럽게 얹혀지고 저격소총 특유
의 미약한 방아쇠의 저항이 감지되기 시작했다.

그리고 호흡의 정지.

마지막 순간이다.

그런데!

"헛!"

방아쇠의 압박이 끝나갈 무렵, 망원렌즈에 비친 점쟁이가 갑자기 고개를 홱 돌려 진 쪽을 쳐다본 것이었다. 아니, 정확하게 진과 그 역술인의 눈빛이 마주치고 말았다.

투아앙!

등골을 타고 내리는 소름에 진은 자신도 모르게 방아쇠를 당기고 말았다.

"이런!"

다시 눈을 갖다 댄 렌즈 안에는 전혀 다른 곳의 영상이 잡혔다. 거리가 있기 때문에 총구가 단 몇 밀리만 움직여도 목표의 집에서 백여 미터 떨어진 곳을 보게 되는 것이다.

진은 재빨리 목표의 집을 찾았다.

그리고 창문.

"맞았나?"

창문에는 힘없이 축 늘어진 다리 두 개가 보였다. 그러나 서서히 끌려지는 다리. 어느새 홍건히 고인 핏물 위를 한 번 미끄러지는가 싶더니 두 다리는 작은 창문에서 완전히 사라져 버렸다.

"니기미!"

머리나 심장은 아니지만 손끝이 전해온 감각은 분명하다. 치명상이다. 노인은 살지 못한다.

그러나 여긴 총에 맞아 걸레가 된 병사에게 모르핀이나 놔주는 전쟁터가 아니라 유능한 의사가 지천에 널린 대도시다. 시간이 주어진다면 무당노인은 살아날 수도 있는 노릇이었다.

단 1퍼센트라도 가능성을 남겨둘 순 없는 노릇.

진은 다급히 탄피를 주워 담은 후 장비들을 챙겨 담았다. 일이 급하게 되었지만 행여 흔적을 남겨둘 수는 없는 일인 것이다.

'골목길로 1,300미터. 소요 시간 2분. 가까운 파출소가 10분 거리. 이 시간 순찰차는 7분 거리. 5분 내로 끝내야 해!'

진은 건물 계단을 날듯이 뛰어내려 가면서도 사전에 조사해 둔 내용들을 다시금 되뇌었다.

건물을 빠져나오자마자 뭔가를 덮어놓은 천막을 걷어내는 진.

천막 안에는 진이 서울에 사는 아무개에게 빌려온(?) 오토바이 한 대가 서 있었다. 혼다사의 베스트셀러 모델인 CB1300이었다.

주인의 허락 없이 빌려온 물건이니 시동키 따위가 있을 리 없다. 미리 뽑아놓은 전선 두 가닥이 시동키 역할을 대신했고, 접지시키자마자 1300cc 엔진에서 태산 같은 힘이 터져 나왔다.

채 4초도 되지 않아 진은 시속 100킬로미터 속을 달리고 있었다.

2층의 평범한 단독주택이다. 다른 집들과 다른 점이라면 대문 위로 천·지·인(天地人)이라 쓰인 작은 돌출 간판이 걸려 있다는 것뿐이었다.

진은 2미터가 넘어 보이는 담을 가볍게 뛰어넘었다. 담에서 내리자마자 품에서 헤어드라이어같이 생긴 물건과 소음기가 달린 권총을 빼들었다.

물론 진의 손에 들린 물건은 헤어드라이어가 아닌 최신 사양의 열, 광학 장비다. 20센티 두께의 벽 뒤에 숨어 있는 열원은 물론, 심장 박동 소리로 생명체를 식별할 수 있는 장비인 것이다. 미리 사람의 심장

박동 파동의 최소치와 한계치를 세팅해 놨기 때문에 동네 개들이나 도둑고양이, 쥐들은 우선적으로 탐지 대상에서 제외되었다.

열원은 하나뿐. 저격소총에 맞은 사람치고는 지나치게 멀쩡한 체온을 유지하고 있는 인물이었다.

진은 가스관을 타고 2층으로 올라갔다. 2층 베란다의 커다란 창문은 잠겨 있지 않았다. 전원은 미리 차단시켜 두었기 때문에 사방은 어둠에 싸여 있었다. 진은 고글형 야시경을 착용하고 조용히 베란다의 창문을 넘어섰다.

'비, 빌어먹을.'

뒷덜미가 갑자기 뻐근하고 오금이 저려올 지경인 불길함. 가슴은 당장 발길을 돌려 집으로 가라고 비명을 질러댔지만 차가운 이성이 이를 저지했다.

'기껏해야 사기꾼 영감일 뿐이다.'

마음을 다잡고 나서 발견한 핏자국, 주인을 의심할 이유는 없었다.

진은 핏자국이 이어진 방의 문을 조심스레 열었다. 이어 몸을 굴려 뛰어든 진. 목표를 찾기는 어려운 일이 아니었다.

"……!!"

분명히 맞았다. 핏물 속에서 발버둥 치는 것도 두 눈으로 확인했다. 이곳에 온 이유는 확인 사살을 위한 것이 아니라 목표의 확실한 죽음을 재차 확인하는 차원인 것이다.

그러나 펼쳐진 광경은 진의 예상을 완벽하게 빗나가 있었다.

'잘못됐다!'

노인은 두 다리로 멀쩡히 서서, 게다가 뒷짐까지 진 느긋한 자세로 해죽해죽 웃고 있는 것이었다.

"늦었구나. 오늘도 안 오는 줄 알았다."

기다리고 있었단 말인가?

'많이 잘못됐어!'

방망이질 치는 심장. 진은 지체없이 노인을 향해 권총을 난사했다.

피피피피피슉.

놀라운 속도의 연사.

어두운 방 안은 권총의 불꽃에 간간히 밝아졌다. 반면 진의 안색은 더욱 어두워져 갈 따름이었다.

허깨비를 쏜 것인가? 노인이 걸친 두루마기는 총탄에 맞아 들썩거렸으나 노인은 여전히 해죽거릴 따름이고, 사방으로 비산해야 할 피는 보이지 않았다.

'방탄조끼!'

그렇다. 방탄조끼를 입은 것이다. 그것 외에는 설명할 길이 없다.

진은 권총을 던져 버렸다.

차앙.

폭사되는 검광. 어느새 뽑혀진 세영검이 무당노인의 정수리를 향해 놀라온 속도로 떨어져 내렸다.

스스스!

"뭐?"

날카로운 예기가 노인의 머리를 반 토막 내려는 순간, 노인의 신형이 좌우로 찢기는 듯하더니 사라져 버렸다.

"헛!"

기겁하는 진. 사라져 버렸다고 생각하는 순간 노인의 얼굴이 진의 코앞에 나타난 것이다.

급히 검을 회수해 허리춤에서 횡으로 베어냈지만 이미 형식이 와해된 검로로는 완성될 수 없었다. 그와 동시에 손목을 통해 엄청난 압박이 전해져 왔다.

"좋은 칼이구나, 네놈에겐 과분할 정도로."

이해할 수 없는 일의 연속이었다. 사람의 몸이 연기처럼 사라지는 것도 그렇거니와 세영검이 어느새 노인의 손에 들려 있었던 것이다.

어떻게 한 것인지는 모를 일이나 한 가지는 확실했다.

'위험하다.'

이제는 임무의 성패 여부가 중요한 것이 아니었다.

이곳에서 벗어나야 한다!

생각이 끝나기도 전에 이미 진의 건장한 육신은 노인을 향해 쇄도해 나가고 있었다. 때려 눕히고 빠져나갈 심산이다. 괴이한 술수를 부린다하나 상대는 노인일 뿐. 수년간 살인 기계로 훈련되어 온 진의 육신을 감당치 못할 것이었다.

픽.

어디선가 들려오는 가죽 북이 터지는 듯한 둔탁한 파열음.

대체 무슨 소릴까? 이런 소리가 날 법한 곳이 어디일까? 아직 노인에게 이르지 못했기에 사람과 사람이 부딪쳐서 나는 소리가 아닐진대.

이런 상념에 빠져들면서도 진은 묘하게 온몸이 나른해지고 힘이 빠져나가는 느낌 또한 받고 있었다.

문득 자신의 배를 내려다보며 그곳에 꽂혀 있는 비쩍 마른 팔목의 주인이 노인일지도 모른다는 생각을 하다가 에이 설마, 하고 속으로 외치며 의식을 완전히 잃어버리는 진이었다.

　　김팔봉은 눈이 뒤집히며 무너지는 마지막 진본인(眞本人)을 급히 안아 들었다.

　　"어허, 이 부실한 녀석이 우리의 희망이란 말인가?"

　　단 한 번의 공수탈백인(空手奪魄刃)에 검을 빼앗기고 선불 맞은 멧돼지처럼 달려드는 꼴이라니. 꼬락서니를 보니 뭐에 당한지도 모르고 정신을 잃은 것이 분명했다. 충권(衝拳), 예컨대 스트레이트 한 방도 피하지 못하는 애송이였던 것이다.

　　김팔봉은 자신의 일권을 받아낼 수 있는 인간이 세상에 그리 많지 않다는 사실을 아직까지 모르고 있는 것이다.

　　"총질 말고는 쓸 만한 구석이 없는 녀석이군."

　　이 녀석을 찾느라 그간 적잖이 애를 먹어온 김팔봉이었다. 가족을 순식간에 잃은 그 상심은 이해하지만, 그렇다고 인간 백정의 길에 들어설 건 뭔가. 게다가 그 빌어먹을 광신도 집단을 위해 일을 하다니…….

　　주제에 살수(殺手)랍시고 철저히 은거를 한 통에 이런 식으로 불러들이지 않으면 찾을 수 없었던 것이다.

　　김팔봉은 한진회에게 자신의 존재를 노출시키고 두 번에 걸쳐 암살을 피해냈다. 사실 두 명의 암살자는 자신의 실수였거나 우연이었을 거라 생각하고 있겠지만 김팔봉으로서는 굉장히 노력한 결과였다.

　　총알이 날아오는 순간에 급히 동전을 줍는 척했던 것과 청산가리가 든 녹차를 마시고 내력으로 감싸 태워 버려야 했던 중노동보다는 그 빌어먹을 놈들을 잡아 껍질을 벗겨놓는 일이 훨씬 쉬운·일이었던 것이다.

　　어찌 되었든 그 두 번의 푸닥거리로 '푸른 바람' 이라는 웃기는 콜싸인을 가지고 있던 이 녀석을 끌어들일 수 있었다. 똥돼지 사이에서도 지네들 세계 나름대로 꽃미남은 있기 마련이라고, 이 녀석이 그쪽 세계에서는 한가락 했던 모양인지 이렇게 하지 않으면 불러들일 수가 없었던 것이다.

아닌 게 아니라, 실상 조금 전에는 김팔봉도 긴장하지 않을 수 없었다. 이 자식은 기다릴 줄도 알고, 무엇보다 살기를 제법 갈무리할 줄도 알아 그가 정확히 어디에 숨어 있는지 파악할 수 없게 만들기까지 했었다.

슬슬 김팔봉 쪽에서 조바심이 생길 무렵, 그래서 약간의 평정을 잃었을 때 놈은 급작스레 살기를 열었고, 그와 동시에 총탄이 날아왔다.

급히 방탄강기를 끌어올렸지만 총탄은 오른쪽 복부에 한 치가량이나 파고들고 말았다. 오랜만에 느끼는 짜릿한 스릴과 고통이 김팔봉을 흥분시키고 있었다.

그러나 흥분에 취해 있을 시간은 없었다.

이 세계의 운명을 결정할 문이 언제 영원히 닫혀 버릴지는 아무도 모르는 노릇, 게다가 김팔봉 본인의 생명선조차 얼마 남지 않은 상황인 것이다.

무엇보다 녀석이 자신의 말을 믿어줄 것인지조차 확신이 없었다. 김팔봉 자신도 처음 이 이야기를 들었을 땐 쓸데없는 흰소리는 집어치우라고 했으니 말이다.

"힘을 조금 더 빼야 하는 거였나?"

흰소리를 지껄이든 공상 과학 소설을 읊어대든 들어줄 사람이 멀쩡할 때나 가능한 일이다. 녀석은 질펀한 토사물을 입 주위에 주렁주렁 매달아놓고 아직도 정신을 못 차리고 있었다. 일단은 깨워놓고 볼 일이었다.

김팔봉이 오른손을 진의 배에 가볍게 얹자 은은한 광채가 그의 손바닥에서 새어 나오기 시작했다. 창백했던 진의 얼굴이 빠르게 혈색을 되찾아간 것도 동시의 일이다. 그러나 정신을 차리려면 아직 시간이 필요했다. 김팔봉에게는 그것을 기다려 줄 여유가 없었다.

진을 가볍게 들쳐 업은 김팔봉이 몸을 날렸다.

단숨에 2층 창밖을 뛰어내려 일 보에 10미터씩 도약하는 모습은 김팔봉의 진면목을 보여주고 있었다.

제5장

다물회, 그리고 한진회

휘이잉.

바람?

시원한 바람이다. 어디서 불어오는 것일까?

'여름밤, 한강 둔치에서 이런 바람이 불어오곤 했지.'

진은 여름 휴가라는 것을 한 번도 가보지 못했다. 기껏해야 세영과 한강에서 유람선이나 타며 데이트를 즐겼던 것이 진의 유일한 사치였던 셈이다.

그런데 지금 이 순간, 어째서 비릿한 물 냄새가 듬뿍 담긴 바람이 느껴지는 것일까?

생각해 보자.

오늘은 오랜만에 임무가 주어진 날이었다. 저격에는 성공했으나 목표는 죽지 않았다.

죽어? 그 영감은 총에 맞지도 않았으면서 쇼를 한 거다. 배에 총알 구멍이 난 영감의 주먹이 그리도 야무질 수는 없는 법이다.

그러고 나선?

"헛!"

진은 헛바람을 내뱉으며 벌떡 일어섰다. 노인의 주먹에 복부를 얻어맞은 이후의 기억은 없었다. 다시 말해 기절을 했다는 말이다.

기절이라니. 전직 육군 특수부대 장교 출신에 현직 인간 백정인 그가 사기꾼 점쟁이 영감에게 맞고 기절을 하다니, 있을 수 없는 일인 것이다.

"엉?"

노인은 보이지 않았다. 진이 의아해하는 부분은 재수없는 노인이 보이지 않는다는 점이 아니라, 왜 자신이 이곳 한강 둔치에서 눈을 떴느냐는 것이었다.

"대체……."

"일어났느냐?"

적막을 깨는 등 뒤에서의 음성에 진은 화들짝 놀라 돌아보았다.

"니기미!"

그 영감이다. 진은 두 발짝을 펄쩍 물러서더니 싸울 자세를 취해 보였다. 어깨를 슬쩍 들어올린 채 주먹을 가볍게 말아 쥐고 미간과 인중을 보호하는 자세, 진이 오랫동안 익혀온 권투의 스파링 자세인 것이다.

"여러 가지 하는구나. 왜검술에 이번엔 양놈들 주먹질이더냐?"

진은 김팔봉의 비아냥거림에 격분이라도 한 듯 다짜고짜 주먹을 날렸다.

슬쩍 고개를 젖힌 것으로 진의 스트레이트를 피해낸 김팔봉. 그러나 진은 당황하지 않고 왼손 훅을 재차 날렸다.

텁!

진의 왼손 훅이 김팔봉의 관자놀이에 꽂히면서 둔탁한 파열음이 들려왔다. 회심의 미소를 지어 보이는 진. 그러나 그도 잠시, 진은 갑자기 숨이 막혀오며 하늘이 빙글빙글 돌아가는 신비로운 체험 속에 빠져들고 말았다.

기실 둔탁한 파열음은 김팔봉의 관자놀이가 아니라 그의 바탕 손에 가격당한 진의 목에서 들리는 소리였던 것이다.

"꺼억……."

진은 숨길이 막혀 버린 목을 감싸 쥐며 앞으로 무너져 내렸다.

김팔봉은 고개를 설레설레 흔들더니 검지와 중지를 모아 진의 양 승목을 가볍게 두드렸다.

"커어어억……."

그제야 숨이 트이는 큰 숨을 들이쉬더니 벌러덩 뒤로 나자빠지고 마는 진이다.

"커피 한잔할 텨?"

커피? 암갈색에 향기가 근사한 헤이즐넛 커피? 담배하고 그리도 궁합이 잘 맞는다는 바로 그 커피?

이런 넨장맞을 영감탱이.

암살자와 암살 목표란 말이다. 현재 상황을 놓고 보자면 썩 어울리는 표현이 아니기는 하지만, 그렇다고 커피나 홀짝이며 두런두런 이야기꽃이나 피울 만한 관계 또한 아니지 않느냔 말이다.

이윽고 자판기 커피 한 잔이 아직도 대자로 누워 있는 그의 머리맡에 놓여졌다.

"대화를 할 땐 차가 필수지."

진은 겨우 몸을 추스르고 앉았다. 김이 모락모락 올라오는 커피 한 잔을 물끄러미 바라보는 진. 기가 막히는 게다.

기가 막히는 것은 제쳐 두고라도, 저 영감과 커피를 두고 대화를 해야 하는 지금 상황은 도저히 이해할 수가 없었다.

괴이한 술수를 쓰는 것이든 뭐든 노인은 진이 도저히 어찌해 볼 상대가 아니라는 것은 이미 증명됐다.

굉장히 언짢기는 하지만 노인과 자신의 입장이 바뀌었다면 이런 장면은 절대로 연출되지는 않았을 것이란 말이다.

그런데 노인은 자신을 살려두었을 뿐 아니라 커피까지 갖다 바치는 융숭한 대접을 하고 있는 것이다.

이 모든 것이 진의 상식을 벗어나는 것이었다.

"여긴 왜 온 거요?"

의외라는 김팔봉의 표정.

"먼저 내가 누구인지를 물어야 하는 것 아니더냐?"

"이름 김팔봉, 나이 56세, 직업 사기꾼. 틀린 부분 있소?"

김팔봉의 눈이 뎅그렇게 뜨여지는가 싶더니 이내 광채가 어른대기 시작했다. 일견 놀라는 표정으로 보이지만 김팔봉을 잘 아는 사람이라면 꿈에서라도 저런 표정을 보고 싶지 않을 것이었다. 저런 반응을 이끌어낸 상대는 어디 한 군데가 부러져도 크게 부러진 채로 날아가 땅바닥에 구겨지는, 이른바 안 봐도 비디오라는 장면이 펼쳐지는 것이다.

그러나 김팔봉은 울컥대며 터져 버리려는 심장을 가까스로 눌러 담았다. 이 염병할 인간 백정과 푸닥거리를 할 시간 따위는 정말로 없는 것이다.

"그, 그래, 네 탓이 아니지. 그 광신도들이 그리 일러주었을 터. 그 것보다……."

"위에서 알려준 건 당신의 인상착의와 주소뿐이었소."

예컨대 김팔봉에 관한 다른 사항은 진이 나름대로 파악한 정보라는 뜻이었다. 말 한마디로 천 냥 빛을 갚는다는 이야기도 있지만 세 치 혀를 잘못 놀려 만수무강에 지대한 영향을 받은 사람도 적지 않다.

이걸 확 재껴 버리고 개 값을 물어?

김팔봉은 심각하게 고민하기 시작했다.

그러나 지금은 성질대로 처리할 때가 아니었다. 이 빌어먹을 자식이 그들을 막을 마지막 수단이었고 희망이었다. 저리 꼬일 대로 꼬여 버린 암울한 자식에게 기댈 수밖에 없는 지금의 상황이 참으로 개 같기는 했지만 다시 한 번 참아야 하는 것이다.

호흡을 가다듬은 김팔봉은 최대한 조용히, 그리고 근엄하게 물었다.

"그래, 네 말대로 사기꾼에 쓸모없는 이 늙은이를 그들은 왜 죽이려 했다고 보느냐?"

"……."

진의 말문이 처음으로 막혔다. 그 점 역시 진이 적잖이 궁금했던 내용 중의 하나였기 때문이다.

"내가 그들의 비밀을 알기 때문이다."

"비밀?"

반문하던 진이 이내 피식 웃어버렸다.

백주 대낮에 아무렇지도 않게 사람을 죽이라 명령하는 조직이다. 구청에 가서 사업자 등록을 하고 신장개업했다며 동네방네 전단지나 뿌리고 다닐 조직이 아니란 말이다. 진 역시 아는 것보다 모르는 것이 더 많은, 비밀 그 자체인 조직이었다.

진의 반응을 예상이라도 했다는 듯, 혹은 신경 쓰지 않겠다는 듯 김팔봉은 말을 이어나갔다.

"내가 재미있는 이야기를 하나 해주지."

진은 더 들어줄 테니 어디 멋대로 지껄여 보라는 듯한 표정으로 김팔봉을 쳐다볼 따름이다.

다시 한 번 뒤통수가 뻐근해지며 살인 충동을 눌러 담아야 했지만 설득할 시간 따위는 없었다.

어차피 조금 후면 녀석은 믿게 되어 있으니…….

예상대로 김팔봉이 들려준 이야기는 황당 그 자체였다.

천지상응조화불위부속다물회(天地相應調和佛位不屬多勿會), 사대주의의 구린 냄새가 물씬 풍기는 이 단체가 김팔봉이 몸을 담고 있는 곳이다. 실상 구성 인원은 여덟 명뿐이고, 정기적인 모임도 없으니 단체라기보다는 친목 모임에 가까운 조직인 것이다.

특이한 것은 이들 모임의 구성원들이 풍수, 한의학, 기공술, 역술 등의 업에 종사하고 있다는 사실이었다. 소위 도사라 불리는 도가 계열의 학자들이라는 것이다.

평소 서로의 안부나 물으며 지내오던 이들이 뭉치게 된 것은 십 년 전에 일어난 한 사건 때문이었다.

한반도는 정기가 충만한 땅으로, 도가에서는 반도 전체를 정지(精地)라 부르고 있었다. 일제 강점기 시절, 일본군들은 이러한 정기의 맥을 끊어놓을 심산으로 정맥의 곳곳에 커다란 말뚝을 박아놓았다는 사실은 그리 새로운 뉴스도 아니다. 일부 풍수지리학자들이 이 사실을 밝혀내고 전국을 돌며 샅샅이 찾아내어 제거했다는 소식은 언제나처럼 가십거리일 뿐이었다.

21세기 첨단 과학의 세상에서 풍수나 역학과 같은 학문은 무당의 주술만큼이나 천대를 받은 탓이다.

이러한 무관심 속에 숨어 있는 말뚝들을 모두 제거할 수 없었고, 마침내 그 부작용이 생겨나기 시작했다는 사실은 인간의 허술한 감각은 물론이고, 인간이 맹신하는 첨단의 과학 장비들로도 파악할 수 없었다.

뒤틀린 맥으로 정기는 천지(天地) 사이의 중간계(中間界), 즉 산간 정맥에 머물지 못하고 흘러내려 지면에 응집되었고, 그곳이 바로 서울 강북의 번화가인 동대문구였다. 이곳에 과도한 정기의 충돌로 설명하지 못할 현상이 일어났는데, 그것이 바로 이른바 '틈' 이었다.

인세에서는 결코 나타나지 말아야 할 이 틈이 불러올 현상은 누구도 정확히 아는 바가 없었으나 결과만은 분명했다.

소멸, 그리고 재창조다.

대자연의 진정한 힘은 다물회의 기본 정신에 다름 아니다. 즉 '스스로 되돌리기' 라는 정화 기능을 의미하는 것이다. 이 불안정한 틈을 메우기 위해 자연은 그 거대한 힘을 가동시켜 정화시킬 것이었다. 주위의 정기를 모두 흡수해 본래의 모습인 '무(無)' 로 되돌리는 것이다.

지구와 자연에 있어서는 바람직한 현상이라 하나 그렇게 되면 최소한 서울의 한쪽 귀퉁이는 깨끗하게 지워질 것이고, 인구가 집중되어 있는 수도에서는 막대한 인명이 희생될 것이다.

다물회의 여덟 도인은 동대문구 일대에 거대한 결계를 치고 대자연의 폭주를 진정시켜 그 속도를 늦추는 데 온 힘을 기울였다.

그러기를 오 년여, 한 사건이 터짐으로써 그 모든 노력은 물거품이 되고 말았다. 세계를 경악시킨 서울 핵피폭 사건이 바로 그것이다.

결계의 장력을 유지하기 위해 각자의 지점에서 삼백 미터 이상 벗어날 수 없는 감옥 같은 생활을 감수하면서도 꿋꿋이 역할을 담당했던 다물회의 여덟 도인 중 일곱 명이 핵폭발의 열폭풍에 증발하고 말았다.

기적적으로 김팔봉은 살아남았지만 여덟 명 모두가 혼신의 힘을 다해 겨우 유지할 수 있었던 결계를 다시 가동시키는 것은 불가능한 일이었다.

백방으로 수소문했지만 다물회 여덟 도인의 발치에도 미치는 자가 없었으니, 그런 자들은 수천 명을 가져다 놔도 소용없는 일이었다. 오히려 정기를 감당하지 못해 주화입마에 빠져 버릴 터이니 정기를 느끼지 못하는 평범한 사람만도 쓸모가 없었던 것이다.

김팔봉이 할 수 있는 일이라곤 그저 지켜보는 일뿐이었다.

실상 핵폭발로 인한 열폭풍으로 깡그리 소멸해 버린 곳이니 '틈' 이 카오스 상태로 돌입한다고 해도 더 부숴 버릴 것도 없기는 했다.

그러나 이번에도 그의 예상은 빗나가고 말았다.

결계가 파훼되었음에도 틈은 폭주하지 않은 것이다. 그뿐이 아니었다. 어찌 된 일인지 틈은 핵폭발이라는 막대한 에너지를 흡수해서 서서히 전혀 다른 모습으로 변모해 갔다.

그리고 나타난 그것.

물리학자들이 말하는 '공간의 뒤틀림' , 즉 블랙홀. 불가에서 말하는 '윤회의 축선' , 그리고 그 진정한 실체는 '시공 균열의 변' 이었다.

더군다나 통제가 가능한 균열이었다. 응집되어 있지만 매개체가 없으면 발동되지 않는 실체. 불가능하다고 믿어졌던 일들이 너무나 한꺼번에 일어난 것이다.

우연이라 치부하기에는 지나치게 작위적인 냄새가 짙게 풍겼다.

김팔봉은 서울 핵피폭 사건이 언론에서 떠들었던 것처럼 '쿠데타 세력의 마지막 발악이 만들어낸 끔찍한 참변' 뿐만이 아니라는 것을 확신했다.

진실에 근접할수록 김팔봉은 경악할 수밖에 없었다.

그들.

괴물이었다.

인두겁을 쓰고는 절대로 할 수 없는 짓을 했다.

한진회(韓進會).

그저 살육을 즐기는 괴물들인가. 단지 죽음 자체를 향연하는 악마의 무리들인가.

그것이 아니라면, 도대체 왜?

천륜을 저버리고 인류을 짓밟아 버리는 짓을 왜 했는가? 그 수많은 사람들을 죽여 그들이 얻는 것은 무엇이던가.

진실을 파헤치는 일은 어렵지 않았다.

시공 균열의 변을 통해 인간이 할 수 있는 일이란 한 가지밖에 없었으므로…….

"그러니까 과거로 가서 역사를 바꾼다, 이런 말이오?"

"그렇지. 이제 이해가 되느냐?"

이해가 되기는 개뿔이…….

진은 벌떡 일어나 엉덩이를 탈탈 털어댔다.

"그거 잘됐수다. 일 년 치 로또복권 번호를 적어놓으면 좋겠군. 아니지, 기왕이면 영국에서 쫓겨난 청교도들보다 우리가 먼저 북미대륙을 차지하는 것은 어떻소?"

몸을 휙 돌려 도로변을 향해 걷는 듯하더니 문득 멈춰 서는 진이다. 멈춰 서는가 싶더니 그의 어깨가 들썩이기 시작했다.

웃고 있는 것이다. 황당하고 어이없고 짜증도 밀려오고, 지금 뭐 하는 짓거린가 싶어 웃음을 참을 수가 없었던 것이다.

"네놈 부인, 세영 양의 원혼이 구천에서 떠돌고 있다."

김팔봉의 한마디.

이것이 진의 웃음을 슬픔으로, 이내 분노로 바꾸어놓았다.

서서히 고개를 돌려 김팔봉을 바라보는 진.

슬프게 가라앉은 그의 두 눈에서는 형용할 수 없는 분노가 폭사되어 김팔봉에게 쏟아졌다.

김팔봉은 가공할 살기가 담긴 진의 눈을 마주 보면서도 위축됨 없이 말을 이어나갈 따름이었다.

"현선아 씨의 생존, 네놈은 확신하느냐? 핵폭발의 중심에서 과연 살아남을 수 있는 사람이 있을까? 너 역시 의심하고 있었겠지. 그러나 믿고 싶지 않았던 것뿐이야. 그렇지 않나?"

"그 입!"

"……"

"다시 한 번 나불대면 넌 죽는다."

지나치게 낮게 깔린 진의 음성에는 살기가 뭉텅 배어 있었다.

그러나 김팔봉은 입을 다물지 않았다.

"확인할 기회는 얼마든지 있었다. 허나, 네놈은 하지 않았어. 두려웠겠지. 동생이 아니면 어쩌나, 조작된 사진이라면 그땐 어찌 살아야 하나. 두렵고 무서웠겠지. 내 말 틀렸나?"

"그 입 닥치란 말이다!"

이지를 상실한 광안을 번뜩이며 김팔봉에게 달려드는 진.

퍽!

분노가 가득한 진의 주먹이 김팔봉의 턱에 꽂혔다.

퍽!

가슴에.

퍽!

콧잔등에.

지금까지와 달리 진의 주먹은 모조리 김팔봉의 전신을 난타했다.

김팔봉은 묵묵히 진의 주먹질을 받아주고 있을 따름이다.

눈가가 찢기며 피가 흘러내린다. 입술이 터지며 순식간에 부어오른다.

그러나 김팔봉은 신음 소리 한 번 내뱉지 않았다.

"헉, 헉, 헉……."

주먹질을 멈추고 거칠게 숨을 몰아쉬는 진.

피 범벅이 된 김팔봉은 그세 부어오른 광대뼈를 만지작대며 말했다.

"제법, 주먹이 맵구나."

"……."

진은 문득 김팔봉의 눈을 보았다.

형편없이 늙어빠진 건조한 노인의 피부 안에 영롱하고 맑기 짝이 없는 두 눈이 자리하고 있었다.

김팔봉의 눈 어디에도 거짓부렁은 찾을 수 없었다.

"증명할 수 있소?"

김팔봉은 품을 뒤져 천 원짜리 지폐 한 장을 진에게 던졌다.

"네 동생이라고 우기는 여자의 주소가 적혀 있다."

김팔봉은 주저없이 돌아서 어둠 속으로 사라져 버렸다.

제6장

거짓들

대형 할인점의 옥상.

밝은 표정의 여인과 여인에게 매달려 재롱을 피우는 서너 살쯤 되어 보이는 여자 아이가 망원렌즈에 들어왔다.

어머니를 닮아 예쁘게 파인 보조개, 매력적인 눈웃음을 자아내는 깊은 눈, 야무진 입술.

어느 것 하나를 봐도 틀림없는 동생 선아의 모습이었다.

진의 입가에 오랜만에 미소라는 것이 걸려들었다.

그때다.

"여기 들를지도 모른다고 생각했지."

돌연 들려오는 메마른 음성.

진의 안색이 빠르게 경색되어졌다. 영원히 듣지 못할 것이라 믿었던, 아니, 결코 들려서는 안 될 목소리였던 탓이다.

천천히 돌아서는 진. 그의 얼굴은 더욱 굳어졌다.

그다.

아직도 꿈자리를 사납게 하는 양만댐에서 죽었던, 죽은 줄로만 알았던 전우. 하철수 하사가 싸늘한 미소를 그리며 진의 앞에 서 있었다.

"하철수, 아니, 그것도 본명이 아니겠군."

"혈의 누. 그게 내 이름이다."

"크크크, 피눈물이라… 아버지가 널 무척이나 싫어했나 보군."

하철수 하사, 혈의 누의 얼굴이 미세하게 일그러졌다. 동시에 그의 몸에서 발산되는 음산한 기운, 살기다.

"양만댐에서는 지나치다 싶을 만큼 철저하게 당했다고 생각했지. 이제야 모든 것이 이해가 되는군. 개 한 마리가 끼어 있었던 거야. 이렇게 되면 그 영감의 헛소리가 사실일지도 모른다는 생각이 들 수밖에 없잖아."

희미하게 웃는 진, 그러나 섬뜩한 무엇이 담겨 있는 미소였다.

"그래, 역시 죽이지 않았군. 하긴 네깟 녀석이 죽일 수 있을 만한 인물이 아니긴 하지. 이거 내가 바쁘게 생겼어. 영감이 있는 곳은… 물론 말해 주기 싫겠지?"

"……."

"뭐, 상관없겠지, 결국 알게 될 테니."

혈의 누의 말이 끝나기가 무섭게 구겨진 지폐 한 장이 그의 발치에 떨어졌다.

"영감이 있는 곳이야."

"……!"

의아한 표정도 잠시, 이내 무표정한 혈의 누의 얼굴에서 차가운 미소가 떠올랐다.

"크크, 생각보단 현명한 놈이군."

진 역시 마주 웃었다. 그러나 혈의 누와는 다른, 조소에 가까운 미소다.

"지전으로 태워주지. 양만댐에서는 미처 생각하지 못했는데, 오늘은 잊지 않도록 하마."

반드시 죽이겠다는 의미. 혈의 누의 미소는 씻은 듯 지워졌다.

"건방진!"

피피피슈슉!

권총을 빼 든 시간만큼이나 굉장한 속도의 연사, 십수 발의 탄환이 진이 서 있던 공간을 갈랐다.

그렇다! 서 있었던 곳이다.

이미 그 자리를 피해 혈의 누의 허리를 향해 쇄도해 가고 있는 진.

챙!

세영검을 막아선 혈의 누의 글록26 권총. 팅겨나는 반탄력을 이용해 주저없이 혈의 누의 머리를 노리는 진이다.

피슉! 팅!

검로를 총알로 막은 믿지 못할 수법. 이른바 총격술이다.

혈의 누의 권총은 근접 거리에서는 방패와 둔기로, 조금만 거리가 벌어지면 총탄을 뿌리며 진의 급소를 노렸다.

권총과 소도의 격투라는 어불성설의 대결이 벌어지는 상황.

세영검이 빨라졌다. 총알에 스친 살갗이 벌어지고 피가 뿜어져 나왔지만 세영검에 담긴 살의는 더욱 짙어질 따름이다.

'이제 세 발.'

글록26 권총의 기본 장탄 수는 15발. 이제껏 소모된 탄은 12발이다.

피슉.

'두 발.'

피슉.

'한 발.'

피슉.

"타앗!"

진의 폭갈과 함께 하얀 광채가 혈의 누의 손목에서 번뜩였다. 그러나 총신의 끝은 진의 이마에 맞닿아져 있는 상황.

혈의 누의 얼굴에 승자에게나 어울리는 비릿한 미소가 걸렸다.

"열여섯 발이다, 애송아."

혈의 누는 검지에 힘을 주어 방아쇠를 당겼다.

그러나 그뿐. 총성 대신 '틱' 하는 미세한 마찰음만이 권총에서 새어 나올 뿐이었다.

"알아."

불신이 가득한 혈의 누. 권총은 비스듬히 잘려 떨어져 내리고 있었다. 더불어 권총을 쥐고 있던 자신의 손목까지도.

진은 한 발을 미리 장전해 놓는 하철수 하사의 장탄 습관을 이미 알고 있었다. 그리고 기다렸다, 자신감을 넘어선 자만이 그를 지배하기를.

진은 잘린 손목을 붙잡고 주춤주춤 물러서는 혈의 누를 향해 다가섰다.

"네놈들이 뭔가를 하려 했을 땐 한 가지를 빠뜨리지 말아야 했다."

쐐악!

잘려 나가는 혈의 누의 팔.

"먼저 나를 죽였어야 했다는 거다."

쐐악!

나머지 한 팔도 날아갔다.

마침내 무너지는 혈의 누. 그러나 그의 입에서는 신음 소리 한 줄 흘러나오지 않았다. 기어이 세영검이 목에 겨눠졌건만 그의 눈에는 죽음의 공포 따위는 찾아볼 수 없었다.

"크크크, 넌 아무것도 할 수 없다. 네놈도 허수아비일 뿐이야! 나와 내 아들처럼… 너 역시 아무짝에도 쓸모없는 소품일 따름이란 말이다!"

비로소 감정이 담긴 울분 어린 성토. 그러나 진의 분노를 흔들어놓기에는 터무니없이 늦어버린 것이기도 했다.

"넌 지옥에서 왕따당할 일이나 걱정해라. 최 상사님이나 채연이가 널 보면 꽤나 좋아할 거다."

촤악!

형편없이 나뒹구는 혈의 누의 머리 뒤로 진의 뒷모습이 멀어져 갔다.

"에, 장내에 계신 주부님들께 말씀드립니다. 지금 토마토 1킬로에 단돈 500원에 폭탄 세일합니다. 저희 울트라 마트에서 오늘 계획한 마지막 폭탄 세일 행사입니다. 앞으로 딱 10분! 10분간만 폭탄 세일을 할 예정이오니 많은 이용바랍니다."

스피커에서 나온 들뜬 음성의 파장은 가히 가공할 만했다. 채소 코너에 있던 토마토 진열대는 순식간에 아수라장이 되었고, 토마토가 모두 동이 나는 데에는 10분씩이나 필요하지도 않았던 것이다.

만족한 표정으로 장바구니에 가득 토마토를 담아가는 아낙들과는 별개의 세상에 있는 양, 자동차용 방향제를 만지작거리는 데에만 여념이 없는 인물이 있었다. 잔뜩 굽은 허리에 지팡이를 짚은 노인이었다.

"아줌마, 나 저거 사줘."

여인이 끌고 있는 카트에 타고 칭얼대는 여자 아이를 매서운 눈으로 쏘아보는 여인. 주변에는 노인 한 명뿐이라는 사실을 확인하고서야 그녀의 표정은 누그러졌다.

"엄마라 부르라 그랬지? 다시 한 번 아줌마라고 하면 안 사줄 거야."

시무룩해진 아이는 조용히 고개를 끄덕였다.

다시 예의 밝은 표정으로 돌아가는 여인, 그녀는 진의 하나뿐인 혈육, 선아였다.

잠시 후, 선아는 일주일분은 될 듯한 식료품을 잔뜩 사 들고 계산대로 향했다.

"어머, 오늘도 많이 사셨네요."

넉살 좋아 보이는 계산원이 선아에게 아는 척을 했다.

"아! 네."

"카드로 하실 건가요?"

"네, 여기요."

카드 전표에 사인한 선아는 물건을 포장해 할인 마트를 나섰고, 그 뒤를 따라 노인이 계산대로 들어섰다. 그의 손에는 과자 한 봉지가 들려 있었다.

"천 원입니다."

노인은 호주머니에서 꼬깃꼬깃한 천 원짜리 지폐 한 장을 계산원에게 내밀었다.

"저런 걸 먹고도 살아지나?"

그저 툭 던지는 듯한 혼잣말을 던져 놓는 노인.

무슨 소린가 하여 계산원이 멀뚱한 표정으로 노인을 쳐다보았다.

검버섯이 잔뜩 피어 있고 잔뜩 굽은 허리 때문에 가려져 있지만 주의 깊게 살펴보자면 제법 건장한 체격의 노인이었다. 무엇보다 눈빛이 매서워 노인의 그것이라고는 도저히 볼 수 없을 지경이었다.

뭔가 부자연스러운 노인의 모습이었으나 계산원은 그것을 알아차릴 정도로 날카로운 관찰력을 가지지 못했다.

"예?"

"아! 아닐세. 요새 젊은 것들은 집에서 음식을 하기 싫어하는 것 같아서 말이야."

계산원은 꼬장꼬장한 노인네가 풀어놓은 잔소리를 실컷 듣고 나서야 특유의 넉살을 떨기 시작했다.

"그렇죠? 저 여잔 항상 토요일에 와서는 저런 것만 사가요. 라면에, 인스턴트 식품 같은 거요. 우리 때 같으면 소박맞아도 벌써 맞았지. 어떻게 남편에게 저런 걸 먹여요? 죽으면 시체도 안 썩지, 암."

"서방도 있어? 쯧쯧, 서방 놈은 얼매나 살기 빽빽할꼬."

"호호호, 그러게요. 남편이란 사람도 이상해요. 제 입으로 남편이라니까 그런가 보다 하지만……."

노인은 의문이 가득한 눈을 끔뻑이며 계산원을 쳐다보았다.

아낙은 뭔가 엄청난 비밀을 누설하는 양 주위를 날카로운 눈으로 훑어보고는 고개를 숙여 나지막이 말했다.

"저 여자 옆집에 사는 신 씨가 그러는데, 남편이라는 남자는 일주일에 한 번이나 올까 말까 한대요.”

“남자가 바쁘다 보면 그럴 수도 있는 게지.”

“글쎄, 그게 아니라니깐요. 어떤 때는 덩치가 산만한 조폭 같은 남자가 와서 자고 가기도 하고, 또 어떤 때는 웬 영감이 와서 자고 가기도 한대요, 글쎄. 신씨가 그러는데 저 여자 고급 콜걸이래요. 돈 많은 재벌이나 정치인, 운동선수만 상대한다나 어쩐다나.”

노인은 저런 몹쓸 년이 있나 하며 맞장구를 쳐주었다.

계산이 밀려 아우성치는 다음 손님에게 떠밀려 할인점을 나서는 노인의 눈은 차갑게 가라앉아 있었다.

단잠에 빠져 있는 선아의 입 언저리로 위로 크고 투박한 손이 덮쳤다.

단지 그것 때문에 목구멍에서 터져 나오는 비명이 잠식된 것은 아니었다. 자신의 입을 막고 있는 복면사내의 서릿발 같은 눈매와 이마에 겨눠진 권총이 뿜어내는 싸늘한 살기가 선아의 공포를 압도한 것이었다.

“쉬이.”

복면의 괴한은 입에 검지를 가져다 댔다. 선아가 급히 고개를 주억거리자 손을 떼고 주변을 훑어보는 괴한이다.

“누, 누구시죠?”

선아는 겁에 잔뜩 질린 목소리로 물었으나 괴한은 대답 대신 질문을 던졌다.

“남편은?”

“어, 없어요. 추, 출장을…….”

“회계 부서도 출장이 있나?”

선아의 입에서 스며 나온 낮은 헛바람 소리. 얼굴을 굳히며 선아가 물었다.

“원하는 게 뭐죠?”

“목소리까지 비슷하군.”

복면을 벗는 괴한. 순간, 선아의 눈이 퉁방울처럼 커졌다.

“오, 오빠?”

선아의 눈에 불신이 서리는가 싶더니 이내 그리움과 반가움에서 기인됐을 눈물이 하염없이 흘러내리기 시작했다.

적어도 혹자의 눈에는 그렇게 보일 것이었다. 그러나 괴한, 진의 얼굴에서는 응당 있을 법한 흔들림은 엿보이지 않았다.

“넌 누구냐?”

순간 당황의 기색이 스치는 선아. 진은 그것을 놓치지 않았다.

“왜, 왜 이래, 오빠. 지, 진정 오빠가 맞아? 오빠는 죽었다고 했는데……. 그동안 무슨 일이 있었던 거야? 난 오빠가 죽은 줄로만 알고 있었…….”

피슉!

선아는 말을 마칠 수 없었다. 소음 권총에서 불꽃이 튀어나는가 싶더니 어깨에서 지독한 통증이 밀려든 탓이었다.

어깨에서 번져 가는 핏자국을 믿을 수 없다는 시선으로 일별하고 진을 바라보는 선아.

“다시 묻는다. 넌 누구냐?”

보통 사람이라면 견딜 수 없는 고통을 느꼈을 것을.

그러나 선아 행세를 하는 여인은 비명조차 지르지 않았다.

"크으으… 어, 어떻게……."

이제 모든 것이 확실해졌다. 미치광이 점쟁이의 어이없을 정도로 황당한 말이 최소한 지금 이 순간을 설명한 부분만은 사실이라는 것을.

"내 동생은 이제껏 단 한 번도 날 오빠라 부른 적이 없다. 내 이름을 불렀지. 그리고 선아는 오른손잡이지만 글씨는 왼손으로 써."

할인 마트에서 여인이 카드 명세표에 서명하는 장면.

선아는 고등학교 때부터 우뇌를 발달시켜야 한다며 왼손을 쓰기 시작했고, 이후로는 오른손으로 글씨를 쓰지 못했던 것이다.

선아는, 아니, 지금껏 선아라 믿었던 여인은 노골적으로 적의를 드러내기 시작했다.

"키키키, 이제야 아셨군. 하지만 이제 다 끝났어. 네놈도, 이 못난 나라도 이제는 끝이야."

여인의 선한 인상은 온데간데없었다. 오직 독기에 찬 표독스러운 표정으로 기괴한 웃음을 흘리고 있을 뿐이었다.

반면 진의 눈에는 푸르스름한 불길이 일어나기 시작했다.

"한진회라……."

조소를 흘리던 여인의 갑작스런 침묵. 동시에 그녀의 눈이 쏟아질듯 커졌다.

진의 입에서 나와서는 안 될 말이 나왔기 때문이다.

천천히 권총을 장전하는 진. 당찬 여인의 눈길도 비로소 공포로 채색되기 시작했다.

"자, 잠깐!"

피슝!

양손을 내두르던 여인은 풍선에서 바람 빠지는 소리와 함께 구석에 구겨졌다.

"커어억……."

숨을 쉬지 못하는 여인의 가슴에 진의 발이 얹어졌다. 그러자 비로소 여인은 긴 숨을 내뱉었다.

"이곳은 허파다. 내가 발을 떼면 숨 쉬기가 꽤나 곤란할 거야. 다시 질문을 하지. 한진회라는 개새끼들, 어딜 가야 만날 수 있나?"

입을 달싹거리는 여인.

진은 고개를 숙여 여인의 입에 귀를 가져다 댔다.

"지, 지옥에서 보자……."

"……!!"

동시에 진의 눈에 들어온 것.

어느새 여인의 손에 들려 있는 휴대 전화였다.

채 저지하기도 전, 여인의 엄지는 이미 통화 버튼 위에 놓여 있었다.

"니기미!!"

쿠구구궁!

서울의 한 주택가.

특별할 것도 없는, 특별한 곳도 아닌 이곳에서 특별한 일이 일어났다. TNT 20kg이나 되는 엄청난 양의 폭약이 한꺼번에 폭발하며 집 몇 채를 흔적도 없이 지워 버린 사건이었다.

제7장

혼돈은 시작되고

예전의 한국 사회에서는 볼 수 없었던 하위 문화를 토대로 형성된 할렘가. 해가 지면 공권력조차 미치지 못하는 무법천지인 곳이었다.

이런 까닭에 범죄자들이 몸을 피하는 장소로 애용되고 있었으니, 이른바 '묻지마 손님'이 이곳 '왕자여인숙'의 대부분의 투숙객이었다.

왕자여인숙의 주인은 멍한 시선을 텔레비전에 고정시키고 있을 뿐, 넝마같이 찢긴 옷에 바지춤을 타고 흘러내릴 정도로 피를 흘리며 제 방으로 들어서는 손님에 대해서는 별다른 관심이 없었다.

손님에 대한 철저한 무관심이 자신의 만수무강에 이롭다는 것은 경험상 터득한 그만의 노하우였다.

진은 틀에 맞지도 않은 나무 문을 거칠게 열고 들어서더니 그대로 고꾸라졌다.

"이거야, 원."

두 평 남짓한 방에는 냄새나는 이불과 투박한 주전자, 그리고 연식을 짐작할 수 없는 작은 텔레비전 외에 역시 온전하다고 할 수 없는 노인이 있었으니, 김팔봉이었다.

김팔봉은 진을 돌아 눕히곤 이마에 손을 댔다.

이윽고 그의 입에서 흘러나오는 진언. 의미는 알 수 없되 인세의 것이라고는 할 수 없는 기묘한 음률이 실려 있었다.

기묘한 음성과 함께 빠르게 아물어가는 진의 상처. 실로 놀라운 광경이었다.

"이 좆만한 새끼야! 이 새벽에 뭐라 씨불이고 지랄이야, 지랄이. 잠 좀 자자, 앙!"

커다란 방을 합판 한 장으로 갈라놓았을 따름이니 옆방에서는 김팔봉의 음성이 들렸던 모양이다.

그러나 김팔봉은 진언을 멈추지 않았다. 저따위 양아치 정도야 한주 먹거리도 안 되기도 하거니와, 그는 지금 자신의 단전을 열어 진에게 내기를 쏟아 붓는 아주 중요한 작업을 하고 있었기 때문이다.

15분.

진의 온몸에 난 크고 작은 상처가 모두 아물고 다시 정신을 차리는 데 걸린 시간이었다.

쿵!

겨우 정신을 차린 진은 자신의 몸에서 무슨 일이 일어났는가를 살피기도 전에 현재의 상황에 의아해하지 않을 수 없었다. 방문을 거칠게 열어젖히며 눈알을 부라리고 있는 험상궂은 사내가 누군지 궁금했기 때문이었다.

"이 좆만한 개 숭그리당당아! 여기 네놈 혼자 사냐?"

걸쭉한 욕설을 뱉어놓는 사내를 무덤덤하게 주시하는 진.

기실 진이 보고 있는 것은 사내의 가슴팍에 그려진 지렁이 한 마리였다. 나름대로는 용을 그려본다고 한 모양인데, 진이 보기에는 천박하게 화장한 지렁이 그 이상도 이하도 아닌 조악한 문신이었다.

"어쭈, 이것들 봐라. 사내놈 둘이서 한 방에서 뭐 하나? 이런 재수 없는 새끼들. 니들 오늘 잘 걸렸다!"

지렁이사내가 방으로 막 한 발을 들이는 순간, 그는 마비라도 된 듯 그 자리에 얼어붙고 말았다.

딱히 본인의 신체에 급작스런 변화가 생겨서가 아니었다. 손가락이라도 까닥했다가는 이 재미있고 신나는 세상에서 영원히 하직할 수도 있다는 사실을 그의 목에 겨누어진 한 자루 칼이 분명히 알려주고 있었기 때문이다.

목에 겨누어진 채 한 치의 흔들림도 없이 멈춰 선 칼끝. 슬쩍 밀어 넣기만 한다면 목에 입 하나가 더 생기고 말 것이었다.

칼?

등산용 람보칼부터, 사시미까지 써보지 않은 칼이 없는 사내였다. 물론 그 칼로 등산을 한다거나 생선회를 떠본 적은 한 번도 없었다. 그런 세계에서 다년간 근무(?)했음에도 이렇듯 귀신같이 칼을 다루는 자는 본 적이 없었다.

"피곤해 보이는데 가서 자라."

사내가 비굴한 웃음을 씨익 흘리더니 들어설 때와는 달리 조심스럽게 뒷걸음쳤다.

사내가 사라지자 진은 털썩 주저앉고 말았다.

김팔봉의 신기에 외상은 나아졌다고 하나 피폐해진 정신마저 모두 치유될 수는 없었던 탓이다.

김팔봉이 물었다.

"확인은 했나?"

진은 대답 대신 독백을 허공에 던졌다.

"왜… 나지?"

"했나 보군."

"난… 그저 남들처럼 살고 싶을 뿐이었어."

욕심은 이것뿐이었다. 아내의 든든한 남편이 되어주고, 아이들에게는 좋은 아빠가 되어주는 것. 그렇게 남들처럼 평범한 삶을 바랐던 것뿐이었다.

김팔봉도 착잡한 표정을 감추지 못했다. 더군다나 앞으로 이 남자가 감당해야 할 시련이란 김팔봉 자신도 짐작조차 하지 못하거늘.

"천명이다."

"천명?"

"사람의 삶은 주어진다. 각자의 그릇이 있다는 말이다. 욕심이 넘치면 탈이 나기 마련이고, 네놈처럼 운명을 거부한다고 해도 결코 비켜서지 않기에 천명이라 한다."

"천명… 천명이라……."

"그리 생각해야 속이 편하다."

천명 따위… 김팔봉 역시 믿지 않았다. 운명은 개척되는 데 의미가 있다. 하늘이 쥐어준 운명이라니, 얼마나 재미없고 김빠지는 일이냔 말이다. 그러나 눈앞의 사내, 진을 보고 있노라면 천명을 부정할 수만은 없었다.

"뭘 해야 하나?"

불현듯 던져진 화두. 고요하지만 힘이 담겨 있었다.

"빌어먹을 천명을 뒤집어 버리려면 내가 뭘 해야 하나?"

김팔봉은 진을 돌아봤다. 성난 화염처럼, 집어삼킬 듯한 화마가 깊은 두 눈에서 뛰쳐나오려 하고 있었다.

막을 수 있을는지. 이제 악만 남은 이 남자가 잔뜩 뒤틀려 버린 이 현실을 과연 바로 잡을 수 있을는지.

그러나 이미 던져진 주사위다.

선택은 김팔봉의 몫이 아니었다.

막지 못한다면 이 또한 세상의 운명이요, 이 남자의 천명일지니.

김팔봉은 일어섰다.

"어린 놈아, 반말하지 마라."

구소련의 핵발전소 체르노빌의 참사 이후 지금까지도 아무도 살지 못하는 불모지가 된 것을 감안하면 동대문의 상황은 양호한 편이었다.

기술진에 의해 중화기가 곳곳에 설치되고, 거대한 한강을 끊임없이 정화를 시키면서 잔존 방사능은 빠르게 줄어들고 있었던 것이다.

그렇다 하여 방사능에 대한 저항력이 가장 약한 생명체인 인간이 아무렇게나 출입할 수 있을 정도로 안정되지는 않았다. 이런 곳에 방사능으로부터 보호받을 아무런 장비도 없이 드나들었다가는 걸어다니는 송장이 되는 것은 시간문제일 터였다.

하지만 명백한 위험이 상존하고 있는 이곳에도 사람은 살고 있었다. 대부분 무너진 건물들이지만 비바람을 막아주기에는 충분했고, 부랑자들을 가축 다루듯 하는 단속반도 없을뿐더러, 일단 잡히고 나면 끔찍한 수용소로 보내져야 하는 현실도 없는 곳.

집과 인생을 모두 잃어버린, 그야말로 벼랑 끝에 선 사람들이 곳곳에 붙은 경고 표지를 무시하고 모여 살고 있는 것이다.

과거 동대문구라 불리던 제법 넓은 지역에 살고 있는데다, 좀처럼 밖으로 출입하지 않아 눈에 띄지 않아서 그렇지 물경 10만에 이르는 적지 않은 숫자였다.

하여 이곳은 '반핵 평화 공원 부지'라는 행정적 용어보다는 정죄동(淨罪洞)으로 더욱 알려져 있었다. 정죄계(淨罪界), 즉 연옥(煉獄)의 동네라는 의미다.

천당과 지옥을 직행하지 못하는 영혼이 불로써 마지막 심판을 받는다는 연옥. 그러나 이들이 지은 죄라고는 지독히도 가난하다는 것이며, 사회는 이들을 구제해 줄 어떠한 방안도 없다는 것뿐이었다.

외지인이 나타나자 무너진 건물 곳곳에서 고개를 내미는 사람들. 그들에게서는 도무지 생기가 느껴지지 않았다.

진은 그들의 눈을 마주 대할 용기가 없었다.

김팔봉의 말에 의하면 진과 그의 아르곤 대원들이 양만댐에서의 핵 유출을 막았다 하더라도 발생할 비극이었겠지만 스스로 합리화하고 말기에는 믿어지지 않는 참상이었다.

어느 순간 진의 얼굴이 잔뜩 찌푸려졌다.

급히 틀어막았음에도 정체를 알 수 없는 지독한 냄새가 코 안으로 파고든 탓이다.

"군 방역부대에서 수시로 와서 시체들을 태우지. 시체 태우는 노린내, 이것이 정죄동의 냄새야. 연옥조차도 과분해."

분노가 가득한 김팔봉의 목소리가 떨려갔다.

그의 전신에 폭발적인 기운이 머문 것도 잠시, 이내 흔적도 없이 사라지고 환한 미소가 걸렸다.

"할부지!"

머리 구멍을 낸 군용 담요를 걸친 한 아이가 김팔봉에게 위태한 달음질로 뛰어오고 있었다.

백지장같이 창백한 얼굴, 푸르스름하게 변한 입술, 이번 가을을 넘겨 백설을 보지 못할 듯한 심각한 병색을 지닌 사내아이였다.

"허허허. 우리 환이, 잘 있었느냐?"

"응! 할부지는 왜 이케 늦게 왔어? 환이 할부지 많이 보구 싶었단 말이야."

김팔봉은 이곳에서는 신과 다름없는 존재였다.

다물회의 유일한 생존자로 홀로 '균열의 변'을 지키며 정좌동에서 살아왔기에 이곳의 사람들과의 안면이 적지 않은 데다가, 무엇보다 높은 도력으로 방사능의 악한 기운을 막아내는 신기를 보이며 아직도 멀쩡히 살아 있었기 때문이다. 일단 들어오면 1년을 넘기지 못하고 죽어나가는 이들의 가슴에서 경외심을 불러일으키기에 그의 능력은 충분한 것이었다.

또한 아이들은 틈틈이 밖에서 구해온 과자와 옷가지들을 나눠 주는 김팔봉을 따르지 않을 수 없었다.

"껄껄껄, 이렇게 왔지 않느냐. 그래, 엄마, 아빠는 잘 계시지?"

환이는 김팔봉의 팔에 더욱 안겨 들었다. 떨리는 아이의 어깨.

"오늘 아침에 선계에 드셨어요. 할부지, 할부지, 정말 거긴 먹을 것도 많구 장난감도 많아요?"

당황하는 김팔봉이다. 얼마 전까지만 해도 특별한 징후를 보이지 않던 아이의 부모는 그새 세상을 떠난 모양이었다.

그러나 아이는 슬퍼하지 않았다. 죽음을 알기에는 너무나 어린 나이이기도 했지만, 이곳의 아이들은 사람은 죽으면 선계에 들어 평생 행복하게 산다는 김팔봉의 말을 굳게 믿고 있었기 때문이다.

"그러엄. 우리 환이 부모님은 지금쯤 맛있는 거 많이 먹고 계실 거야."

"환이도 얼른 선계에 가고 싶은데."

김팔봉의 두 눈이 붉게 충혈되었다. 철모르는 착한 아이들에게 주어진 가혹한 현실에 대한 슬픔과 분노가 두 줄기의 눈물이 되어 속절없이 흘러내릴 따름이었다.

"그래, 그래… 우리 환이도 착한 일 많이많이 하면서 기다리면 선계에 가서 엄마, 아빠를 만날 수 있을 거야."

김팔봉은 꿈과 희망이 가득할 미래에 대해 이야기하지 않았다. 헛된 희망은 때론 저주만 못한 법이니.

"어? 또 코피 난다. 할부지, 저 또 코피 나요. 헤헤."

놀란 김팔봉이 아이를 보려는 순간, 투박한 손이 아이의 코를 조심스럽게 훔쳤다.

환이는 자신의 코피를 닦아주는 사내의 얼굴을 쳐다보았다. 활짝 웃고 있는 아저씨의 모습이었다. 환이도 활짝 웃어 보였다.

"그래, 환이는 좀 쉬어야겠구나."

잠들 듯 스르르 그의 품으로 스러지는 환이를 안고 김팔봉은 걸음을 옮겼다. 그의 어깨가 미세하게 떨리고 있었다.

진의 가슴에서도 한진회를 향한 미칠 것 같은 분노가 샘솟고 있었다.

　　　　　피폭 중심으로 갈수록 오히려 주위는 깨끗했다. 열폭풍이 모든 것을 녹인 결과다.

"다 왔네."

진은 주위를 둘러보았다.

아무것도 없는 황무지다. 핏물을 머금은 듯한 검붉게 변한 흙과 그들 세 명 외에는 바람조차 없었다.

진이 의아한 눈으로 김팔봉을 바라보았다. 시공 균열의 어쩌고 하기에 뭔가 신비로운 현상이 발생하고 있는 줄로만 알았던지라 지나치게 평범하고 평온한 주변 환경이 의아했던 것이다.

"양과 음이 완벽한 합일되는 시기에 문을 열 수 있어. 30분 정도는 시간이 있을 게야. 앉지. 아직 못한 이야기가 많아."

김팔봉은 옷을 벗어 환이의 누울 자리를 마련하고 바닥에 뉘었다.

잠들어 있었지만 이대로 깨어나지 못한다 하더라도 이상할 것 없을 정도로 숨이 미약하기만 했다.

진도 환이 옆에 조심스럽게 앉았다.

"난 이제 인세의 명을 다했네."

아이의 볼을 쓰다듬던 진이 고개를 들어 김팔봉을 물끄러미 쳐다보았다.

"같이 가는 게 아니었소?"

김팔봉이 씨익 웃었다.

"혼자는 자신이 없느냐?"

"언제나 혼자였소. 내가 묻는 건… 나 때문에 몸이 그런 것인가 해서요."

시간이 지날수록 눈에 띄게 야위고 안색이 나빠지는 김팔봉이었다. 진으로서는 김팔봉의 상태가 총격을 당해서라고 생각할 수밖에 없었다. 그러나 김팔봉의 상태가 악화되는 이유는 수년 동안 막대한 방사능에 피폭되었기 때문이다. 높은 도력으로도 방사능의 침습을 늦출 수밖에는 없었던 것이다.

"네놈 탓이 아니야. 이만큼 산 것도 이미 천수를 넘긴 셈이지. 그렇지 않다 해도 난 가지 못한다."

"……?"

"난 진본인(眞本人)이 아니거든."

"진본인?"

"그래, 진본인."

김팔봉은 조용히 말을 이어갔다.

진본인은 현세 인류의 근본이 되는 자들을 일컫는다. 아담과 이브를 말하는 이들, 내세를 믿고 윤회를 믿는 이들, 영혼의 방을 이야기하는 이들, 다양한 신들을 믿는 이들 역시 그 근본에 대한 의구심은 역사를 두고 끊임없이 재기되어 왔다.

그 모든 해답은 진본인이다.

신이 뿌린 인류의 씨앗. 바로 그들이 진본인인 것이다. 이들이 특별한 것은 희대의 살인마나 구국의 영웅이 되기 때문이 아니라 언제나 인간으로 태어나 같은 영혼을 지닌다는 점이었다. 불가(佛家)의 입장에서 본다면 진본인은 전생에도, 그 전생에서도 가축이나 미물이었을 가능성이 없다는 이야기가 된다.

"그러니까……."

"맞다, 네가 진본인이다. 그것도 한반도에 유일하게 남은 진본인이지."

이제는 더 황당할 일도 없었다. 진은 이 우스꽝스러운 이야기를 제법 진지하게 받아들이기 시작했다.

"다시 말해 이 타임머신을 탈 수 있는 사람은 진본인뿐이다 이 말이군요. 그래야 과거로 돌아가도 개, 돼지로 변할지도 모르는 횡액을 면할 수 있다는?"

"그렇지. 생각보다 이해가 빠른 녀석이군."

진은 침묵에 빠졌다. 김팔봉의 말이 사실인지 허무맹랑한 헛소리인지는 30분, 아니, 이제 15분 안에 밝혀질 것이었다.

"강요하는 것은 아니다. 한진회 녀석들은 오래전부터 진본인들을 데려다 세뇌시키고 교육시켰다. 얼마 전, 이 근처에서 엄청난 기의 응집이 있었다. 내 생각엔 그들은 몇 명인지 모를 진본인들을 이미 보낸 듯하다."

진이 물었다.

"그 친구들이 역사를 바꾼다고 칩시다. 하지만 그들 역시 같은 민족이 아니오. 설마 깽판이나 치려고 그 개고생을 하겠소?"

"그렇지. 그들 나름대로는 한민족의 부흥을 앞당기고 벗어날 길이 없는 약소국의 설움을 떨쳐 내버리겠다는 의지겠지. 하나 보거라, 그들이 한 짓을……."

김팔봉은 미약한 숨을 고르며 잠들어 있는 환이의 머리를 조심스럽게 쓰다듬었다.

"우리 민족의 부흥과 영광을 위한다는 자들이 동족을 몰살시켰다. 게다가 가장 중요한 것은 시간이 그리 호락호락하냐는 것이다. 역사는 인간의 선택에 의해 쓰여졌다고 하지만 실은 그렇지 않다. 인간의 선택도 있었지만 천지자연에 순응하고 부응한 결과가 바로 역사다. 그들이 역사를 손대려 하는 순간, 천지자연의 균형은 깨질 것이고 오행은 파괴될 것이야. 그 결과는……."

김팔봉의 표정이 어느 때보다도 굳어졌다.

"소멸이다. 그것이 인류에 대해 국한될 것인지, 아니면 지구 전체에 해당되는 것인지는 모르겠지만 인류의 입장에서는 양자의 차이는 없는 셈이지."

묵묵히 듣고 있던 진은 문득 죽은 듯 잠에 빠져 있는 환이에게 시선을 돌렸다.

"다시 말해 내가 지구를 지켜야 한다는 소리군."

동서를 막론하고 사내아이들의 유년기적 꿈이 바로 강력한 로봇을 타고 지구를 침략하는 악의 무리들을 혼내주는 것이리라. 그러나 진에게는 지구를 지킬 초능력도, 무쇠팔, 무쇠다리를 가진 거대한 로봇도 없다.

진이 어이없다는 듯 김팔봉을 쳐다보자 그도 머쓱한지 고개를 숙여버렸다. 김팔봉 자신도 막막한 일이거늘 정작 당사자는 얼마나 기가 막힐까.

"가고 안 가고는 네 선택이다. 네가 싫다면……."

"불행은 나만의 것인 줄 알았소."

김팔봉의 말을 끊는 진. 몸을 움츠리는 환이에게 겉옷을 벗어 덮어주며 말을 이었다.

"이제는 당신이 날 선택한 것이 아니라 내가 내 운명을 선택한 것이 되었소. 내 힘은 미약하지만, 그들을 막을 테요. 온몸이 갈기갈기 찢어지더라도 손가락 하나만 움직일 수 있다면 그들의 바짓가랑이라도 잡고 늘어질 것이오. 죽어 나자빠지면 원귀가 되어서라도 그들을 잡아둘 것이오."

창백한 김팔봉의 얼굴에 미소가 떠올랐다.

"크크크, 주둥이 하나는 기가 막힌 놈이군. 내가 다 소름이 돋는다, 이놈아. 허나 주둥이만으로는 그놈들을 막을 수 없어. 힘을 길러야 한다. 본신의 힘은 물론 동조자들을 물색해야 해. 솔직히 나는 이 문이 어디로 연결되었는지 알지 못한다. 그놈들이 이미 출발했다면 그 뒤를 따라가게 되어 있는 것인지, 아니면 전혀 다른 시공으로 가는 것인지조차 알지 못하지. 그래도 가겠느냐?"

"두려움은 이제 내 몫이 아니오, 영혼마저 내 손에 불살라질 놈들의 것일 뿐!"

"이노옴!"

김팔봉의 일갈. 그러나 진은 원독으로 가득 찬 눈을 김팔봉에게서 떼지 않았다.

김팔봉은 진의 눈을 한참 동안 쳐다보며 결국 어쩔 수 없다는 듯 고개를 설레설레 흔들었다.

"살심이 과하다. 가슴에서 피워낸 검은 결국 제 심장을 찌르는 법. 잘못된 것을 바로잡으라 한 것이지 무분별한 살상을 하라는 것이 아니야."

"결국은 그게 그거요."

"허어, 그놈 참. 그래, 그렇다 치자. 그것보다 가장 중요한……."

투다다다다!

김팔봉이 말을 꺼내려는 순간, 주위가 급격히 대낮처럼 밝아지며 둔덕에서 거친 회전음을 뽑아내는 비행체가 떠올랐다.

"민간인들은 통제 구역에서 벗어나십시오! 귀하께서는 현재 군 통제 구역에 무단으로 침입했습니다. 다시 한 번 경고합니다. 지금 즉시 통제 구역에서 이탈하십시오."

확성기에서 거친 음성이 퍼져 나오는 곳으로 진과 김팔봉의 고개가 돌아갔다.

그들에게 강한 서치라이트를 비추며 위협적으로 다가오는 것은 육군의 국산 KAH-500 공격 헬기였다. 음성의 내용은 단순하고 통상적인 경고성 멘트였지만, 그들에게 고정되어 있는 20밀리 캐틀링 건은 다음은 그저 경고만으로 끝나지 않을 것이라 말해 주고 있었다.

"니기미!"

진이 급작스레 몸을 굴려 소총 가방을 집어 들고 뛰기 시작했다. 그와 동시에 김팔봉은 품에서 누런 종이를 꺼내 뿌리며 진언을 읊기 시작했다.

공격 헬기는 잠시 이상한 짓거리를 하는 김팔봉과 급하게 둔덕 뒤로 도망치는 진을 두고 당황한 듯했지만 종이 쪼가리보다는 수상한 가방을 들고 있는 진이 위험 순위가 높다고 판단했고, 곧바로 진을 뒤쫓기 시작했다.

그렇기에 김팔봉이 앉아 있던 자리의 뒤쪽에 묘한 소용돌이가 급격하게 커지며 밝고 가는 실선이 허공에 둥실 떠오르는 것을 공격 헬기의 조종사들은 보지 못했다.

초저공 비행으로 둔덕을 넘어서는 공격 헬기.

그러나 공격 헬기의 조종사는 진의 모습을 찾을 수 없었다.

"뭐야? 이 새끼 어디 갔어?"

"제깟 놈이 가면 어딜 가겠어?"

무장 관제사가 호크아이라 불리는 광학 열영상 시스템을 작동했다. 그러나 없다. 전방 210도에 있는 모든 생명체를 잡아내는 호크아이의 탐측 영상에는 아무것도 들어오지 않았다. 공격 헬기의 조종사와 무장 관제사가 황당한 표정으로 물들어갈 무렵!

투앙!

빠직!

"억!"

소박하리만치 단출한 한 발의 총성과 함께 이어지는 무장 관제사의 외마디 비명.

50미터 우측면의 지면이 불쑥 솟아오르는가 싶더니 곧바로 총탄이 날아왔고 후방의 조종석 캐노피에 하얀 멍 자국을 만들어놓은 것이다. 강화 방탄 섬유로 제작된 캐노피를 뚫지는 못했지만 총탄이 날아온 방향은 정확히 무장 관제사의 관자놀이였다.

하얗게 질려 버린 무장 관제사가 외쳤다.

"저, 저 새끼, 죽여 버렷!"

"롸져! 팍스 원!"

조종사의 헬멧에 연동된 20밀리 캐틀링 건이 진을 향해 돌려졌다.

"니기미!"

진은 재빨리 무너진 건물 더미 뒤로 몸을 날렸다.

콰콰콰콰콰콰쾅!

20밀리 기관포가 연신 불을 뿜었고, 거대한 탄두가 진이 몸을 숨긴 콘크리트 더미를 갈가리 찢어놓기 시작했다.

투아앙!

아직 죽지 않았다고 항변이라도 하는 듯 묵직한 총성이 울려 퍼졌다. 그러나 기관포탄이 쏟아지는 경황에 정밀한 사격이 될 수는 없었다.

더군다나 광학 열영상 장비와 사격 통제 장비를 갖춘 첨단 전투 헬기를 저격소총과 권총만으로 상대한다는 것은 애초에 어불성설이다.

반격을 하고는 있다지만 얼마 버티지 못할 터였다.

일은 이때 벌어졌다.

김팔봉의 뒤에 둥실 떠 있던 작은 실선이 중간부터 벌어지기 시작하더니, 어느새 타원의 모양이 되었고 원의 안에서는 깊이를 알 수 없는 칠흑의 소용돌이가 휘몰아치기 시작했다.

바로 시공 균열의 실체다.

두 눈을 번쩍 뜨는 김팔봉. 다시금 그의 입에서 흘러나온 진언에 어두운 하늘에서 급격하게 먹구름이 피어났다.

"오움. 합!"

공간에서의 파장.

김팔봉을 중심으로 퍼져 나간 한 가닥 파장이 공격 헬기의 꼬리날개에 닿는 순간 헬기는 끈 떨어진 연처럼 요동치기 시작했다.

갑작스런 상황에 당황한 공격 헬기의 조종사들은 결국 자리를 지키지 못하고 북쪽 하늘로 달아나기 시작했다.

"쿨럭!"

김팔봉의 입에서 검은 각혈이 한 덩어리나 토해졌다. 그러나 그는 제 몸을 추스를 새도 없이 몸을 날렸다.

쥐어 뜯겨진 콘크리트 구조물 밑에는 피 범벅이 된 진이 거친 숨을 몰아쉬며 쓰러져 있었다.

"괜찮더냐?"

"이, 이게… 괜찮은 것 같이 보이쇼?"

입으로 핏물을 줄기줄기 뱉어내며 농담처럼 말을 뱉던 진은 그대로 고꾸라졌다.

대구경 총탄에 맞은 진의 팔은 거의 뜯겨지다시피 덜렁거리고 있었고 피는 분수처럼 솟구치고 있었다. 동맥이 다친 것이다. 출혈을 막지 못한다면 얼마 버티지 못할 것이다.

김팔봉은 진의 배에 장심을 대고는 또다시 진언을 읊었다. 예의 은은한 빛이 그의 손에서 새어 나와 진의 몸을 감싸더니 너덜거리던 진의 팔이 서서히 아물어가기 시작했다. 아물어가는가 싶더니 어느새 새 살이 돋아나고 있으니 이것은 신기(神技)를 넘어선 기적이었다.

그러나 김팔봉의 사정은 그리 좋아 보이지 않았다. 진의 상처가 아물어가는 것과 동시에 생기(生氣)를 소진해 나가는 듯, 김팔봉은 급속히 늙어가 버리는 것이었다.

그러기를 얼마 후.

"크어억……."

진은 큰 숨을 내뱉으며 눈을 떴다.

상황을 살피고 이해하기도 전, 진의 시선에 정좌한 채 고개를 푹 숙이고 있는 김팔봉이 들어왔다.

"이봐! 영감, 정신 차려!"

진이 김팔봉의 어깨를 잡고 흔들어대자 김팔봉이 가까스로 고개를 뽑아 올렸다.

"어, 어서… 서둘러……."

조금 전까지만 해도 배에 구멍이 난 영감치고는 지나치게 정정한 모습을 보였던 김팔봉은 피골이 상접하여 그야말로 미라나 진배없었다.

바짝 말라 버린 김팔봉의 손이 가리키는 방향, 손끝을 따라가던 진의 눈이 휘둥그레졌다.

지면 위에 살짝 떠 있던 검은 나선형의 공간이 서서히 사라지고 있었던 것이다.

진은 크게 흔들리는 눈으로 다시 한 번 김팔봉을 일별했다.

진은 안다. 팔의 상처는 아물었지만 다시 사용하지는 못할 것이다. 잠시의 방심으로 불구가 되고 만 상황에서 펼쳐질 예측 불가능한 미지의 세계. 두렵지 않을 수 없었다.

"며, 명심… 희… 망의 푸른……."

김팔봉의 창백하고 고통에 찬 표정이 이내 평온해졌다. 죽음에 이르는 과정은 투사였지만, 막상 죽음에 들어서는 자연을 벗 삼은 도사의 모습을 간직한 김팔봉이었다.

진은 소총을 지팡이 삼아 일어섰다.

김팔봉이 남긴 마지막 진언.

희망.

희망 따위는 없다.

그저 한 남자의 피맺힌 원한이 남았을 뿐이다.

이미 지름 1미터도 안 되게 줄어든 카오스 홀 앞에 우뚝 선 진.

주저주저 갈등의 기색이 잠시 스쳐 갔으나, 이내 굳은 표정으로 김팔봉에게 고개를 돌렸다.

"지켜보시오, 내 반드시 해낼 것이니."

진을 삼켜 버린 카오스 홀은 순식간에 그 입구를 닫아버렸다.

거짓말처럼 평온을 되찾은 벌판 위로 동료를 달고 온 두 기의 공격 헬기가 나타났으나 그들이 찾은 것이라곤 아이와 노인의 시체 두 구뿐이었다.

제9장

모든 것을 새롭게

　　　　　　도무지 인적이라고는 찾아볼 수 없는 깊은 산중. 그렇기에 그저 펼쳐져 있는 것만으로 몸과 마음이 씻겨 나가는 듯한 청정한 대자연이다.

녹음을 비집고 세로로 길게 난 맑은 개울가에 엎드려 머리를 통째로 처박고 있는 작은 인영, 진이다.

이내 잠긴 머리를 뽑아 올리고는 거친 투레질로 물기를 털어댄다.

그래 봐야 바뀌는 것은 없었다.

그대로다.

겪어온 일들이 너무나 심상치가 않은 것들이기에, 피로가 과하게 쌓인 나머지 잠시 환영이 보였다거나 착각한 것이 아니라는 말이다.

"허허……."

도무지 이해할 수 없는 상황에 기도 차지 않는다.

얼핏 봐서는 열 살도 안 되어 보이는 꼬마 아이다.

이 정도로 회춘한 것이야 나쁠 건 없다. 나쁠 것 없을 뿐만 아니라 덩실 춤이라도 한판 춰야 할 축복이라 봐도 무방하다.

하지만 한 명의 인간적 객체로 사회적 성공과 자아를 실현함으로써 뜻 깊고 의미있는 삶을 영위하기 위해 개고생을 해가며 이곳에 온 것이 아니다. 적이 누구인지, 얼마나 강한지, 어디서 얼마나 큰 세력을 형성하고 있는지도 모를 이 막연한 상황에서 꿈에서조차 생각해 보지 않은 꼬마라니.

"염병할 영감탱이!"

이런 중요한, 피부에 직접적으로 와 닿는, 미리 알지 못하고 이런 식으로 당하면 돌아버리기 직전까지 몰려 버리는 이야기는 해주지 않고 웬 쓸데없는 흰소리만 지껄였느냔 말이다.

권총과 탄창 두 개, 저격소총 한 자루와 탄약 몇 발, 세영검, 그리고 세영검의 검병에 쑤셔 박아놓은 C-4 둔감 폭약. 급한 대로 챙겨온 이 장비들은 이제 쓸모없는 짐으로 전락할 처지인 것이다.

한진회 개자식들을 때려잡겠다고 이 빌어먹을 곳에 온 것만은 확실하지만, 한진회가 어디에서 무슨 짓을 꾸미고 있는지는 기억할 수 없었다.

아니, 애초에 모르고 있었는지도 모른다.

이 막막한 상황에서 느닷없이 열 살 남짓한 꼬마의 몸이라니……. 나오느니 한숨이고, 무너져 내리느니 희망이었다.

온전히 기억할 수는 없지만 알 수는 있다.

예전의 자신이라면, 건장한 성인의 육신을 지녔더라면 한진회라는 미친놈들의 면상에 바람구멍을 뚫어놓을 수 있을 거라는, 그럴 만한 능력이 충분히 있었음을 알 수 있단 말이다.

이제 가진 것이라고는 가누지도 못할 무기들과 엉망진창이 되어버린 머리 속, 그리고 연약한 아이의 몸뿐이다.

환장할 노릇이었다.

진은 높다란 장송 밑에 쭈그리고 앉아 무릎 사이로 고개를 처박았다.

시간이 필요하다.

이 넨장맞을 상황을 이해할 시간이 아니라 받아들일 시간이…….

기실 진에게 일어난 일은 기적에 가까운 일이었다.

시공 균열의 통로로 드는 곳은 한 곳이나 나가는 곳은 두 곳.

푸른빛을 발하는 통로는 시간의 통로이고, 암흑의 통로는 망각의 통로다.

시간의 통로는 유기질 외에는 통과를 허용하지 않는 곳이되 본신의 손실 없이 시간을 역행할 수 있다.

망각의 통로는 이와는 반대. 진의 장비들이 손실 없이 통과했듯이 무기질의 통과는 허용하나 인간의 육신과 영혼은 망실되고야 마는 통로인 것이다.

김팔봉이 숨을 놓기 전 했던 말의 실체는 진의 생각처럼 희망이라는 모호한 개념이 아닌, 푸른빛을 발하는 시간의 통로에 들어서라는 말이었던 것이다.

결국 영혼과 육신이 완전히 부서져야 할 망각의 통로를 건넜음에도 불완전하나마, 기억과 영혼을 온전히 보존할 수 있었던 이유는 바로 시공 균열의 통로로 직접 떨어진 아이의 육신이 있었기에 가능한 일이었다. 그야말로 로또복권 일등에 다섯 번 연속 당첨될 확률보다 더욱 희박한 가능성이 실현된 행운인 것이다.

"휴우우……."

이러한 사정을 알 까닭이 없었던 진으로서는 뒤로 넘어지고 나니 코가 깨지고, 일어서려니 똥을 짚고, 더러워서 털어내려니 돌부리에 찧고, 아픈 손을 엉겁결에 입으로 가져가더라는, 세상에서 제일 재수없는 놈이라 생각할 수밖에 없는 노릇이었다.

어찌 되었든 이제는 인정하지 않을 수 없었다. 이건 꿈이야! 라고 목청껏 외쳐 본들 되돌아올 것이라고는 헛된 메아리며, 이럴 수는 없어! 라고 부정해 본들 헛된 공염불일 뿐인 것이다.

"언제 크나."

아니, 크기는 할까? 이대로 크지 못하고 난쟁이로 머물러 있다 해도 지금의 개 같은 상황에서는 억측도 아닐 것이다.

진은 다시 개울에 얼굴을 비추어보았다.

기억하는 어릴 적 모습과는 전혀 딴판인 모습이었다. 조금 전 확인했던 번데기만한 고추만 아니었더라면 계집아이라 착각할 정도로 비리비리한 몰골이었다.

"어라?"

역시 계집아이같이 쌍꺼풀 진 커다란 눈. 문제는 그 눈 안에 덩실 떠 있는 눈동자의 색이었다.

"볕이 이상한가?"

빛의 굴절에 의한 순간적인 착시 현상인가 싶어 얼굴을 이리저리 돌려보지만 여전히 오른쪽 눈동자는 자색, 왼쪽은 녹색을 띠고 있는 것이었다.

뭐, 그럴 수도 있다. 지금까지 겪어온 일들에 비하면 눈 색깔이 무지

갯빛으로 빛난다 한들 그야말로 귀여운 수준인 것이다.

일단은 주어진 현실을 인정하고 환경을 받아들여야 하는 과제가 우선이다.

"여기가 어딘가부터 알아야겠지."

진은 벌떡 일어나 주위를 두리번거렸다.

나무가 있고, 개울이 있고, 깎아지르는 암벽도 보인다.

넨장맞을 나무가 있고, 가다 보면 개울도 있고, 어쩌다 암벽도 있는 곳이 산의 공통적인 특징이 아니던가.

사람을 만나야 한다. 그래야 이곳이 어디쯤인지, 어느 정도의 시기인지 파악할 수 있을 것이다.

그러기 전에 해야 할 일이 있다.

열 살짜리 꼬맹이가 저격소총과 권총을 들고 배회한다면 못해도 신문기사 사회면 한자리쯤은 장식하게 될지도 모를 일이었다.

"……."

신문이라…….

저 아래 세상에 그런 것이 있기나 할런지…….

걱정을 앞세울 필요는 없다. 그때그때 닥치면 해결하면 그만이다. 그렇게 훈련받았고, 그렇게 살아왔다.

진은 낑낑대며 끌고 온 등산용 가방을 다시 숲 속으로 끌고 가 커다란 나무 밑동을 세영검으로 파 내려가기 시작했다.

한 시간 후.

진공 봉투로 꼼꼼하게 포장한 장비 가방은 땅속에 파묻었고, 위장까지 마무리되었다. 약간의 비상 식량과 돈을 제외한 진의 흔적은 고스

란히 사라진 것이었다.

진은 가방을 묻은 나무에 적당한 표시를 하고 주변을 주의 깊게 살폈다. 시간이 지나서 이것들을 다룰 힘이 생기면 다시 찾으러 와야 하기 때문이다.

"옷은 어쩐다."

기억을 되짚어보건대 시공 균열이 어쩌고 하는 염병할 터널에서 옷은 홀랑 타버렸다. 입고 있는 가죽 옷은 만져 봐도 떠오르는 것이 없었다. 어째서 이런 옷을 입고 있는지 진으로서는 알 길이 없는 노릇이었다.

그나마 사람의 흔적이 남아 있는 것이니 일단 옷을 통해 이곳의 정보를 수집해야 했다.

진은 옷을 벗어 바닥에 펼쳐 보았다. 벗어놓고 보니 옷인지 뭔지도 모를 그야말로 조악한 가죽 조각이다.

무엇의 가죽인가…….

모르겠다.

가죽을 꿰매어 놓은 이음새는…….

젠장! 모르겠다.

바느질에 관해서는 군인의 솜씨에서 벗어나지 못했던 진도 이보단 잘 만들 수 있을 지경인, 당최 정성이라고는 눈곱만큼도 보이지 않는 옷이었다.

아니, 옷이기는 한 걸까?

진은 더럭 겁이 났다.

산 밑에 살고 있는 사람들이 모두 이런 옷을 입고 있다면 문제가 심각해진다. 구석기 시대에나 이런 패션이 유행했단 말이다.

"니기미……."

여기서 이런 저런 절망적인 상상을 해봐야 정신 건강에 해로울 뿐이다. 진은 다시 옷을 빙자한 가죽 조각을 걸치고 벌러덩 누워버렸다.

딱!

"니기미!"

머리에 돌멩이가 부딪친 모양. 진은 머리맡에서 평평한 돌멩이를 빼 계곡가로 던져 버리려 했다.

"응?"

돌멩이인 줄 알았던 납작한 것은 은빛을 발하는 쇠붙이였다.

은빛 쇠붙이를 매만지던 진의 눈이 급히 가라앉았다. 그저 눈으로 보기만 할 땐 도무지 기억이 떠오르지 않았지만, 이렇게 직접 만져 보면 물건에 대한 추억들이 파노라마처럼 펼쳐지는 것이었다.

"서, 선아……."

유일한 혈육 현선아. 그녀가 언젠가의 생일날에 선물로 준 소위 명품 담배 케이스가 바로 은빛 쇠붙이의 정체였다.

진은 조심스러운 손길로 담배 케이스를 쓰다듬고 천천히 열어보았다.

케이스 안에는 담배 두 개비와 십자가 모양의 메달이 들어 있었다.

흠칫.

진은 십자가에 손을 가져갔다가 등골을 서늘하게 하는 살기에 아연 긴장을 해야 했다.

십자가 모양의 메달.

결혼 반지조차 끼고 다니지 못했던 진에게 어울리는 노리개가 아니다. 십자가는 유사시 자결용으로 쓰려 했던, 세영검의 검병에 내장된

20그램 둔감 폭약의 뇌관인 것이다.

진은 담배를 하나 빼 물고 담배 케이스 안에 있던 목걸이를 실에 꿰어 목에 걸었다.

이내 품을 뒤져 라이터를 빼냈다. 꼬마 아이가 담배를 꼬나 물고 있으니 어르신들이 본다면 경을 칠 일이지만, 진은 하루에 담배 한 갑을 피우던 애연가였으니 매우 자연스런 행동인 셈이었다.

지포 라이터가 불을 내뿜음과 동시에 담배는 순식간에 그 끝을 요염하게도 붉혔다.

"케케케! 니미."

의지와 상관없이 터져 나오는 마른기침, 그러나 진은 계속 담배를 빨아댔다.

"쿨럭쿨럭! 조또!"

마지막 담배일지도 모른다. 아니, 확실하다. '한국의 내일과 영광'에서 만든 담배는 앞으로 구경하기 힘들 것이다. 진으로서는 마지막 사치를 누리는 것이었다.

문득 고개를 들어 주위를 살피니 슬슬 어둑한 사위가 깔리기 시작했다. 서산에 기운 해는 위태하게 봉우리에 걸쳐 있으니, 필경 30분이 되지 않아 완전히 해가 질 판국이었다.

암살자와 어둠은 삼겹살과 소주만큼이나 찰떡궁합이다.

진 역시 어둠이 친숙했다. 그것이 암살자가 된 이후에 생긴 버릇인지 그전부터 그런 것인지는 본인도 잘 몰랐지만, 어찌 되었든 어둠은 그가 숨기고픈 많은 것들을 감추어주는 친구인 셈이었다.

그러나 GPS가 내장된 시계는 먹통이 된 지 오래고, 나침반 같은 고전적 장비조차 없는 지금 방향을 가늠할 만한 것이 아무것도 없었다.

무엇보다 지금의 진은 아무런 장비 없이 어둠을 뚫고 거친 산길을 무리없이 내려갈 만큼 강인한 육신을 지니지 못했다.

이제는 양지를 새롭게 사귀어야 할 때가 된 것이다. 당장 오늘밤부터 이 이름 모를 산에서 보내야 되는 상황이니…….

"마른 장작이 있으려나?"

다행히 진에게는 산에서 살아가는 방법을 가르쳐 주는 특수 부대에서의 경험들이 충분했다.

휘적휘적 숲으로 걸어 들어가는 진의 뒤로 짐승의 울음소리가 메아리쳐 들려왔다.

제10장

인연은 시작되고 !

아까부터 궁금하던 것이 있다.

아우우우~

바로 이 소리. 가끔 공포 영화에서나 들어봤음 직한 짐승의 울음소리다. 들개나 승냥이 정도 되는 모양인데, 군 생활의 반을 산중에서 보냈지만 단 한 번도 이리 실감나는 음향으로 들어본 기억이 없었다.

영화에서도, 그리고 실제로도 소름이 돋아나고 기분이 나빠지는 소리임이 틀림없었다.

무엇보다.

왜 자꾸 저 빌어먹을 울음소리가 가까워지냔 말이다.

"니기미!"

진이 벌떡 일어나 급조한 움막을 빠져나왔다.

장작불은 이제 불씨만 겨우 남았고, 달빛도 들지 않은 숲 속인지라 어둠뿐이어야 하건만 어찌 된 일인지 숲 속에서 일어나고 있는 일이 선명하게 시야에 들어왔다. 그러나 거참, 신기한 일일세, 하며 알 수 없는 현상에 대한 감탄만 하고 있을 때가 아니었다.

사사삭!

백 미터 앞, 숲 안쪽에서 빠르고 기민하게 움직이는 형상.

산짐승이리라.

노루나 산양 정도라면 신경 쓸 것 없겠으나, 발정이 나 정신이 혼미한 멧돼지나, 혹은 채식을 즐겨하지 않는 송곳니가 커다란 놈들이라면 문제가 복잡해진다.

무기들을 몽땅 파묻어 버린 지금, 진에겐 짐승들을 물리칠 만한 수단이 없는 것이다. 그는 재빨리 찢긴 헝겊 조각과 마른 잔가지들을 장작더미 사이로 던져 넣었다. 채 기세가 가시지 않은 불씨는 매개체를 만나자마자 순식간에 화염을 내뿜기 시작했다.

인간의 전유물인 불을 본 무지몽매한 짐승들이 경거망동을 자중하길 바라는 심정이 담긴 나름의 지략이었다.

그러나 세상일이 의도와 의지만으로 되는 것이 아니라는 것이 또다시 증명되는 순간이기도 했다.

냄새를 쫓아왔던 산짐승들은 커다란 불꽃에 놀라기는 했지만 더욱 명확하게 먹이의 위치를 확인할 수 있었던 것이다.

잠시 후.

진이 노려보고 있던 전면의 수풀에서 회백색 불꽃 수십 개가 흘러나왔다.

크르릉.

개다.

야심한 밤에, 게다가 인적도 없는 산중에 애완용 개들이 산책 나왔을 리 없는 노릇이다.

개자식!

하는 짓마다 뭐 같은 녀석들을 일컫는다.

어머! 늑대!

지구상의 반을 차지하는 여우들이 나머지 절반을 이리 부른다.

승냥이 같은 자식!

십중팔구는 여기저기에 올챙이들을 흘리고 다니는 오입쟁이 녀석들을 이리 부른다.

그리고 뭔가 냄새나는 곳에 꾸역꾸역 모여들어 뭐 훔쳐 먹을 것이 없나 눈알을 뒤룩뒤룩 굴리는 무리를 일컬어 부르는 말이 있으니.

"이리 떼!"

불행히도 놈들은 진에게 뭔가 수작을 부려보고자 하는 일련의 무리들이 아닌 진짜 이빨을 가진 진짜 이리 떼였다.

녀석들의 입에서는 벌써부터 끈적이는 침이 과도하게 흘러내리고 있으니 같이 불이나 쬐자는 의도가 아닌 것은 확실하다.

진은 들고 있던 마른 장작을 다시 모닥불 안으로 집어 던지고 다시 쌓아둔 장작개비를 양손에 하나씩 들었다.

장작을 모닥불에 집어 던지는 바람에 하늘로 치솟아오른 불씨에 놀란 이리 떼가 잠시 뒤로 물러섰지만 불씨가 가라앉자 다시 크르렁대며 진 앞에 버티고 설 따름이었다.

눈앞에 다섯.

뒤에 둘.

'젠장! 일곱이나.'

전술이 뭔지 아는 놈들이다. 앞에서 시위하며 움직이지 못하게 하고 뒤에서 덮치겠다는 의도인 게다.

모닥불로 들어간 장작개비는 금세 불길을 내뿜었고, 커다란 불길에 놀란 이리들은 다시 물러섰다. 뒤에 있는 놈들도 움직이는 기미는 보이지 않았다.

하는 모양새로 봐서는 불을 무서워하는 것 같지는 않았으나 저것이 진정 뜨거운 무엇인가, 하는 궁금증을 제 몸으로 직접 확인할 의사는 없는 모양이었다.

진은 그 모습을 보고 장작 몇 개를 다시 모닥불에 던져 넣었다.

그러기를 한참 후.

이리들은 뒤쪽에 아예 퍼더버리고 앉았다. 기어이 진을 야참으로 먹어치우겠다는 의지의 표현이었다.

'어찌한다……'

남은 장작은 겨우 30분 정도 불길을 잡아둘 곁가지 정도가 남아 있을 뿐이다. 기회를 봐 슬쩍 일어나서 도망이라도 갈라 치면 자는 듯 누워 있던 이리들이 고개를 확 들어 진을 쳐다보곤 했다.

허튼수작 부리지 말고 잠자코 있으라는 경고다.

기가 찰 노릇이다.

진은 개를 좋아한다. 아니, 사랑한다. 물론 사랑한다는 의미는 무척이나 다양하게 해석되기 마련이고, 진의 경우에는 살아 있는 개보다는 죽은 개를 더욱 사랑하는 것이다. 이를테면 일찌감치 불란서―이름부터가 럭셔리하지 않은가―라는 잘 먹고 잘사는 환경에서 걱정없이 자란 여배우의 시각으로 보자면 때려죽일 야만인인 셈이다.

음식 이상으로 생각하지 않던 놈들이었건만 입장이 바뀌고 나니 참으로 개 같은 상황이 아니냔 말이다.

'다시는 개고기 안 먹는다!'

진의 진심 어린 반성에도 이리들은 용서할 생각이 없는 모양이었다. 모닥불의 기세가 차츰 줄어듦과 동시에 이리들이 일제히 일어나기 시작한 것이다.

이대로 개밥이 되도록 손 놓고 있을 수는 없는 일이다.

개밥?

굉장히 기분 나쁘다.

"니기미! 한 놈은 나랑 같이 간다!"

진은 마지막 보루로 놔두었던 나뭇가지를 말아 쥐고 고함을 빽 질러 댔다.

그러나 놈들은 놀라는 시늉도 해 보이지 않는다.

같잖다는 게다.

권총만 있었으면, 하다못해 세영검이라도 있었다면 이리도 비참하지는 않았을 것을…….

섣불리 무기를 파묻은 것을 후회해 봤지만 녀석들이 무기들을 다시 파낼 때까지 기다려 줄 것 같지도 않았다.

이리들은 낮게 으르렁대며 서서히 진에게 다가왔다. 뒤쪽에서도 썩은 고기 냄새가 바람에 실려 왔다. 역시 양동 작전인 게다.

'아직.'

앞서던 두 놈이 몸을 날려 덮쳐들었다.

'지금!'

재빨리 자세를 낮추고 몸을 굴리는 진. 그 덕에 뒤에서 덮치던 놈들과 앞에 놈들이 허공에서 우악스럽게 부딪치더니 특유의 개 신음 소리를 내며 나뒹굴었다.

그러나 아직은 침착하게 진의 움직임을 관찰하고 있던 놈들이 더 많았다.

진은 수풀 안쪽의 한 점을 잡고 냅다 달리기 시작했다. 나뭇가지에 얼굴이 긁히고 발바닥이 날카로운 돌부리에 찢겨 나갔다.

고통은 느껴지지 않는다. 아니, 느껴서는 안 된다. 이 정도 통증에 몸놀림을 소홀히 했다가 놈들에게 잡히면 얼굴의 생채기와 찢긴 발바닥이 문제가 아니게 되는 것이다.

"헛!"

발밑을 미처 확인하지 못하고 땅 위로 돌아 나온 나무뿌리에 걸려 우악스럽게 넘어져 버리는 진.

오히려 행운이다. 넘어져 버리는 바람에 진의 목덜미를 노리며 덮쳐 든 녀석이 헛물을 켠 것이다.

진은 안도의 한숨을 내쉬고 벌떡 일어섰다.

그러나…….

"니기미……."

진이 일어선 곳은 허리까지 자라난 수풀이 무성한 풀밭이었던 것이다. 진은 볼 수 없고 놈들은 진을 볼 수 있는 지형이라는 이야기다. 결국, 넘어지는 바람에 목덜미를 물리는 횡액을 모면한 행운도 잠시 동안만 유효했던 셈이다.

사사삭!

사방을 둘러싼 수풀이 요란하게 요동친다. 바람에 그러한 것인지 이리 떼의 움직임에 의한 것인지 분간할 길이 없는 격한 춤사위다.

커엉!

느닷없이 바로 앞의 수풀에서 솟구쳐 오르는 한 마리의 이리. 진은 반사적으로 몽둥이를 힘껏 내려쳤다.

텁!

하지만 피하기는커녕 몽둥이를 덥석 물어버리는 녀석.

진은 몽둥이를 흔들어 떨쳐 내려 했으나 결국 유일한 무기마저 빼앗기고 말았다.

다시 뒤에서 풍겨오는 썩은 고기 냄새.

진은 재빨리 수풀 밑으로 몸을 뉘었다. 뒤를 덮쳐 오던 이리가 몽둥이를 물고 늘어지던 이리와 부딪쳐 패대기쳐져 뒹굴었다.

크와앙!

본래의 목적을 잊어버리고 서로를 탓하는 양 거칠게 싸우기 시작하는 두 마리의 이리. 그러나 놈들이 다가 아니다. 남은 녀석들은 분명 여기 어딘가에서 절호의 기회를 엿보고 있을 것이다.

좀처럼 몸을 일으켜 수풀을 벗어날 엄두를 내지 못하고 있는 가운데, 불현듯 떠오르는 하나의 의문.

'어찌 나의 위치를 정확히 아는가.'

독수리와 같은 맹금류는 수십 킬로 밖을 볼 정도로 시력이 밝다지만 개과 동물은 그렇지 못하다 했다. 대부분이 근시이며, 종에 따라서는 색맹인 경우도 있다는 것이다.

'결국 냄새라는 건데…….'

개과의 동물은 평균 2억 2천만 개의 후각 세포를 가지고 있다. 인간이 고작 5백만 개의 후각 세포를 가진 것을 감안하면 개과 짐승에 비해 인간은 후각 장애인이나 다름없는 셈이다.

한 달이 지난 냄새도 찾아내는 녀석들이기에 냄새를 지우는 약은 수

따위는 통하지 않을 것이다.

'그래도 헷갈리게 해줄 수는 있지.'

더듬더듬 바닥을 짚는 진. 눅눅한 습지인 덕에 무른 진흙은 충분하다. 옷을 벗고 마구잡이로 진흙을 몸에 바르는 중, 진의 얼굴에 미소가 걸려들었다.

똥이다.

언놈이 퍼질러 놓은 것인지는 모르지만 대장이 튼튼한 놈인 것만은 분명했다.

진은 쾌재를 부르며 똥을 온몸에 발라댔다. 쾌재와 똥이라는 절대 우호적일 수 없는 두 단어가 찰떡궁합을 과시하는 순간이었다.

진은 똥과 진흙을 온몸에 꼼꼼히 바르더니 옷을 벗어 멀리 집어 던져 버렸다.

옷이 허공에 떠오름과 동시에 강 길을 거스르는 연어처럼 튀어 오르는 이리들. 이내 진의 냄새가 깊게 밴 가죽 옷을 두고 거칠게 물어뜯기 시작했다. 싸우는 데 여념이 없던 두 마리의 이리마저 이 대열에 합류했으니 치밀했던 포위망은 무너진 셈이었다.

진은 슬금슬금 바닥을 기어나가기 시작했다.

'후후. 이래서 인간이 만물의 영장이라는 거다, 이 똥개 자식들아.'

최대한 빠르게, 그리고 조심스럽게 수풀을 빠져나온 진은 비로소 안도의 한숨을 내쉬었다.

'튀어 오른 녀석이 셋, 똥오줌 못 가리던 놈이 둘. 하나가 비어. 서둘러야겠군.'

안심할 단계는 아니었다. 여섯 마리가 눈에 띄었지만 그중 한 마리는 행적을 찾지 못했고, 또 눈에 띄지 않은 녀석들이 더 있을지도 모를 일이었다.

무기를 다시 파내야 했다. 밤은 아직 많이 남았고, 또 어떤 놈이 시비를 걸어올지 모르니 위험이 모두 사라지기 전까지는 몸을 보호할 수단이 필요했다.

진은 무기를 파묻은 방향으로 은밀하게 움직이기 시작했다.

그때!

크르릉!

등 뒤에서 울리는 낮은 울음소리.

진의 안색은 탈색되어졌다.

어딜 가나 모난 녀석 하나 정도는 있기 마련이고, 셋이 모이면 반드시 한 녀석은 공자가 된다고 했다. 이리들 사이에서도 예외는 아닌 모양. 행적을 알 수 없었던 나머지 한 놈인 게다.

진은 서서히 돌아섰다.

이 녀석.

다른 녀석들보다 덩치도 크고, 무엇보다 다른 녀석들에 비해 눈매가 자못 날카롭다.

단박에 느낌이 온다.

'이놈이 대장이다.'

아우우우~

울부짖는 대장 이리.

"니기미!"

여태 진의 옷을 서로 물어뜯고 있는 데 여념이 없던 다른 이리들의 고개가 순간 진을 향해 돌려졌다. 몇 놈은 벌써 이빨을 드러내고 달려오기 시작했다.

진은 또다시 내달리기 시작했다.

크와왕!

목덜미에 느껴지는 섬뜩한 살기. 진은 뒤돌아보지도 않고 그대로 몸을 굴렸다. 느낌은 틀리지 않았다. 간만의 차이로 목덜미를 노리는 이리의 이빨을 피해낸 것이다.

그러나 그사이 다른 이리들이 진을 포위하고 말았다.

크르르.

서서히 진의 주위를 맴도는 이리들. 진은 주춤주춤 뒤로 물러서기 시작했다.

턱.

등 뒤에 걸린 아름드리나무다.

의도한 바, 이제는 등 뒤의 위협은 반감된 셈이다. 더불어 나무 밑동에 떨어져 있는 제법 굵직한 몽둥이를 집기에도 용이해졌다.

슬그머니 앉아 몽둥이를 집으려는 순간!

커어엉!

한 녀석이 날아들었다.

몽둥이를 집어 듦과 동시에 몸을 굴리는 진. 그러나 백전의 맹수 이리의 몸놀림을 따돌릴 순 없었다. 다른 녀석이 머리로 진을 받아버린 것이다.

바닥에 패대기쳐져 버린 진. 연한 어깨가 금세 벌어지며 피가 흘러내렸다. 아찔한 통증이 밀려왔으나 신경을 분산시킬 여력은 없다. 피 냄새를 맡은 이리 떼는 더욱 흥분하여 다가서고 있었던 것이다.

진은 몽둥이를 치켜들고 벌떡 일어섰다.

어떻게 해서 여기까지 왔는데… 이런 식으로 죽을 수는 없다.

개밥이 될 수는 없단 말이다!

개밥? 또 기분이 나빠진다.

"오냐, 덤벼라! 똥개 새끼들아! 오늘부터 삼시 세 끼를 보신탕으로 배를 채우리라!"

자녹의 안광에 넘쳐흐르는 투지.

호호탕탕한 독설만으로 죽여 자빠뜨릴 수 있다면 좋으련만.

스스로도 기적 따위는 믿지 않았다. 험난한 인생은 굴복을 가르쳐 주지 않았기에 숨이 붙어 있는 한 저항할 따름이다.

그러나…….

'어라?'

주춤거리는 녀석들. 동요가 엿보인다.

호통이 먹히기라도 했단 말인가?

아니다. 놈들의 시선은 진에게 있지도 않았다.

컹! 컹! 컹!

이제껏 단 한 번도 진에게 짖지 않은 녀석들이 사납게도 짖어댔다. 이리나 늑대와 같은 야생의 개과 동물은 좀처럼 짖지 않는다 했다. 인간이 제멋대로 규정한 늑대의 울음이라는 것은 실제로 자신의 위치를 알려 영역을 표시하는 그들만의 노래일 뿐이라 했거늘…….

그러나 분명히 놈들은 겁을 잔뜩 집어먹은 똥개처럼 짖어대고 있었다. 지금껏, 그리고 앞으로도 먹잇감 이상도 이하도 아닐 진에게 갑자기 형용할 수 없는 공포감을 느꼈을 리도 없는 일이건만.

'맙소사!'

엄청난 존재감. 실로 무지막지한 투기였다.

앞에 있는 이리 떼 따위는 이에 비하면 보름달 앞에 반딧불이다. 제

멋대로 살갗이 돋아날 지경이었다.

지나친 존재감을 지닌 놈은 뒤에서 다가오고 있다.

두근!

이제는 놈의 숨결마저 뒤통수에 느껴질 정도로 가까이 다가왔다. 결단을 내려야 한다.

"핫!"

온 힘을 쥐어짜 몽둥이를 휘두르는 진. 놈이 공격하기 전에 단박에 머리통을 부숴 버리려는 기습이다.

하나,

몽둥이가 그려내는 사선의 끝에는 응당 있겠거니 했던 놈의 머리가… 없었다.

머리 대신 차지하고 있던 것은 너울대는 백(白)의 물결뿐이다.

하늘에서 들려오는 평온한 숨소리.

진이 서서히 고개를 들어올렸다.

"……!"

거대한 머리는 그곳에 있었다.

모양새는 먼저 놈들과 비슷해 보이나 조금 더 펑퍼짐해 보이는 두상과 코가 더욱 길고 뾰족하여 더욱 날카로운 인상을 풍기는 맹수, 늑대다.

이리와 늑대를 구분하는 특징 따위는 없다. 이리가 늑대보다 덩치가 조금 크다는 점도 눈으로 분별될 정도는 아니라는 얘기다.

그런데 이놈은 대체 뭔가. 숫제 황소만한, 보고도 믿을 수 없는 거대한 덩치를 가지고 있는 이 괴물은 뭐란 말인가.

진은 혹시나 조금 특이하게 생긴 황소가 아닐까 하는 어림없는 생각

을 해보았지만 허옇고 수북한 털에 어른 손가락만한 송곳니를 가진 황
소가 있다면 모를까, 놈은 틀림없는 늑대의 모습이었다.

털썩.

진은 자신도 모르는 사이 주춤주춤 물러서더니 결국 주저앉아 버렸
다.

이내 피식 웃어버리는 진이다. 첩첩산중이라더니 지금이 딱 그 짝이
었다. 도무지 자신의 능력을 벗어나는 일만 연이어 벌어지니, 처음엔
신경질이 나더니 이제는 웃음밖에 나오지 않는 것이었다.

아무리 쥐어짜도 현 상황을 타개할 묘책 따위는 없었다.

진은 눈을 감아버렸다. 타협할 수밖에 없는 현실인 것이다.

"빨리 끝내자."

…….

"빨리 끝내……."

눈을 뜬 진이 본 것은 두툼한 흰 기둥 두 개와 좌우로 나풀거리는 먼
지떨이였다.

"어라?"

고개를 들어보니 하늘이 연분홍빛이다.

다시 목을 뒤로 잔뜩 꺾어 보는 진. 거기에 또다시 두 개의 흰 기둥
이 버티고 있었다.

거대한 백색 늑대는 진을 네 다리 사이에 가두어놓고 있었던 것이
다. 그러고 보니 먼지떨이라 생각했던 것은 늑대의 꼬리다.

컹컹컹, 컹컹컹!

먹이를 빼앗겼다고 생각한 이리들은 상체를 잔뜩 숙이며 맹렬히 짖
어대기 시작했다. 그런데도 진을 네 다리 사이에 가두어놓은 늑대는

느긋하게 녀석들이 하는 양을 지켜보기만 할 뿐이었다.

'세력 다툼인가?'

관할 싸움일지도 모른다.

넨장맞을, 똥개 세계의 알력 다툼을 알게 뭔가.

도망칠 수 있는 절호의 기회가 생긴 셈이니 지네들끼리 푸닥거리를 하는 동안 빠져나가면 오늘 구사일생하는 것이다.

살짝.

진은 늑대의 다리 사이로 슬쩍 기어나가려 했다. 하지만 진의 몸통만한 다리 하나가 그 앞을 턱하니 막아섰다.

다시 저쪽으로 살짝.

턱!

'니기미!'

놈은 진을 아껴 먹을 심산인 모양이었다.

당하는 입장에서는 피가 마를 일이지만 지금 상황을 조율할 수 있는 권한은 진에게 있지 않았다. 이것저것 다 포기해 버린 채 양반다리로 편하게 앉아 버린 진은 그가 할 수 있는 유일한 일을 하기 시작했다.

'둘 다 이겨라! 둘 다 져라!'

양패구상(兩敗俱傷), 동귀어진(同歸於盡), 물귀신 작전, 논개 작전. 아무거나 괜찮다.

이리 떼는 다수의 전술이 가능하고, 덩치 큰 늑대는 덩치만큼 힘이 장사일 게다. 결국 어느 쪽이든 무사하지는 못할 터. 잘하면 살아남는 것은 물론이고, 개고기로 포식할지도 모를 일이었다.

한층 편안해진 진은 목청을 돋우었다.

"힘내! 덩치만 컸지 별거 아니라니까. 원래 이렇게 살만 뒤룩뒤룩

찐 놈들은 둔하기 마련이야. 자자, 덤벼!"

응원을 알아듣기라도 한 것일까? 맹렬히 짖어대던 이리들 중 가장 용감해 보이는 녀석이 펄쩍 뛰어오르더니 커다란 늑대의 목을 향해 아가리를 벌리고 짖쳐들었다.

"옳거니!"

깨갱!

용감하게 달려들었던 이리는 늑대의 앞다리에 얻어맞고 달려든 속도보다 배나 빠르게 날아가 나무에 등을 부딪치더니 일어나지 못했다.

"……!"

차원이 다른 압도적인 힘.

동료의 허무한 죽음에 동요하는 기색이 역력한 이리들이다.

크르르.

한 번의 낮은 울음으로 단박에 동요를 잠재우는 녀석이 있다.

다른 녀석들은 주춤주춤 물러서는 데 반해 오히려 전면에 나서는 한 녀석.

무리의 우두머리다.

금방이라도 달려들듯 자세를 잔뜩 낮추고 커다란 이빨을 드러내는 대장 이리. 우두머리다운 위맹한 기질이 넘쳐흐르는 모습이었다.

커엉!

마침내 아가리를 벌리고 백색 늑대의 목을 향해 도약하는 대장 이리.

"그래! 너라면 할 수 있어!"

턱.

"……!"

말문이 막혀 버린 진. 실로 믿을 수 없는 광경이다.

모이를 쪼는 닭이 저보다 민첩할까. 백색 늑대는 고개를 쭉 내밀어 대장 이리의 머리를 통째로 물어버린 것이다.

빠바박.

단단한 것이 바스러지는 섬뜩한 소리와 함께 머리가 통째로 잘려 나간 대장 이리는 저만치 날아가 널브러져 버렸다.

허무한 승부는 백색 늑대의 완벽한 승리로 끝이 났다.

차원이 아니라 살아가는 세계부터가 다른 놈이다.

우두머리의, 말 그대로 개죽음을 목도한 남은 녀석들은 끙끙 앓는 소리를 내더니 꼬리를 말고 도망가기 시작했다.

"도, 돌아와!"

이제는 저 녀석들의 엉덩이가 더 정겨울 지경이었다. 이제 공터에 남은 이는 늑대를 가장한 괴물과 자신뿐이었으니.

망연자실해 있던 진은 다시 한 번 기겁을 해야 했다. 백색 늑대가 고개를 배 쪽으로 숙여 진을 쳐다보았고, 그 바람에 눈이 마주친 것이다.

"헙!"

이건 정말 젠장이다. 죽음에 대한 공포 따위라면 차라리 위안을 삼을 것이다.

'내, 내가…….'

오줌을 지렸다.

거친 삶을 살아오면서 이보다 더 험한 꼴을 당했던 경우도 적지 않았다. 그럼에도 덩치 큰 똥개와 눈이 마주쳤다고 오줌을 지리다니.

도저히 용납할 수 없는 일인 것이다.

가끔, 아주 가끔이지만 사내에게는 목숨보다 더욱 중요한 것이 명예다. 지금과 같이 살 수 있는 가능성이 아주 없되, 사내의 자존심에 심각한 타격을 받은 상황에서는 두말하면 입만 아플 따름이다.

이젠 사나이의 명예가 담보다.

진은 잽싸게 땅바닥으로 몸을 굴려 늑대의 품을 빠져나온 후 쥐고 있던 몽둥이를 고쳐 잡았다.

어차피 저런 괴물을 상대로 요행을 바라기는 틀린 노릇. 하나, 오줌을 지리게 한 부분에 대한 복수는 해야 한다.

최소한 저 빌어먹을 녀석의 싸대기는 한 방 갈겨주리라.

이것저것 미련을 버리고 나니 공포에 가려졌던 상황이 제대로 보이기 시작했다.

자~알생긴 놈이다.

힘이 느껴지는 떡 벌어진 가슴팍, 미풍에 너울대는 잡티 하나 없는 백모(白毛), 길게 뻗은 마름모꼴 콧잔등, 그리고 자녹(紫綠)의 안광을 흘리는 매서운 눈.

'어라?'

달빛에 그렇게 보이는 것인가?

언뜻 커다란 백색 늑대의 왼쪽 눈은 자색, 오른쪽 눈이 녹색처럼 보인 것이었다.

'내 눈이 뭔 색이더라?'

생각이 안 난다.

백색 늑대의 눈동자 때깔이 왜 저 모양인지에 대해 고찰해 보기엔 목숨이 담보인 기막힌 상황이기 때문이리라.

일단은 한 방 먹이고 봐야 했다. 다음 일은 먹히는 와중에 차분하게 생각해도 늦지 않을 것이다.

"와라!"

진은 왼발의 엄지발가락에 힘을 가득 실었다. 각고의 반복 수련으로 어느새 몸에 배어버린 대적세(對敵勢).

진은 자못 긴장하며 백색 늑대의 일거수일투족(一擧手一投足)을 주시했다.

일거수일투족.

손 한 번 들고 발 한 번 움직인다는 뜻이다.

젠장! 주시하려고 해도 까닥도 하지 않고 멀뚱히 쳐다만 보는 녀석을 뭘 주시하고 말고 한단 말인가.

좀 움직이란 말이다, 망할 똥개 자식아!

당장에 일이 벌어지면 숫구치던 용기를 이어갈 수 있으련만 커다란 늑대는 그러한 병법을 이해하고 때를 기다리는 듯 당최 움직일 생각을 하지 않았다.

다만 어둠 속에서 오연히 빛나는 녀석의 자녹안만이 도깨비 불꽃이 되어 진의 내면에 존재하는 다채로운 욕구의 물꼬를 한곳으로 몰아가고 있었다.

살고 싶다는 욕망이었다.

"야, 임마! 덤비려면 후딱 덤벼! 바쁜 일 있으면 그냥 가든지……."

진은 말꼬리를 흐렸지만 백색 늑대는 용케 알아들은 모양. 바쁜 일은 없는지 진을 향해 한 걸음을 옮기는 것이었다.

진은 다시 긴장하며 몽둥이를 고쳐 잡았다.

그런데 이건 또 뭔가. 무궁화 꽃이 피었습니다, 술래잡기라도 하자는 것인가.

백색 늑대는 한 발을 내딛고 고개 한 번 갸우뚱 정지 동작 5초, 또

내딛고 갸우뚱 5초, 라는 일련의 행동을 반복하며 사람 피 말리는 해괴한 짓거리를 펼쳐 보이는 것이었다.

아련한 기억 속, 저런 비슷한 행동 습성을 보여준 녀석이 떠올랐다.

어렸을 적에 비 오는 날 쓰레기통을 뒤적이던 녀석을 데려다 키웠던 작은 새끼 고양이. 고무공을 하나 던져 주면 저런 식으로 관심을 표명한 후 앞발로 툭툭 쳐보다가 종국에는 넝마를 만들고야 말았던…….

그러나 놈은 개가 아니냔 말이다!

괴팍한 놈에게 제대로 걸린 게다.

이상한 점은 또 있었다. 조금 전 이리들과 싸울 때 느껴졌던 가공할 투기가 느껴지지 않는다는 점이다.

웃기는 소리 같지만 진은 험상궂은 백색 늑대에게서 왠지 모를 친근감마저 느껴졌다.

이제 백색 늑대는 진의 코앞까지 다가와 있었다. 아직까지도 놈은 적의를 보이지 않고 고개만 갸웃거리며 코를 들이대고 진의 몸 구석구석 냄새를 맡아볼 따름이다.

진의 모세혈관 속 피까지 몽땅 말라 버릴 만큼의 시간 동안 그 알 수 없는 짓거리를 지속하던 백색 늑대는 느닷없이 부채만한 혀를 날름 내밀어 진의 얼굴을 쓱 핥아댔다.

깔깔한 혓바닥의 감촉에 소름이 돋았지만 역시 살기는 느껴지지 않는다. 몽둥이로 녀석의 머리를 내려치고 도망가고 싶은 마음이 아직까지 지배적이었지만, 그건 모험도 도박도 아닌 그저 미친 짓일 뿐일 터였다.

이윽고 늑대는 진의 몸통의 두 배는 될 법한 얼굴을 진에게 마구 비벼댔다. 그러는 바람에 진은 벌렁 뒤로 넘어졌고, 늑대는 다시 진의 얼굴을 마구 핥았다.

"야, 야, 인마!"

얼굴이 늑대의 침으로 범벅이 되었지만 진은 가만히 내버려 두었다. 남이 먹지 못하게 침 발라 놓는 유치한 짓거리라고 보기도 어려운 데다, 착각일는지는 모르겠지만 늑대의 자녹안은 반가운 사람을 만난 양 즐거워 보인 탓이었다.

생각, 생각하자.

자신은 의심할 나위 없이 토종 국산이다. 한데 이곳으로 오면서 안구가 심하게 탈색되었다. 다른 가정을 적용하지 않은 이상 시공을 넘어오면서 그리되었을 공산이 크다.

고로.

"네놈도 울 동네에서 온 놈이냐?"

녀석은 진의 말에 별 관심이 없는 듯 여전히 커다란 혓바닥을 날름거리고 있을 뿐이다.

심지어 진에게 안겨 들기까지 하는 늑대다. 누가 보더라도 먹이를 향해 달려드는 맹수의 모습으로 보이기는 하지만 말이다.

놈은 감정 표현이 상당히 서툰 모양이었다.

이리 떼에 뜯겨 넝마가 된 가죽 옷을 다시 주워 입은 진은 바로 옆에 엎드려 있는 늑대를 보고 한숨을 내쉬었다.

어떻게 된 놈이 불도 두려워하지 않는다.

두려워해? 숫제 적당히 달궈놓은 구들장에 뻐근한 허리를 지지고 있는 영감 같은 표정까지 지어 보이니 할 말 다한 거다.

참으로 기막힌 녀석이 아니냔 말이다.

느닷없이 나타나 한입에 그 사나운 이리들을 몽땅 물어 죽이던 녀석
이 지금은 애완견마냥 순하기 그지없으니 말이다.

게다가 친근하기까지 하다. 사람이, 그것도 덩치가 송아지만한 늑대
에게 그런 것이 느껴질 수는 없는 일이지만 어찌 되었든 녀석 때문에
개밥 신세는 면하지 않았던가.

무엇보다 녀석의 눈이 참 맘에 든다.

진은 엎드려 있는 늑대 앞에 쪼그리고 앉았다.

"어이, 늑대 씨. 내 말 알아들어? 알아들으면 까닥까닥해 봐."

까닥까닥하는 대신 갸웃거리는 늑대.

"알아들었단 소리야?"

반대쪽으로 다시 갸웃.

"못 알아듣겠다는 소리야?"

이번에는 눈을 끔뻑거리는 놈이다.

"아닌가? 야, 너 눈은 왜 그러냐?"

늑대는 느닷없이 벌떡 일어나더니 한쪽 다리를 들고 나무 밑동에다
실례를 하기 시작했다. 한참을 쏟아 붓더니 몸을 부르르 떨고 다시 퍼
더버리고 누워버리는 늑대.

"……."

그렇다. 놈은 영물도 뭣도 아닌 그냥 똥개인 것이다.

제11장

인연은 시작되고 2

귀랑(鬼狼).

새로 사귄 친구의 이름이다. 남의 이름 따위를 짓는 데 관심도, 재능도 없었던 탓에 그냥 귀신 눈을 가진 늑대라고 해서 붙여놓은 이름이었다.

그리 해놓으면 자신은 귀인(鬼人)이라 불릴 수 있다는 사실은 전혀 염두에 두지 않은, 참으로 단순 무식한 발상이 아닐 수 없다.

어쨌든 이제는 산을 내려가 보기는 해야겠는데…….

"……."

멍청한 눈초리로 따라붙는 덩치만 큰 똥개가 문제였다.

이목을 끌지 않으려 세영검까지 파묻은 마당에, 아무리 구명지은을 입었다지만 집채만한 늑대가 옆에 붙어 있는 것이 달가울 리 없는 노릇이었다.

욱박질러도 보고 돌을 던져도 봤지만 도무지 이빨도 안 들어가는 녀석이었다.

"된장 바른다."

흠칫!

귀랑은 난생처음 듣는 된장이라는 단어에 소름이 돋아오르는 것을 느껴야 했다.

진은 만족한 표정으로 다시 길을 재촉했다.

시간을 거슬렀다지만 아직 피부로 느껴지는 것은 없었다.

하지만 산을 내려서는 순간부터는 진이 살아왔던 세계와는 분명히 다를 것이다.

일단 이 산을 보라. 해는 중천으로 넘어간 지 오래건만 으레 있을 법한 등산로는커녕 한 치 앞을 분간할 수 없을 정도로 수풀이 우거져 있어 산을 내려가고 있는 것인지 오르고 있는 것인지조차 분간하기 힘들 지경이 아닌가.

진은 그저 몸이 일러주는 평형감각만으로 내리막을 향해 나아가고 있을 뿐이었다. 한 치의 의심도 없었고, 얼굴에는 자신감이 넘쳐흘렀다.

산을 집 삼아, 땅속을 침실 삼아 지냈던 군 시절의 경험이 녹록치 않았음에 자신을 믿는 것이었다.

'이 정도 산이야……'

엄청난 산이다.

우거진 수풀은 진의 키를 훌쩍 넘어 자라나 있었고, 가끔 발목까지 빠지는 낙엽 더미에 기력은 자꾸 빠져나가기만 했다. 게다가 진의 체력은 그야말로 우스운 수준이어서 채 한 시간이 되지 않아 다리가 후

들거릴 지경이었다.

'믿을 수 없어!'

험준한 산자락을 삼 일 밤낮 동안 사십 킬로 완전 군장까지 짊어지고 안방처럼 드나들던 특전 용사였다.

그런데 겨우 한 시간을 움직였다고 눈이 흐려지고 더 이상 발을 뗄 수 없을 만큼 체력이 고갈되었다는 것은 도저히 스스로 용납할 수 없는 일이었다.

진은 나뭇가지 하나를 주워 지팡이 삼아 기어이 무거운 걸음을 옮겼다. 체력이 안 되면 정신력으로, 그것도 안 되면 악과 깡으로 해내는 것이 바로 군인인 바에야……

부들거리는 두 다리로 겨우겨우 걸음을 옮기고 있는 그때, 진 앞에 백색 물체가 귀신처럼 불쑥 나타났다.

가뜩이나 기운이 많이 빠진 데다가 숲에 갇혀 버린 것 같은 불안감에 휩싸여 있던 진은 기겁을 하고 말았다.

"깜짝이야. 이런 개 씨앙……!"

갑자기 나타난 백색 물체는 진의 말마따나 개였으니, 다름 아닌 귀랑이다.

귀랑은 천천히 진을 뒤따라오다가 진이 위험한 곳으로 다가가자 이를 저지하기 위해 나선 것이었다.

의지로 겨우겨우 버텨오던 진은 한 번 나자빠지자 지팡이에 의지하면서도 좀처럼 일어서지 못했다.

안 되겠다 싶은지 귀랑은 진을 자신의 등에다 태우려 했다.

휘이익, 쿵!

저만치 날아가 처박히는 진.

귀랑 나름대로는 자신의 등에 태워 산속에서 길을 잃은 가련한 아이의 노고를 덜어주고자 하는 취지였다. 단지, 자신의 힘과 아이의 몸무게, 그리고 이리에게 이미 엉망으로 뜯겨 버린 소매를 계산에 두지 못했을 따름이다.

의도야 어찌 되었든 물에 빠진 사람을 건지기 위해 팔을 잡았다가 물에 빠진 놈 팔까지 부러뜨려 버린 상황처럼 참으로 무안한 일이 아니던가.

"으으윽, 이 니미럴 똥개 새끼가……."

진은 벌떡 일어나 싸대기를 한 대 올릴 작정으로 귀랑을 향해 달려들었다. 그러나 진의 주먹은 헛되이 허공을 가를 뿐이었다.

"피했겠다!"

귀랑은 아무 짓도 하지 않았다. 제풀에 지쳐 다리가 풀려 엉킨 게다.

진은 다시 귀랑에게 발길질을 하려 했다.

휘청!

이번에도 귀랑은 아무 짓도 하지 않았으나 진은 벌러덩 넘어져 버렸고, 미끄러운 퇴비 위를 미끄러지기 시작했다.

그리고 그 끝은.

"헙!"

까마득한 절벽.

떨어지려면 족히 하루 반나절이나 걸릴 법한 단애(斷崖)가 눈 밑으로 끝없이 펼쳐져 있었던 것이다. 천리단애로 곤두박질치려는 찰나, 대롱대롱 허공에 매달린 진이다.

귀랑이 진의 옷 뒷깃을 입으로 물어 낚아챈 것이다. 비로소 진은 귀랑이 길을 막고 선 이유를 알 수 있었다.

“그놈 참…….”

볼수록 기특한 녀석이 아닌가.

그러나 진 역시 감정 표현이 서툴기는 매한가지.

진은 헛기침을 내뱉으며 한동안 하늘을 멀뚱히 주시할 뿐이었다.

잠시 후.

귀랑은 자신의 앞발을 앞으로 쭉 뻗어 자세를 낮추고는 진을 향해 짖었다.

“나더러 타라는 거냐? 그럴 거까지야.”

말과는 달리 냉큼 귀랑의 등에 올라타는 진이다. 자세 잡기는 힘들었지만 풍성한 털 때문에 안락함마저 느껴지는 귀랑의 등이었다.

쐐애액!

“니기미!”

귓바퀴를 거세게 두드리는 맞바람. 진의 애마였던 혼다 호넷600을 능가하는 엄청난 속도였다.

오랜만에 느끼는 속도감에 흥분을 느낄 무렵.

길이 끊겼다.

“어, 어, 어!”

그러는 사이 엄청난 탄력으로 도약하는 귀랑.

까마득한 계곡의 물줄기를 밑으로 넘기고…….

부드럽게 이어지는 착지.

창백하던 진의 얼굴에 이내 커다란 웃음이 걸렸다.

“이~하!”

괴성을 지르며 귀랑의 갈기를 잡고 납작 엎드린 진. 맹렬한 파찰음이 귓바퀴를 때리고 부드러운 잎사귀들이 뺨을 때려온다.

가슴이 후련한 귀랑의 질주에 진은 어느새 동화되어 있었다.

높은 나무가 차츰 듬성해지는가 싶더니 기어이 눈앞에 펼쳐진 광활한 초원.

"너 정말 굉장한 놈이……!"

휘이이익, 쿵!

귀랑이 느닷없이 멈춰 서버린 탓에 이번에는 십 미터가량 날아가서 발목만큼이나 자라난 풀숲에 처박혀 버린 진이다.

이 미친 똥개새끼가 어쩌고, 하면서 달려들어야 할 진이 배를 땅에다 깔고 대자로 쭉 뻗어 움직일 줄을 모르고 있었다.

진에게 슬금슬금 다가서는 귀랑.

코끝으로 몇 번 건드려 보지만 뻗어버린 진은 여전히 반응을 보이지 않았다. 이거 정말 큰일이다 싶었는지 뒤통수라도 핥아볼 심산으로 막 혀를 내밀어보려는 순간.

벌떡!

낌새도 흘리지 않고 느닷없이 일어서는 진.

귀랑은 자신이 세 살 때 호랑이를 보고 놀란 후, 수십 년 만에 정말 제대로 놀라고 말았다. 어른 엄지손가락만한 송곳니로 혀를 깨물었다는 사실 따위는 안중에도 없을 만큼…….

흠칫!

느닷없이 고개를 돌린 진의 모습. 두 개의 콧구멍에서는 역시 두 개의 핏줄기가 그려져 있었고, 성난 도끼눈에는 섬뜩한 살기가 도사리고 있었다.

귀랑은 더 생각할 것도 없다는 듯이 냅다 뒤돌아 뛰기 시작했다.

"거기 안 서!"

왔던 길로 바람처럼 내빼는 귀랑의 궁둥이를 보며 진은 가운뎃손가락을 연신 허공에다 찔러대며 욕지거리를 퍼부었다.

삽시간에 숲 속으로 사라진 귀랑이 마침내 보이지 않자 진은 치켜든 손가락을 가만히 내렸다.

"짜식! 더럽게 빠르네. 인사나 하고 갈 것이지… 훌쩍."

이번 경우에는 다분히 의도적으로 메다꽂은 귀랑이 괘씸하기는 했다. 하지만 두 차례나 목숨을 빚졌고, 왠지 친근하고 편안하여 정이 가는 녀석이었으니 이렇게 헤어지는 것이 못내 아쉽고 서운한 마음이 드는 진이었다.

그러나 서운하고 아쉬운 감정이 앞선 것도 콧구멍에서 흘러내리고 있는 액체가 콧물만이 아니라는 사실을 알기 전까지의 일이다.

"이, 이 망할 놈의 똥개새끼! 복날 네놈 뒷다리에 된장을 못 바르면 그땐 내가 네놈 아들이다!"

진은 이제 가운뎃손가락보다 훨씬 큰 감자바위를 귀랑이 사라진 곳을 향해 먹이기 시작했다.

제12장

여기는 어디인가?

　　"맙소사!"

　빌어먹을 똥개자식에게 알고 있던 것과 성에 차지 않아 급조해 낸 욕설들을 퍼붓느라 미처 보지 못했다.

　지평선(地平線)이다.

　세상에… 지평선이라니.

　반도의 동서남북을 관통하는 산맥.

　지역마다 험하기로 유명한 산봉우리가 하나씩은 있는 곳.

　동네마다 운동 삼아 오르내리는 뒷동산 하나씩은 있기 마련인 곳.

　바로 한반도다.

　가끔 넓은 평야는 많지만 이리도 쾌청한 날 지평선을 볼 수 있는 곳은 장담컨대 한반도에는 없다.

　그런데도 있다, 바로 눈앞에……

높은 곳에 올라서 눈을 비비고 재차 확인해 봐도 지평선 너머엔 아무것도 없었다.

"설마……."

몸이 바뀌었고 집채만한 늑대도 봤다. 이리 떼들에게 물어 뜯겨 이젠 아주 걸레가 되어버린 옷을 보곤 구석기 시대쯤으로 와버린 것이 아닐까 하는 생각도 했었다.

그리고 이제는 한반도에서는 볼 수 없는 끝없는 평야라…….

나오느니 웃음뿐이다.

"니기미……."

편하게 생각하자. 이제 더 놀랄 일도 없다. 평야면 어떻고 사막이면 어떤가. 빌어먹을 한진회 자식들도 시공 어쩌고 하는 타임 터널을 지나 이곳에 왔다고 하였으니 그것이면 된 것이다.

마음을 다잡고 막 발을 떼려다 얼어붙듯 멈춰 서는 진이다.

그리고 보니 그 자식들이 이곳에 왔다고 누가 보장하나. 노망난 사기꾼 영감이 그런 말을 했던가?

"하하하, 니기미."

이제 와서 뭘 어쩌겠는가.

할 만큼 했고 나머지는 모진 운명이 결정할 것이니 더 생각해 봐야 정신 건강에 해로울 뿐이다.

"그래, 가자. 가다 보면 수가 생기겠지."

해는 이미 중천이다. 따가운 햇살과 두려운 마음이 자꾸 발길을 무겁게 만들고 있을 때쯤.

마침내 언덕배기에 올라선 진의 얼굴이 밝아졌다.

형편없이 꼬불대지만 주변과 경계가 확연히 구분되는 도로가 시야에 들어온 탓이다.

자갈을 깔아놓은 것에 불과하지만 주변에는 좀처럼 자갈을 찾아볼 수 없었으니 누군가 의도적으로 깔아놓은 것이 분명했다.

특히 유난히 길의 중간에 자갈들이 뭉쳐져 솟아 있으니 빈번한 교통이 있다는 의미가 되고 교통, 혹은 수송의 수단이 바퀴가 달린 물건이라는 추측이 가능하다.

"그래, 그래. 아직까진 아주 좋아."

진은 길을 따라 휘적휘적 걸어가며 콧노래까지 흥얼거렸다. 실로 엉망인 가락에 지나지 않지만 미지의 세계에 대한 두려움을 극복하는 데에는 이만한 장치가 없는 법이다.

"음?"

주위를 두리번거리는 진. 곧이어 진의 입에서 주체할 수 없는 커다란 웃음이 터져 나왔다.

길 저편에서 뿌연 먼지를 뿌리며 뭔가가 다가오고 있었던 것이다.

진은 당장에 일어서 다가오는 물체를 향해 마주 뛰어갔다. 눈 뜨고 딸내미 알아본 심봉사의 심정일지니 그것은 설렘과 기대였다.

'옳거니.'

따각, 따각, 삐걱, 삐걱.

차츰 완전한 형상을 이루며 다가오는 것은 짚단을 가득 짊어진 소달구지였다.

소달구지.

자갈길과 함께 많은 것을 알려주는 구체적인 정보다.

돌창으로 매머드나 사냥하는 시대에는 가축을 부리지 않았다. 분명히 구석기 시대의 풍경은 아닌 것이다.

달구지에 가득 실어진 벼 짚단에서 진보된 농경문화를 엿볼 수 있
다. 다시 천 년은 깎인다.

그리고 바퀴를 보라. 통짜 나무가 아닌 살을 이어 붙인 나무 바퀴의
등장은 생각보다 그리 오래된 일이 아니니 다시 몇백 년은 깎인다.

다행이다.

잘 닦아진 길을 보기 전에는 솔직히 공룡이라도 만나는 게 아닐까
하는 기막힌 생각도 해보았다. 그런 와중에 문명의 흔적이 역력한 소
달구지가 출현한 것이니 복권에 당첨되어도 이와 비교할쏘냐.

그렇기는 한데……

달구지를 이끌고 있는 멍청하게 생긴 소의 생김새가 생소하다. 서울
상경한 촌놈 가르마마냥 머리 양옆을 덮고 있는 소의 뿔.

진은 소도 이국적일 수 있다는 사실을 오늘에야 알게 되었다.

소에 대한 전문가가 아니니 어찌어찌 저런 놈이 돌아다닐 수도 있는
일이다.

달구지가 다가옴에 따라 달구지를 부리는 마부의 용모도 서서히 드
러났다.

이 양반도 그리 친숙하게 느껴지지는 않는다.

윗도리는 어디다 팔아먹었는지 까맣게 탄 빈약한 상체를 드러내 놓
고, 마음껏 풀어헤친 봉두난발에, 무릎까지 걷어붙인 하의에서 느껴지
는 모습은 소의 가르마 뿔처럼 이국적인 모습이었다.

뭐, 이것도 그럴 수 있다.

시간도 거슬러 온 마당에 뭔들 생소하지 않으랴.

'말이 통할까?'

독자적인 문자는 없었다지만 반도에는 반도만의 말이 있었다. 말과

글이 서로 달라 어리석은 백성이 사는 것이 매우 곤란해서 세종대왕께서 한글을 창제하셨다 하지 않았는가. 다소 편향이 없지 않겠지만 의미 정도는 통하지 않겠느냐 말이다.

여기까지 생각을 마친 진은 자신감을 회복하고 대로를 가로막았다. 소달구지가 그리 빠른 속도가 아니었음에도 마부는 굉장히 놀라는 시늉을 하며 고삐를 당겨 소달구지를 세운다.

고개를 깊이 숙인 진은 자신이 할 수 있는 최대한 상냥한 어조로 말했다.

"실례합니다. 죄송하지만 마을까지 동행해도 괜찮겠습니까?"

말이 동행이지 소달구지에 얻어 타고 갈 수 있겠냐는 의미다.

공손히 고개를 숙이고 마부의 대답을 한참 동안 기다렸지만 아무 대답도 들리지 않자 가만히 고개를 들어 올려다보는 진이다.

마부는 진을 신기한 동물을 보는 양 멀뚱멀뚱 진을 쳐다보고는 고개를 갸웃거리고만 있을 뿐이다.

"!@#$%&* !@#@#$$%&."

"……!"

사투린가? 그럴 수도 있다.

언젠가 들어봤던 제주도 토종 방언은 한국말인 줄도 몰랐다.

"!@%$#!@#$ ·%$#@!"

"……!"

한데 왜 자꾸 중국 영화가 생각날까.

"이런, 젠장!"

마부의 입에서 흘러나온 언어는 한반도에서는 사용된 적이 없는 중국어가 틀림없었다.

휘청거리는 진이다.

이 깡촌의 촌부가 중국어를 유창—알아듣지를 못하니 유창한지 알게 뭔가—하게 하는 것처럼 들린다.

이게 어디 평범한 사건이냔 말이다. 다시금 불안이라는 고약한 놈이 심장에 펌프질을 하기 시작했다.

'생각하자, 생각!'

역사에 관해서라고는 대략 20년 전, 세계사와 국사 교과서에 수록된 내용들을 달달 외웠던 수준뿐이다.

아는 건 쥐뿔도 없다는 뜻이다.

생각하지 말자. 모르는 거 생각해 봐야 골치만 아프다. 그냥 부딪치는 거다.

마부가 뭐라고 하는 것인지는 모르지만 달구지 뒤를 가리키는 마부의 손가락질이 무엇을 의미하는지는 알 수 있었다.

'에라, 모르겠다.'

걱정해 봐야 해결될 일은 없다. 기회가 있을 때 휴식을 취하고 만약을 대비해야 한다는 것은 오랜 경험으로 깨우친 바다.

진은 날래게 달구지에 올라타더니 금세 잠이 들어버렸다.

시간이 얼마나 지났을까.

진은 누군가 흔들어 깨우는 소리를 듣고 부스스한 눈을 비비며 일어났다.

촌부는 역시 알아듣지 못할 중국말로 뭐라 지껄이며 손가락으로 어딘가를 가리켰다. 촌부의 손가락 끝을 따라가던 진의 눈이 쏟아질 듯 커져 갔다.

춘연곡(春然谷).

붉은 빛깔의 나무 기둥을 좌우로 세워놓고, 기둥을 연결해 놓은 편액에 쓰여 있는 한자다.

물론 진은 해서체로 갈겨 놓은 한문을 읽지 못했다. 그를 놀라게 한 것은 편액에 쓰인 한자가 아니라 그 밑을 지나고 있는 화려한 행렬이었다.

벌건 천으로 화려하게 치장한 가마와 앞뒤로 즐비한 사람들의 행렬. 모르는 사람이 봐도 당장에 결혼 행렬임을 알아볼 수 있는 광경이었다.

남의 집 자식들 나이 차서 아들딸 펑펑 낳고 잘 먹고 잘 싸고 하겠다는 데야 언짢을 이유가 없다.

그런데 언짢다.

왜? 도대체, 어째서 저 여인들은 좋은 한복을 놔두고 하나같이 치파오[旗袍]를 입고 있난 말이다.

'뭔가 잘못됐다.'

다시금 불안이라는 놈이 가슴에 방망이질을 해오기 시작했다.

진은 주춤주춤 결혼 행렬에 따라붙었다.

얼마간 걷자 드디어 인가가 드러나기 시작했고 곧 마을의 번화가쯤으로 보이는 곳에 들어섰다.

행상이 즐비하고 뭔가를 팔려는 사람과 한 푼이라도 깎아보려는 사람의 소음으로 북적이는 곳, 아마도 시장쯤 되는 모양.

진은 멍해져 버렸다.

앞섶을 풀어헤치고 어깨에 커다란 칼을 걸친 채 거들먹거리며 걷는 사내, 앞뒤로 대여섯은 되어 보이는 아이를 줄줄이 달고 땔감을 팔고 있는 아낙, 지붕만 얹어놓은 식당에서 국수를 먹고 있는 지게꾼, 커다란 백마를 타고 화사한 비단옷을 입은 채 거만한 눈초리를 휘두르고 있는 기생오라비……

"저우카이(비켜)!"

나무로 만든 상자를 등에 짊어지고 가는 사내가 우악스럽게 밀치는 바람에 진은 맥없이 바닥에 거꾸러졌다. 사람들의 발길에 몇 번을 더 채이고 나서야 진은 겨우겨우 기어서 만두가게 옆에 쭈그리고 앉았다.

쏴아악!

앉기가 무섭게 차가운 물세례가 진을 흠뻑 적셔놓았지만 진은 미동도 하지 않았다. 지금 겪고 있는 혼란의 세계에서 빼내 오기에 물세례 따위의 자극은 미약할 따름인 게다.

"니~ 쩌 꺼 처우 야오 판 더(이 더러운 거지 놈아)!"

인상을 잔뜩 찌푸린 만두가게 주인은 바가지를 던져 버리고 이제는 몽둥이를 들고 나왔다.

그제야 반응을 보이는 진. 혼이 빠져나가 버린 듯, 무채색의 눈길이 몽둥이를 들고 씩씩거리던 만두가게 주인에게 쏘아졌다.

흠칫.

만두가게 주인은 저도 모르게 주춤거렸다.

아무것도 담겨 있지 않아 공허할 따름인 이색안. 그저 만두가게 주인일 뿐인 평범한 사내에게 진의 귀안은 거부감 정도로 착각될 만한 미세한 공포를 선사해 준 것이다.

"쩌, 쩐따오 메이(재, 재수없는 놈)."

여전히 진의 시선이 거두어지지 않자 만두가게 주인은 주뼛대며 가게 안으로 되돌아갈 뿐이었다.

진은 고개를 무릎 사이에 파묻었다.

땡그랑!

뭔가 머리에 맞고 발치에 툭 떨어지자 잠시 묻었던 고개를 들고 그것을 집어 드는 진.

가운데가 사각형으로 구멍이 뚫린 동그란 쇳덩이에는 지대통보(至大通寶)라는 선명한 음각이 새겨져 있었다.

"……."

진은 지대통보 따위는 알지 못한다. 그에게서 말을 빼앗아간 부분은 이 빌어먹을 버스 토큰 비스무레 한 쇠붙이로는 절대 버스를 못 탈 것이라는 점이었다.

시공의 어쩌고 할 땐 헛소리로 치부해 버렸고, 막상 시간을 거슬러 올 때까지만 해도 웃음만 실실 나올 뿐이었다.

그런데 이게 뭔가.

중국에 대해 알고 있는 것이라고는 대가리 수가 장난이 아닌 나라라는 것뿐이었다. 중국어는커녕 한자로 된 신문도 제대로 읽을 줄 모른단 말이다.

말 한마디 통하지 않는 이 거대한 땅덩어리에서 한진회 후레자식들을 어찌 찾는단 말인가. 찾는다 해도 이런 부실한 몸으로 뭘 할 수 있을까?

물 한 방울 없이 사막 한가운데 떨어진 상황에 다름 아니었으니 나오는 것은 오직 한숨뿐이다.

딱 거지꼴인 아이가 한숨만을 포옥 내쉬고 있자 처음 진에게 엽전을 던져 주었던 아낙은 혀를 끌끌 차댔다. 아낙은 다시 엽전 하나를 진에게 던져 주고 가던 길을 재촉해 인파 속으로 사라졌다.

제13장

벙어리 소년 !

팽가호는 오늘도 자신의 일터인 화빈로를 잔뜩 힘이 들어간 팔자 걸음으로 순찰하고 있었다.

그는 화빈로 상인들이 생업에 종사할 수 있도록 물심양면으로 지원하고 그 대가로 소정의 수수료를 받아 생활을 영위하는 무리들의 일원이다.

깡패라는 말이다.

오늘 할당된 수금량은 아침나절에 이미 거둬들였으나, 팽가호는 여전히 화빈로를 활보하고 다녔다. 그가 남아도는 시간 동안 할 수 있는 유일한 소일거리가 바로 자신을 보기만 하면 굽실대는 상인들을 굽어보는 것이기 때문이다.

춘연파.

가진 거라고는 방울 두 쪽뿐이던 팽가호가 저리도 목에 힘주고 다닐 수 있게 해준 그의 고마운 직장이었다.

적어도 이곳 춘연곡에서 춘연파의 명성은 실로 기세등등한 탓에 천하제일표국의 지천검객 장공백 표주만 아니라면 아무도 그들의 실력 행사를 막을 수 없었다. 적당한 선에서 두 세력이 균형을 이루고 있었고 그 균형을 깨뜨리지 않는다면 팽가호가 화빈로에서 무슨 짓을 해도 뭐라 할 수 있는 사람은 없다는 의미였다.

행상에게 교자 하나를 제공받아 입에 물고 하릴없이 싸돌아다니던 팽가호가 문득 멈춰 섰다.

"엉?"

이상한 옷을 입고 구석에서 쪼그리고 앉아 있는 어린 거지가 팽가호의 시선에 걸려든 탓이다.

"아니, 이 거지 놈이!"

팽가호가 생각하기에 시장에는 절대 들어와서는 안 되는 두 부류가 있었다.

바로 거지와 소매치기다.

개방.

얼핏, 거지 떼들이 지네들끼리 형님, 동생 하며 만들어놓은 패거리가 그렇다는 얘기를 듣기는 했다. 그래 봐야 빌어먹는 거지 떼가 천생 거지 떼지 별것 있겠느냐 이 말이다.

하오문.

역시 대강 들어 알고는 있다.

그러나 하오문에서 방귀 좀 뀐다는 놈이 어느 날 앞에 나타나 알아서 기라고 한다면, 팽가호에게 있어서 그것은 봄날 보리밥 야무지게 얼어먹고 뱉어놓는 개방귀 소리와 다를 게 없다. 넨장맞을 하오문 그림자 코빼기라도 봤어야 알아서 기던가, 딸랑이를 흔들던가 할 게 아니냔 말이다.

고로 적어도 팽가호에게는 거지는 거지고, 소매치기는 소매치기일 따름이라는 것이다.

"야! 야, 이 새꺄!"

쪼그려 앉아 있는 거지를 발로 툭툭 건드리는 팽가호. 꼬마 거지는 얼굴을 들어 팽가호를 물끄러미 쳐다봤다.

뭔데? 라는 식으로.

"얼래? 이 새끼 봐라."

팽가호는 잔인한 미소를 흘리며 꼬마 거지와 같이 쪼그리고 앉았다.

빡!

팽가호의 솥뚜껑만한 손을 휘둘러 꼬마 거지의 뒤통수를 후려갈겼다. 시장 질서를 문란하게 한 응징이자 재미있는 장난감 하나 발견한 것에 기선 제압을 위한 일격이었다.

한데 웬걸, 꼬마 거지는 인상 한 번 찡그리지 않고 표독한 눈빛을 팽가호에게 재차 쏘아 보내고 있을 뿐이다.

"이런 씨앙!"

잡아먹을 듯 이글거리는 꼬마 거지의 눈빛에 노기를 감추지 못하고 팽가호는 다시 손을 치켜들었다.

"얼래? 가만……."

팽가호는 내려치려던 손을 거두고 대신 꼬마 거지의 머리카락을 슬 그머니 젖혀 보았다.

하얀 피부에 또렷한 이목구비, 동글동글한 달걀형 두상.

아직 어리기는 하지만 틀림없는 미인상이었다.

팽가호의 입가에 음흉한 미소가 걸렸다.

굳어지는 꼬마 거지의 표정.

한번 씨익 웃어 보이는가 싶더니 갑자기 내달리기 시작하는 꼬마 거지다. 그러나 달려봐야 부처님 손바닥. 한 발도 못 가서 꼬마 거지는 팽가호에게 뒷덜미를 붙들리고 말았다.

"크크크, 오늘은 영계로 몸보신하게 생겼구나."

게다가 어린 만큼 좋은 가격을 받고 기루에 팔아넘길 수도 있을 것이었다.

어차피 이대로 놔둬봐야 예쁘장한 여자 아이의 운명이라는 것은 뻔하다. 잘돼 봐야 기생질이고, 재수없으면 돈 많은 영감에게 공녀로 팔려가 결국 생혈(生血)을 몽땅 빨리고 들판에 버려져 짐승 밥이 될 것이다. 일자무식인 팽가호가 봐도 순결한 소녀의 피를 먹으면 불로장생한다는 소문은 헛소리로 들렸지만 돈 많은 늙은이들에 의해 저질러지는 이런 일들은 공공연히 벌어지고 있었다.

이런 흉흉한 세상임에 일단 순결을 빼앗아 공녀로 팔려 갈 가능성을 없애주고 기생이라는 확실한 직업을 갖게 해주는 것이니 이 얼마나 건전하고 바람직한 처분이냔 말이다.

미쳐 버리겠다.

무슨 일이 이렇게까지 꼬이느냔 말이다.

빌어먹을 사기꾼 영감은 이런 상황에 대해서는 전혀 언급을 해주지 않았다. 미리 알았다면 쓸데없이 무겁기만 한 무기 대신 중국어 사전이라도 들고 왔을 것이 아닌가.

도대체 어디서부터 시작해야 하는 것인지 막막한 상황에 머리가 지끈거릴 지경이었다.

이래저래 가뜩이나 신경질 나 죽겠는데 웬 빌어먹을 놈이 발로 툭툭 차대기까지 한다.

가죽으로 된 신발 위로 때가 잔뜩 끼어 뱀 껍질처럼 각질이 갈라져 있는 발목, 무릎 밑까지 말아 올린 헐렁한 바지, 풀어헤친 앞섶, 그리고 멍청하게 생긴 얼굴.

녀석이 씨익 웃는다.

'뭐야, 이 새낀?'

녀석이 쪼그려 앉더니 느닷없이 뒤통수를 후려갈겼다.

'이 새끼가 뒤질라고!'

당장에 놈의 누런 강냉이를 왕창 부숴 버리고 싶은 충동이 용솟음 쳤으나, 녀석의 주먹은 너무 컸고 자신의 몸은 너무 작다. 성질대로 했 다가는 어디 한 군데 부러져도 크게 부러질 것 같았다.

녀석이 갑자기 머리를 젖히더니 물끄러미 쳐다본다.

그리고 저 미소.

오싹.

저 빌어먹을 썩은 미소의 정체는 대체 무언가?

본능이 지시한 대로 행동을 하자면 당장에 웃고 있는 주둥이에 주먹 을 틀어박아 강냉이를 몽땅 깨버리는 것이었으나 그것은 여러모로 썩 바람직한 방향은 아닐 것이다.

대신에 진은 어색하게 마주 웃어주고는 냅다 달리기 시작했다.

그런데…….

'어라?'

한참을 뛰어도 주위의 환경이 바뀌지 않는다. 목표로 둔 가마 행렬은 외려 멀어지고만 있다. 그러고 보니 다리는 열심히 구르고 있지만 밟히는 느낌이 전혀 없었다. 멍청하게 생긴 녀석이 뒷덜미를 낚아채 들어 올린 것이었다.

녀석이 뭐라고 지껄이며 음흉하게 웃는다.

진은 다시 한 번 돋아오는 소름에 치를 떨어야 했다.

"이거 놔! 안 놔?"

팽가호가 알아들을 턱이 없는 한국말이다.

팽가호의 얼굴이 험악하게 일그러졌다.

이름 석 자 쓸 줄도 모르는 까막눈이 팽가호다.

그러나 그의 주위에 있는 사람은 모두 까막눈이었기에 부끄럽다거나 세상 사는 데 불편하다고 느껴본 적이 단 한 번도 없었다.

한데 꼬마 거지가 지껄이는 말은 머리에 털 나고 처음 듣는 생소한 말이었다.

"이 빌어먹을 년이 문자를 쓰네?"

팽가호가 알아들을 수 없는 언어는 한국어 말고도 실로 무궁무진 할 것이었으나 그는 자신의 좁디좁은 지식의 범주에서 벗어나는 모든 언어를 아무짝에도 쓸모없고 밥만 축내는 백면서생들이 주절대는 문자 나부랭이로 간주했다.

그리고 팽가호는 쉬운 말을 어렵게 풀어 문자 나부랭이로 지껄이는 놈은 무조건 패야 한다는 신념을 또한 가지고 있었다.

퍽!

진은 팽가호의 솥뚜껑만한 주먹에 복부를 가격당하고 그대로 늘어져 버렸다.

그러든가 말든가 팽가호는 진의 멱살을 틀어쥐고 뺨을 후려갈기기 시작했다.

"한 번만 더 어려운 말 하면 그땐 죽여 버릴거. 알간?"

진은 이미 젖은 짚단처럼 축 늘어져 있었지만 분이 안 풀린 팽가호는 기어이 뺨 몇 대를 더 올려붙였다.

"엉?"

축 늘어져 있던 진이 서서히 고개를 들어올렸다. 힘없이 뜨여지는 진의 눈.

예의 맥없는 눈이 아닌 자녹의 귀광이 번뜩이는 섬뜩한 눈이다.

"한 대만… 더… 때리면, 넌… 죽는다."

진이 입에서 겨우 흘러나온 나직한 음성에 팽가호는 흠칫 놀랐지만 그렇기에 오히려 그의 주먹은 사정을 두지 않았다.

"내가 문자 쓰지 말랬지!?"

퍽, 퍽, 퍽!

화빈로의 상인들은 팽가호가 한 줌도 안 되는 작은 아이를 곤죽을 만드는 것을 보고도 감히 나서지 못하고 화급히 자리를 피할 뿐이다. 끼어들어 봐야 아이도 구하지 못하고 장사만 풍비박산날 것이 뻔할 노릇인 것이다.

진은 계속되는 팽가호의 매질에 견디지 못하고 결국 정신을 놓아버리고 말았다.

"헉, 헉, 헉."

숨을 고르던 팽가호는 비로소 만족한 표정을 지어 보이며 널브러져 있는 진의 뒷덜미를 건져 올려 강제로 눈꺼풀을 젖혔다. 좀 전처럼 귀광을 토해내는 것은 아니었지만 분명히 묘한 자녹의 빛을 띠고 있는 눈이다.

"눈깔이 왜 이래, 이거. 햇빛 때문인가?"

하나, 이리 보고 저리 봐도 역시 좌우가 서로 다른 자녹의 빛깔을 지닌 눈동자는 변화가 없었다.

"색목인인가?"

물론 색목인 따위는 그림자 꽁무니도 본 적이 없다.

그러나 색목(色目), 다시 말해 눈동자에 색이 들어가 있다는 말 아니겠는가. 글은 모르지만 그 정도는 이해할 수 있다.

팽가호는 색목인을 싫어해 주고 있다.

팽가호가 태어나기도 전에 중원을 장악한 북방의 이민족들이 서쪽에서 코가 커다랗고 눈이 파란 색목인들을 데려와 한족 위에 군림시켜 놓고 회회교(回回敎)를 퍼뜨린다는 소문은 익히 들어 알고 있었다.

그러나 역시 들은풍월뿐, 색목인을 직접 대면해 본 적은 한 번도 없다. 그럼에도 싫다.

글깨나 읽는다는 문사들, 힘깨나 쓴다는 무인들이 모두 싫어한다고 했다. 그러면 천하에 팽가호 어르신도 응당 싫어해 주어야 하는 것이 아니겠는가.

"이런! 재수없게."

색목인 계집을 끼고 자면 일 년 동안 재수가 없다는 소문을 들은 터였다. 허나 기루에 팔아먹을 수는 있을 것이다. 안 산다고 하면 사게 만들면 되는 일이다.

팽가호는 아쉬운 표정으로 걸음을 돌려 천하제일루로 향했다.

진은 어두운 방의 구석에 쪼그리고 앉아 있었다.

팽가호는 이 방 안에 진을 가두어놓고 바깥에서 문을 잠가 버렸다.

가끔 인기척이 느껴졌지만 아무리 소리쳐도 누구 하나 관심을 보이는 이가 없었다.

유괴라니…….

나이 서른이 넘어서, 그것도 백주 대낮에 시장 한복판에서 유괴를 당하다니.

기가 막혀 웃음도 나오지 않는 진이었다.

게다가 놈이 흘렸던 그 음흉한 미소는 뭐란 말인가.

'설마 날 어찌하기야 하려고. 난 남잔데.'

진의 낯빛이 창백하게 식었다.

언젠가 남자 아이를 잡아다 그 짓거리를 하고 결국 굶겨 죽였다는 개 후레자식이 경찰에 잡혔다는 뉴스가 생각났기 때문이다.

검거 당시 그 죽일 놈의 집 지하에는 대여섯 명의 사내아이 사체가 있었다는 내용도 함께였다.

돌연 진의 머릿속에 바지춤을 내리고 자신의 엉덩이로 돌진하는 변태의 모습이 선명하게 그려졌다.

'이, 이런 젠장.'

이쯤 되니 머릿속에 그려지는 상상이 죄다 최악이었다.

진은 벌떡 일어나 굳게 닫힌 창문을 열어보았다.

휘이잉.

무심히 불어 닥치는 한줄기 바람.

삼층 누각의 꼭대기라지만 느껴지기에는 천 길 낭떠러지다. 여기에서 뛰어내린다면 뼈다귀 몇 대 부러지는 정도로는 끝나지 않을 성싶었다.

그러나 상상하는 일이 실제로 일어난다면…….

'차라리 죽자.'

심각하게 투신자살을 고려하고 있을 무렵, 갑자기 잠겼던 문이 열리고 사람들이 들이닥쳤다.

진은 벌떡 일어나 손에 잡히는 대로 놓여 있던 화병을 집어 던지려 했다.

'어라?'

문을 열고 들어선 이들은 멍청하게 생긴 변태자식이 아니라 화장을 떡칠한 웬 아줌마와 화려한 중국 의상을 입은 여인들이었다.

'뭐가 어떻게 돌아가는 거야?'

화장을 떡칠한 아줌마가 진에게 다가왔다. 인상이 썩 좋다고 볼 수는 없지만 적어도 엉덩이에 흉측한 물건을 들이댈 남자는 아니지 않은가.

진은 화병 투척을 포기하고 일단 두고 보기로 했다.

아줌마가 진을 보곤 씨익 웃었다. 가히 보기 좋은 미소는 아니지만 악의는 보이지 않기에 진도 어색하나마 마주 웃어주었다.

이때 팽가호가 들어섰다.

진은 아연 긴장하여 화병을 다시 고쳐 잡았으나 팽가호는 진에게 눈길도 주지 않은 채 화장 떡칠 아줌마와 뭔가 이야기를 하고 있을 뿐이었다.

아무래도 상상했던 끔찍한 일은 일어나지 않을 모양이었다.

화장 떡칠 아줌마와 팽가호가 나가자 분 냄새가 코를 찌르는 젊은 여자들이 남아 진을 둘러쌌다.

진은 그제야 안도의 한숨을 포옥 내쉬었다.

한데 얘들은 뭐 하는 여인네들인가.

거의 허리까지 찢어진 치마 선, 잘록한 허리 선을 그대로 드러내 주는 압박감, 그리고 터질 듯한 질량감을 여과없이 보여주는 가슴 선……

그중 가장 예쁘게 생긴 여자가 진을 뚫어져라 쳐다보고 있었다. 가만히 있기 무안하여 진도 마주 웃어주자 여인은 귀여워서 어쩔 줄을 모르겠다는 표정으로 진을 와락 안아버렸다. 그 덕에 진의 얼굴이 여인의 풍만한 가슴에 묻혀들었다.

해죽.

갓 묘령(妙齡)의 하화(荷花:연꽃)는 천하제일루의 간판이다. 그녀가 천하제일루의 매상을 좌지우지한다고 해도 과언이 아니다. 루주는 따로 있지만 천하제일루의 진정한 실세인 것이다.

"어머, 어쩌면 이렇게 귀여울까. 꼭 인형 같아. 이 아이는 내 시비로 삼을 테야."

"안 돼! 내가 먼저 찜했단 말이야. 넌 이미 아비가 있잖아."

도끼눈을 치켜뜨고 하화를 노려보고 있는 여인은 천하제일루의 영원한 이인자 춘화(春花)였다.

특별히 서로 원수를 진 적은 없었지만 하화가 온 뒤로 자신의 손님이 크게 준 것에 앙심을 품고 있는 춘화였다. 춘화는 사사건건 하화에게 시비를 걸어옴으로써 자신의 불편한 심기를 드러내고 있는 것이었다.

천성이 순하고 착해 놓은 터라 처음엔 무작정 당하기만 한 하화였으나, 천하제일루에서의 자신의 가치를 인식해 버린 하화도 이제 남몰래 눈물이나 짜고 있을 순둥이 시절은 벗어난 지 오래다.

"그럼, 네가 아비를 데려가. 난 이 아이를 시비로 쓸 거야."

억지를 부리는 하화. 경우보다는 승부가 관건인 게다.

"못된 년! 이번에는 양보 못해. 지난번에도 양 공자를 가로챘잖아."

하지만 양 공자는 제 발로 하화의 침실로 발길을 돌린 경우다.

"나비는 보다 향기로운 꽃으로 날아드는 법이야. 향기를 잃은 꽃은 봄꽃보다는 낙화(落花)가 어울리지 않겠어?

춘화의 기명을 놓고 깐죽대자는 게다.

"뭐야? 이이……."

춘화는 얼굴이 벌겋게 상기되어 말을 잇지 못했다. 노기가 치밀어 말문이 막힌 것도 있지만 하화의 말이 사실이기도 했기 때문이다.

하화가 오기 전만 해도 천하제일루의 얼굴은 춘화였다. 그러나 하화가 온 후로는 많은 것이 변해 버렸다.

예쁘고 싹싹했으며 나이도 어린 하화는 순식간에 춘화의 단골 고객들을 빼가기 시작했고, 한 번 하화의 침실에 들어간 사내들은 무슨 짓을 해도 다시는 춘화에게 돌아오지 않았다. 이제 와서 춘화는 그야말로 꽁지 빠진 봉황 신세로 전락하고 만 것이었다.

춘화는 씩씩대며 방을 나가 버렸다.

진은 멀뚱거리며 그녀들을 쳐다볼 따름, 백날 쳐다본들 그녀들의 대화를 알아들을 턱이 없다.

진에게는 미친 변태 자식이 자신의 엉덩이에 관심이 없다는 사실 하나만으로 충분히 만족할 만한 결과였다.

그리고 향긋한 분내와 말캉거리는 여인의 가슴 감촉도 썩 나쁘지 않다.

아니, 아주 좋다.

해죽.

제14장

벙어리 소년 2

　　　　　　진은 곧 허름한 골방을 배정받았다. 일이 어찌 돌아가는 것인지는 알 길이 없었지만 당분간 숙식을 해결할 곳이 생긴 것이니 진으로서는 팽가호에게 유괴당한 일이 오히려 전화위복이 된 셈이다.

　그리고 진이 이곳에서 해야 할 일을 알게 되는 데에는 많은 시간이 필요하지 않았다.

　방 하나를 배정받기가 무섭게 주근깨가 가득하고 싸늘한 눈매를 가진 열서너 살 되어 보이는 여자 아이가 진을 끌어낸 것이다.

　진이 소녀에게 끌려간 곳은 호사스런 장식에 분내가 가득한 제법 널찍한 방이었다.

　유난히 붉은 계통으로 장식된 방, 먹다 남은 술과 음식이 바닥을 뒹굴고 있고, 침상 위는 난삽하기 이를 데 없었다.

그리고 이 냄새. 시큼한 술 냄새와 땀 냄새에 섞여 있지만, 아니, 맡을 수는 없을 비릿한 냄새다. 나이 서른을 넘긴 사내가 이런 분위기를 파악하지 못할 수는 없었다.

'이것 참……'

유난히 젊은 여자들이 많이 모여 있는 곳, 방은 많지만 여객은 보이지 않는 곳, 그리고 술.

이곳은 기루, 그것도 금전 관계에 의해 남녀가 운우지락(雲雨之樂)을 나누는 홍등루(紅燈樓)인 것이다.

여자 아이가 진에게 걸레를 집어 던지며 알아듣지 못할 말로 한참을 떠벌렸다. 알아듣지는 못하지만 걸레로 할 수 있는 일이란 것이 뻔한 노릇이었다.

'니기미, 될 대로 되라지.'

진은 주저없이 걸레를 들고 구석구석 정말 열심히 닦았다.

기생방 걸레질이나 하려고 그 고생을 하며 이곳까지 온 것은 아니지만 일단 적응 기간이 필요했고, 숙식을 제공받았으니 대가를 치르는 것이라 생각하면 그만이었다.

밤이 되자 천하제일루는 비로소 본연의 모습을 드러내기 시작했다. 간드러지는 웃음소리와 교태 섞인 여인의 신음 소리, 이지를 상실하고 술기운과 육욕에 탐닉하는 사내들로 북적이는 음탕한 소굴로 변모해 버린 것이다.

진은 기분이 가히 좋지는 않았다. 사내가 술 한잔 걸치고 계집을 찾는 것이야 이해해 줄 수도 있지만, 빠른 시일 내에 이곳의 문화와 언어를 익혀야 하는 진에게 있어서는 그리 적당한 장소는 아니기 때문이다.

그러나 선택권은 진에게 없었다. 이곳을 나가봐야 연고는커녕 당장

끼니를 해결할 능력도 없으니 그렇다. 결국 이곳 천하제일루에서 얻을 것은 최대한 얻어야 하는 선택밖에는 할 수 없는 것이다.

기루에는 진 또래의 시동들도 많이 있었다. 그 아이들은 대부분 허드렛일이나 거리로 나가 사내들을 끌어오는 일을 했다. 그리고 기생들마다 한두 명씩 데리고 있는 여자 아이들은 모두 동기(童妓)들이다.

엄연히 시동과 동기는 다르다.

시동은 말 그대로 잡일을 맡아 하는 하인일 따름이지만 동기들은 기적에 이름만 오르지 않았다 뿐이지 기생이나 다름없는 것이다.

이 점에서 진의 위치는 참으로 애매했다.

루주인 미운(微雲:화장 떡칠 마녀)이 분명 사내아이인 진을 기녀들의 수발을 들게 하며 동기들과 지내게 했던 것이다.

여기에는 다 그럴 만한 곡절이 있었다.

천하제일루의 식구들 모두는 진이 계집아이인 줄로만 알았다. 팽가호가 팔아넘길 때도 그리 말했고, 보기에도 그래 보였다.

진이 사내아이라는 것은 진을 씻기려던 아비에 의해 곧바로 발각(?)되었고 한바탕 소란이 있었다. 그러나 애초에 진을 계집아이라고 속였던 팽가호라는 놈은 불러다 시시비비를 따져 볼 만한 종류의 인간이 아니었다.

결국 동기 가격을 치르고 시동을 들이는 막대한 손해를 본 것이었다.

그럼에도 진이 기녀들의 수발을 돕는 동기로 남아 있는 이유는 하화 때문이었다. 그저 너무 귀여워서라는 이유뿐이었으나 누구도 천하제일루의 운영에 막대한 영향을 미치고 있는 하화를 말릴 수가 없었다.

여기까지는 나쁠 것 없는 내용이다.

주위를 판독하고 분석할 시간적 여유가 생겨서 그렇고 잠자리와 끼니 걱정을 하지 않아서 그렇다.

한데 도대체 왜 동기들과 앉아서 사내에게는 하등 쓸데없는 방중술 따위를 배워야 하느냔 말이다.

거의 종일이다시피 앉아서 알아듣지도 못하는 시끄러운 중국어를 듣고 있어야 한다는 것은 실로 큰 곤욕이 아닐 수 없었다. 짬짬이 직접 시범(?)을 보이는 눈요기만 없었다면 인내심이 남달랐던 진도 견디지 못했을 것이다.

결국 진은 멍청히 앉아서 누가 뭘 물어보든 헤죽헤죽 웃어줄 수밖에 없었다.

어느 날, 미운이 진을 찾았다.

한참을 지껄이며 뭔가를 묻는 것 같더니 하염없이 웃기만 하는 진을 보며 고개를 절레절레 흔드는 미운이었다.

그 후부터 진은 더 이상 방중술 강의를 받지 않게 되었고 천하제일 루의 모든 사람들은 진에게 뭔가를 시킬 때 말 대신 손짓 발짓을 해대기 시작했다.

'그러니까. 내가 벙어리에 귀머거리가 된 것이군.'

듣지 못하고 말하지 못하니 전혀 틀린 말은 아닌 셈이다.

오해를 풀어보려 했으나 진에게는 상황을 설명할 재간이 없었다. 무엇보다 말 못하는 아이가 되다 보니 운신의 폭이 굉장히 넓어졌다. 하여 당분간은 벙어리 아이로 지내기로 한 진이었다.

벙어리에다 하화가 감싸고만 도니 진이 할 일은 더 더욱 없었다.

요 며칠처럼 놀고 먹어본 기억이 일생에 한 번이라도 있었나 싶을 정도였다.

무엇보다 지금 이 상황은 썩 괜찮지 않느냔 말이다.

진은 하화의 목욕을 도와주는 중이다. 좀 더 정확히는 꽃잎까지 동동 떠 있는 향긋한 목간통에서 하화의 물놀이에 동참하고 있었다.

"아, 시원해라. 어머, 넌 사내아이가 어쩌면 손도 이렇게 예쁘니. 피부도 하얗고……. 네가 말만 할 줄 알면 좋은 친구가 될 수 있을 텐데."

아름다운 여인이다.

비단결같이 매끄럽고 백옥처럼 맑은 피부와 완벽한 여인의 곡선을 가진 천하일색이 하화였다. 진도 별수없는 사내인지라 하화의 알몸을 보고 육욕이 느껴지지 않는 것은 아니었다.

그러나 저 반응을 보라. 하화는 진의 아랫도리에 번데기마냥 슬쩍 들러붙어 있는 것에는 전혀 개의치 않고 행동했다.

거친 사내를 상대하는 그녀가 열 살짜리 꼬마에게 남자를 느낄 리가 없는 일이었고, 열 살짜리 미성숙한 몸은 가슴이 느끼는 흥분 상태를 신체의 특정 부분에 전달하는 기능을 전혀 수행해 주지 못했다.

피차 편안하게 목욕이나 해야 하는 상황일 따름인 게다.

덕분에 진은 육신과 정신의 엇갈림이라는 전례없는 고통에 시달리기는 했지만 그 고통이 결코 싫지 않은 것을 어찌하랴. 진의 얼굴에는 해맑은(?) 미소가 떠날 날이 없었다.

그러나 호사다마(好事多魔)라고 했으니.

천하제일루의 모두가 그런 진의 해맑은(?) 미소를 달가워하는 것은 아닌 모양이었다.

'이 빌어먹을 자식이 내 자릴 차지해? 두고 보자.'

여전히 하화의 몸 구석구석을 부드러운 갈잎 솔로 문지르고 있던 진을 칼눈을 뜨고 매섭게 쏘아보는 이가 있었으니, 그녀의 이름은 아비다.

본래 하화의 전속 동기였던 주근깨 소녀 아비는 올해 열두 살이다. 역병으로 부모를 모두 잃고 다섯 살에 기루에 들어와 시비 경력 칠 년째인 천하제일루 동기 중 최고 왕고참이 바로 아비다.

열네 살이 되면 왕언니가 자신도 기적(妓籍)에 입적시켜 준다는 언질을 받아놓은 상태였다.

그 일환으로 왕언니는 아비를 하화에게 붙여 일(?)을 배우게 했던 것이다.

그런데 눈 색깔부터가 벌써 기분 나쁜, 그것도 사내자식이 하루아침에 자신의 자리를 몽땅 빼앗아 가버렸다.

덕분에 겨우 졸업한 뒷간 청소와 물 긷기 등의 중노동도 다시 아비의 몫이 되어버렸다.

오늘 일은 더욱 기막히다. 자신은 목욕물 데워 채우랴 꽃잎 따다가 뿌리랴 비질 땀을 흘리고 있는데 미안한 기색도 없이 느긋하게 목욕을 즐기고 있는 저 빌어먹을 자식을 보라.

미운 놈이 미운 짓만 골라 하고 있는 것이었다. 이 정도쯤 되면 가만히 있는 사람이 병신 소리를 듣는 법이다.

'너 이 자식을 치도곤 치지 않으면 천하의 아비가 아니다!'

아비는 이를 뿌드득 갈며 어떻게 진을 쫓아낼 것인가 머리를 싸매기 시작했다.

진이 기루에 온 지 어느새 두 달여가 지났다.

진은 어제도 야화라는 글래머 기생의 품에 안겨 잤다. 하화는 밤에는 일(?)을 해야 하기 때문에 매달 이삼 일간 있는 마술에 걸린 날 외에는 모시지 못하지만 진을 찾는 기녀는 하화 말고도 넘쳐 났다.

진도 꼬질꼬질한 침대 하나 달랑 있는 허름한 골방에서 자는 게 싫어 기생들의 달거리 날짜를 정확하게 파악하여 나름대로 정리해 놓은 수첩을 마련해 놓았다.

날짜가 된 당사자 앞에서 알짱거리다 한 번 씨익 웃어주면 그날은 향긋한 분 냄새가 풍기고 비단 이불이 구비된 쾌적한 환경에서 숙면을 취할 수가 있는 것이다. 거기다 안이 훤히 비치는 입으나마나 한 천 조각을 걸치고 자는 기생의 품에 꼭 안겨 잘 수 있는 축복은 덤이었다.

'흐흐, 내일은 누구더라? 호오, 미월이로구나. 이 친구 가슴이 죽이지. 그 다음이……!'

급히 창백해지는 진의 안색.

"선… 아……."

공교롭게도 이곳 천하제일루에 선아(善雅)라는 기명을 쓰는 기녀가 있었던 것이다.

진은 다리가 풀린 마냥 그 자리에 주저앉고 말았다.

잊고 지내고 있었다.

그래서는 안 되는 일임에도 그랬다.

어떻게 잊을 수가 있었단 말인가?

지금껏 구차한 목숨을 부지하고 있는 이유가 무엇인데 까맣게 잊어버릴 수가 있단 말인가.

"빌어먹을!"

진은 나무 기둥을 부숴 버리기라도 할 듯 주먹을 박아 넣었다. 하나 깨져 나간 것은 나무 기둥이 아니라 연약하고 작은 주먹뿐이다.

진은 피투성이가 된 주먹을 물끄러미 내려다보았다.

뭘 할 수 있을까, 이런 몸으로…….

적은 결코 약하지 않다. 수백만의 목숨을 우습게 여기며 자신들의 목적을 실현시키는 대담하고도 잔악하기 짝이 없는 자들이다.

그런데 지금 무슨 짓거리를 하고 있는 것인가. 창기들의 품에 안겨 희희낙락이라니…….

지금 당장이라도 뭔가를 시작해야 한다. 다시 예전의 힘을 찾아야 한다.

"말을 배우는 것이 우선이다. 방법을 찾아야 해."

글을 아는 이를 찾아야 할 터인데, 찾는다 해도 어찌 의사를 전달할 것인가가 문제였다.

골똘히 생각에 빠진 진이 안채를 향해 힘없는 걸음을 옮겼다.

진의 모습이 완전히 사라지자 정원의 조그마한 헛간에서 누군가 빠끔히 문을 열고 나왔다.

주근깨 소녀, 아비다.

'호오, 그래, 벙어리가 아니었단 말이지. 호호호, 근데 뭐라고 지껄인 거지? 우리나라 말이 아닌 것 같았는데. 어쨌든 넌 이제 죽었다.'

아비의 얼굴에는 승리자의 미소가 가득 번졌다.

신참 시비나 시동들은 서너 명씩 짝이 되어 방을 배정받는다. 그러다 일 년을 넘기면 이 인실, 그리고 아비와 같이 입적을 앞두고는 독방을 배정받는다. 관례가 굳어져 규칙으로 자리잡은 지 오래다.

그러나 이 규칙은 한 인물의 등장으로 하루아침에 깨져 버렸다.

오자마자 독방이 배정되는 파격 조치가 단행된 것이다. 물론 그 주인공은 천하제일루 기녀들의 사랑을 독차지 하고 있는 진이었다.

그나마 최근에는 기녀들의 방을 전전하느라 들지 않아 온기가 느껴지지 않는 진의 방.

격자 창틀 사이로 불빛이 어른대는가 싶더니 이내 조심스럽게 문이 열린다.

화등을 들고 있는 이는 진이 아니었다.

화등을 이리저리 비춰보는 인영. 찰나의 순간, 화등의 불빛에 얼굴이 드러났다.

복수의 화신 아비다.

단독으로 일을 낼 수는 없는 노릇이었다. 동기와 시동들 사이에서야 방귀 좀 뀐다지만 기루의 다른 사람에게는 그저 수많은 동기들 중 하나일 뿐인 아비다.

치밀한 계획을 세워봐야 곧이곧대로 믿어줄 사람이 없는 그녀가 모함씩이나 획책한 상황이었다. 쉽지 않은 일을 매끄럽게 처리하기 위해서는 루 내에서 비중있는 인물의 조력을 받아야 하는 일은 당연한 수순인 것이다.

그리고 그 일은 어렵지 않게 해결될 수 있었다.

하화의 일이라면 일단 쌍심지를 돋우고 보는 춘화가 있었던 것이다.

춘화가 처음부터 진에게 악감정이 있는 것은 아니었으나, 진이 하화의 시비가 되어 짝짜꿍이 맞아 노는 통에 도매금으로 싸잡아 진 역시 춘화의 미움을 받아야 했다.

이미 입을 맞추어놓았기 때문에 이제 적당한 상황을 만들어놓기만 하면 되는 일이었다. 그 상황을 만들기 위해 아비가 남몰래 진의 방을 찾은 것이다.

하화가 애지중지하는 고려산 옥비녀. 아비는 이 옥비녀를 훔쳐 냈다.

매일 아침 옥비녀를 확인하고 감상하는 하화였기에 이것이 없어졌다는 것을 알게 되는 것은 시간문제일 터. 하화의 분노가 극에 달해 있을 때, 결국 옥비녀는 진의 방에서 발견될 것이다.

단조롭기 짝이 없는 방이다. 안에 있는 가구라고는 침구도 깔려 있지 않은 경와(硬臥)뿐이었다. 사람이 들어야 살림이 느는 법 아니겠는가. 여기저기 난 창문은 굳게 닫혀 있고, 며칠간 아무도 드나들지 않아 매캐한 먼지 냄새로 가득 차 있었다.

그래서 더욱 화가 난다.

시동 주제에 제 방 청소 한 번 제대로 하지 않고, 자신이 뼈 빠지게 닦아놓은 언니들 방에서 팔자 좋게 늘어져 자고 있을 터이니.

새삼 약이 바짝 올라왔지만 아직은 참을 때다. 썩은 동태눈깔이 이곳에서 쫓겨나는 바로 그날, 통쾌하게 웃어주리라.

진이 올 때 요상하게 생긴 전대 하나를 허리에 두르고 왔었다. 아비가 찾는 것은 바로 그 전대다. 이 썰렁한 방에 그것을 놔둘 곳은 한 군데뿐이다.

아비는 엎드려 경와 밑으로 손을 넣어보았다. 역시 뭔가 잡히는 게 있다. 묘하게 차가운 느낌이 드는 새까만 천으로 만든 전대였다.

'참으로 이상하게 생긴 전대로구나. 수를 놓은 것은 아닌 것 같은데……. 이건 무슨 문양이지?'

까막눈인 아비가 보기에도 그것은 문자 같아 보이지는 않았다. 붓으로 한 번 휘갈겨 놓은 듯한 단순한 문양. 초다국적 기업 나이키의 상표는 아비에게 생소하기만 했다.

통상 전대라고 해봐야 보통 긴 천에 물건을 담고 허리에 묶는 것이 고작이지만 나이키에서 그런 물건을 팔려고 내놓았을 리는 만무한 노룻이다.

아비는 전대를 뒤집어보고 빙빙 돌려도 봤지만 도무지 입구를 알 수가 없었다. 묵직한 게 뭔가가 담겨 있는 것이 분명하건만 묶여 있는 부분도 없고 실로 꿰매놓은 흔적도 없으니 참으로 갑갑할 노릇이었다.

'도대체 어찌 담는 것이야? 무슨 이런 전대가 다 있담?'

슬슬 조바심이 날 무렵, 우연히 지퍼의 손잡이가 당겨졌다. 드르륵 소리와 함께 지퍼가 열리고 전대의 입이 벌어졌다.

아비는 그제야 이것이 굉장히 비쌀 것 같다는 생각에 이르렀다.

아비의 두 눈에는 탐욕의 빛이 일렁였다.

'호오, 이 자식을 쫓아내고 이 전대는 내가 가져야겠군.'

가방을 털자 진이 비상금으로 지니고 있었던 만 원짜리와 천 원짜리 몇 장, 그리고 비상 식량인 초코바 등이 쏟아져 나왔다.

아비는 이것저것을 만지작거리며 휘둥그레진 눈을 굴렸다. 그녀로서는 생전 처음 보는 물건들인 것이다.

'이 파란 그림은 정말로 정교하고 섬세하구나. 썩은 동태눈의 할아버지 초상화인가? 어찌 열 장이나 이리 똑같이 그렸을꼬. 도대체 10,000은 무슨 뜻이지?'

세종대왕이 진의 할아버지가 되는 순간이었다.

그 순간, 아비의 눈에 띈 작고 네모난 상자.

'응? 이, 이건!'

진의 담배 케이스를 보고 기겁하는 아비다.

'은이 틀림없다. 은을 이렇게까지 정교하게 세공할 수 있다니……. 이름난 장인(匠人)이 만든 것이 틀림없어. 이것이면 은자 수십 냥은 받아낼 수 있을 텐데……. 도대체 이런 것들이 어디서 났을까?'

이건 뭔가 잘못됐다. 화빈로에서 굴러먹던 거지 따위가 지니고 다니기엔 너무나 값비싼 물건인 것이다.

'대갓집에서 가출한 공자?'

아니다. 몇몇 공자들을 봐왔지만 그들에게서는 우아한 기품이 소소한 동작에서도 가득 흘러나왔다. 그런데 썩은 동태눈은 하는 짓마다 천박함이 뭉게뭉게 피어나는, 경박 그 자체였다.

'그건 아닌 것 같고… 얼굴은 한족이지만 눈은 색목인의 것이라……. 그렇다면!'

아버지는 서역의 상인, 중원에 물건을 팔러 와서 한족 여인을 만났다. 그렇게 해서 아이를 낳았는데 아비는 다시 서역으로 가버렸고, 썩은 동태눈의 어미는 죽어버렸다.

'호오, 이거 말 되는데. 아니야, 죽지 않고…….'

지금은 남인은 물론 모든 한인들이 자신의 상전 행세를 하는 근본도 모르는 색목인들을 고깝지 않게 생각한다고 했다.

이러한 상황에서 한족의 여인이 색목인의 아이를 키우려면 갖은 멸시와 모욕을 감내해야 했을 것이다.

'맞아! 그래서 버린 거야.'

아비의 끝없는 상상 속에서 마침내 버림받은 혼혈아가 되어버린 진이었다.

그렇다면 이 기물들은 무엇일까.

'남편이 먹고살라고 준 것 중 몇 가지를 그 자식에게 남겼겠지. 그래도 제 자식인데 굶겨 죽이고 싶기야 하겠어?'

결국 뒤탈을 염려할 필요가 없다는 결론이다. 지금껏 받았던 갖은 모욕도 이 정도 귀물(貴物)이라면 보상이 되지 않겠는가.

당장 물건이 탐이 나 손길이 몇 번은 머물렀지만 아직은 때가 아니었다. 칼자루는 이미 쥐고 있으니 결국 저 귀물들도 자신의 것이 되고 말 것이니…….

욕망을 억누른 아비는 하화의 옥비녀를 진의 전대에 집어넣곤 다시 슬며시 방을 빠져나왔다.

사단은 얼마 지나지 않아서 나고야 말았다.

"언니, 왕언니이!"

"어이쿠! 놀라라."

미운은 하화의 호들갑에 단잠에서 깨어 벌떡 일어났다. 눈을 채 뜨지도 못한 채 침상에서 허우적대고 있는 미운에게 하화가 눈물 범벅인 채 뛰어들었다.

"이년아! 그 정도로 집구석 무너지겠냐?"

달콤한 아침잠을 깨운 데 화가 난 미운이 앙칼지게 쏘아붙였다. 허나 미운의 반응에 아랑곳하지 않고 하화는 그대로 미운에게 안기더니 서럽게 울기 시작했다.

"언니이, 엉엉엉… 어떡해. 엉엉엉……."

전쟁터에 끌려 나간 서방이 송장으로 돌아와도 이리 서글피 울지는 않을 터였다.

그제야 상황의 심각성을 짐작한 미운은 하화의 등을 토닥거리며 물었다.

"이년아, 뚝! 아침부터 계집이 울면 하루 종일 재수가 없다지 않더냐. 자, 그만 진정하고 말을 해봐. 자초지종을 알아야 해결할 것 아니냐."

"언니이… 히! 엉엉 내… 내 비… 히! 녀어 히! 가 없어졌어. 어어어
엉……."

울음소리와 딸꾹질까지 뒤섞여 도무지 알아들을 수 없음에도 미운
은 용케도 모두 알아들었던 모양.

"아니, 그 양 공자, 아니, 양가 놈이 선물했다던 고려에서 건너온 그
옥비녀 말이냐?"

참으로 말썽 많은 옥비녀가 아닐 수 없었다.

하화에게 옥비녀를 가져다 받친 양 공자라는 인물은 실은 공자가 아
니었다. 여우 같은 마누라에 토끼 같은 자식들이 즐비한 어엿한 유부
남인 것이다.

그자가 하화에게 푹 빠져 결혼 패물이었던 옥비녀를 부인 몰래 훔쳐
다 하화에게 바친 것이 옥비녀 사건의 시작이라 할 수 있었다.

물론 이로써 그 소유권이 완전하게 하화에게 넘어갔다면 말썽의 소
지 따위는 없었을 것이나, 소 팔고 전답 팔아 만들어온 혼수를 기녀에
게 갖다 바친 일이 적어도 양가의 부인 묵 씨에게만큼은 아무 일 없듯
넘길 일이 아니었다.

묵 씨는 기방에 빠져 사는 서방을 둔 여느 아낙들과 다름없었고 역
시 그들과 동일한 행동 양상을 보였다.

다짜고짜 기루에 찾아와 문 앞에 드러누워 한바탕 푸닥거리를 했던
것이다. 하나 그것은 선물이기 전에 밀린 술값과 화대에 대한 대가였
기 때문에 순순히 돌려줄 수는 없는 노릇이었다.

술값과 화대를 합쳐 은자 세 냥을 가져오면 돌려주겠노라 했지만 은
자 석 냥이면 그 집 식구가 한 달은 끼니 걱정하지 않고 살 수 있는 큰
돈이다. 결국 하화가 되레 은자 한 냥을 내주어 결국 은자 넉 냥에 산

꼴이 된 옥비녀였다.

우여곡절 끝에 이제는 하화의 재산 목록 일호가 된 옥비녀. 그것이 없어진 것이니 보통 큰일이 아니었다.

"어어어어어엉, 내 옥비녀어. 어어어엉……."

"이년아, 그만 울어. 칠칠맞지 못하게 어디다 흘리고 여기 와서 찾아?"

"내 옥갑에다 숨겨놨단 말이야. 아무도 거기 있는 줄 모르는데. 다른 건 그대로 있는데 옥비녀만 없어졌단 말이야. 어떡해. 어어엉……."

"네 방에 허락도 없이 누가 들어갈 수 있다는 거야? 더구나 다른 폐물들은 놔두고 옥비녀만 가져가는 멍청한 양상군자(梁上君子)가 어디 있을 수 있단 말이냐."

천하제일루의 간판인 하화를 함부로 굴릴 수는 없는 노릇. 그녀의 방은 안채 깊숙한 곳에 마련되었고, 일부 특수 관계자 외에는 출입이 금지되어 있는 곳이었다.

"모자란 년. 뻔한 노릇 아니겠어?"

식전 댓바람부터 하화의 호들갑에 어느새 삼삼오오 모여서 수군대던 기생들 중 하나가 퉁명스럽게 말을 꺼냈다.

"뻔하다니? 뭐가?"

"……?"

미운과 하화는 동시에 말을 꺼낸 기생에게 고개를 돌렸다. 통쾌하다는 표정으로 잔뜩 턱 끝을 치켜들고 서 있는 춘화였다.

"흥! 칠칠치 못한 년. 제 물건 간수도 제대로 못하는 년이 무슨 기생질을 한다고……."

매섭게 하화를 한 번 쏘아본 춘화는 금세 코맹맹이 소리로 바꾸어 미운에게 들러붙어 말을 이었다.

"쟤 방에 들어갈 수 있는 사람이 누구겠어요, 언니? 게다가 옥비녀가 어디에 있는 줄 정확하게 아는 사람이라면?"

미운이 고개를 갸웃거리더니 뭔가 짚이는 게 있는지 손가락을 튕기며 외마디를 질렀다.

"벙어리!"

미운이 지목한 이는 다름 아닌 진이었다.

"그럴 리가 없어!"

강하게 부정하며 도리질을 치는 하화다. 말을 나누어본 적은 없지만 그간 보아온 진은 진중하고 성실한 아이였다. 하화는 진심으로 진을 믿고 있었다.

"흥! 사람 속을 어찌 알겠어? 겉으로는 방실거려도 속에는 시커먼 구렁이가 몇 마리가 들어 있는지 말이야."

운을 띄워놓았으니 이제는 아비가 마무리를 할 차례다. 희색이 만연하던 아비는 금세 걱정스럽단 투로 표정을 바꾸더니 슬그머니 앞으로 나섰다.

"그러고 보니 드릴 말씀이 있어요."

중인들은 시선이 일시에 아비에게 향했다. 아니라고는 하지만 하화마저도 눈빛이 크게 흔들리고 있었다.

"그 새끼… 아니, 그 아이는 벙어리가 아니었습니다. 제가 헛간에서 우연히 그 새… 아니, 그 아이가 혼자 중얼거리고 있는 것을 들은 적이 있습니다. 그 새… 아니, 그 아이가 뭔가 숨기는 게 있지 않고서야 우리를 그리 속일 수가 있겠습니까?"

천생 아이인지라 아비는 진에 대한 노골적인 적개심을 감추지 못했다. 그러나 지금 중요한 것은 아비가 진에게 가지고 있는 사사로운 감정 따위가 아니었다.

"정말 그 아이가 벙어리가 아니란 말이냐?"

미운은 하늘 아래 떳떳하여 숨길 것이 없는 사람이 벙어리 행세를 할 이유가 없을 거라는 일반적인 생각을 할 수밖에 없었다.

어찌 되었든 그 사실은 조만간 밝혀질 것이다.

만일 진이 벙어리가 아닌 것이 사실이라 해도 그것이 도난 사건과의 인과 관계를 찾아볼 수는 없는 일이지만 사실을 숨겼다는 이유만으로 진은 도둑으로 몰릴 수 있는 상황에 처하게 된 것이다.

"그 아인 지금 어디 있더냐!?"

이미 이 정도의 일을 꾸며놓은 아비가 진의 소재를 파악해 놓은 것은 당연한 일이었다.

"뒷간에 가던데요."

"주방장 최가한테 그 아이를 붙들어놓으라고 일러라. 아비! 네가 그 아이 방으로 앞장을 서거라."

호기심과 의심으로 가득 차 있던 중인들은 아비의 뒤를 따라 우르르 진의 방으로 향했다.

잠시 후, 진의 방.

"이, 이럴 수가!"

하화는 옥비녀를 손에 들고 사시나무 떨듯 떨어댔다.

게다가 일견해도 가치를 측량할 수 없는 물건들. 길거리 거지에 불과했던 아이가 지니고 다녔다고는 믿을 수 없는 귀물들이었다.

훔친 게다.

차라리 구걸을 할 것이지…….

필요하면 달라고 해도 그냥 주었을 것을…….

도곤(賭棍:도박꾼)은 속임수를 쓰다가 발각되어야 한다는 전제가 깔리지만 소투(小偸:도둑)와 배수(렛手:소매치기)는 불문곡직 잡히는 대로 작두로 손목을 절단 낸다. 관의 징벌이 아니다. 그들의 영역에서 허락 없이 서툰 짓을 하다 걸리면 누가 되었든 가혹한 징벌을 내리고 마는 것이다.

하물며 이렇듯 증거가 명백함에야…….

상황은 하화의 손을 벗어나 있었다.

"이 고얀 놈! 당장 이 도둑놈을 잡아들여라!"

미운의 눈에서 불같은 노기가 터져 나왔다.

제15장

의문의 주방장 최가 !

진은 뒷간에서 봉변을 당했다.

질 나쁜 돼지기름으로 튀기고 데치고 볶은 음식만 먹다 보니 정상적인 배변에 어려움을 겪고 있던 진이었다. 실로 오랜만에 확실한 신호가 와서 막 밀어내기 한판을 하려는 순간, 느닷없이 뒷간 문이 활짝 열리며 한 사람이 들이닥친 것이었다.

"니기미!"

딱 한 번이었다. 그랬으면 확실히 밀어낼 수 있었는데 기척도 없이 문을 여는 후레자식 때문에 힘겹게 고개를 내민 녀석이 다시 쏘옥 들어가고 말았으니 욕이 안 나올 수 있겠는가.

잊은 것이 있다면 진은 벙어리 소년이어야 한다는 것이다.

문을 열어젖힌 주방장 최가는 눈을 동그랗게 뜨더니 쪼그리고 앉아 성난 눈을 치켜뜨고 있던 진의 뒷덜미를 우악스럽게 잡고 질질 끌고 가기 시작했다.

생각해 보자.

응가 하다가 바지춤도 끌어 올릴 시간도 없이 끌려갈 만큼 뭔가 잘못했던 일이 있던가?

'없는데…….'

스스로 벙어리라고 선언한 적이 없으니 자신이 조금 전 말을 했다는 사실이 큰 죄가 될 것이란 생각은 해보지도 못한 진이었다.

이것 좀 놓고 차분히 대화로 풀어보자고 말하려 고개를 돌리는 순간 진의 눈에 띈 것이 있었다.

주방장의 손에 들린 채도(菜刀:네모난 요리용 칼).

위화감 조성 면에서는 저만한 것이 없을 듯싶다.

'뭐, 잘못한 것도 없는데……. 별일이야 있겠어?'

진은 나름대로 합리화하며 팔짱까지 끼고 질질 끌려갔다.

마침내 주방장에게 이끌려 들어선 곳은 진의 방이었다.

본인조차 몇 번 들르지 않았던 자신의 방이거늘. 이 많은 사람들이 왜 자신의 방에 모여 있는 것일까. 게다가 일제히 쏟아지는 싸늘한 시선은 또 뭐란 말인가.

진은 상황을 분석하기 시작했다.

널브러져 있는 자신의 전대와 쏟아져 나와 있는 물건들. 그리고 웬 푸르스름한 막대기를 들고 부들부들 떨고 있는 자신의 전담 기생 아가씨와 그 옆에 음흉하게 웃으며 자신을 쳐다보고 있는 주근깨 소녀.

이제야 뭔가 일이 잘못되었다는 것을 깨닫는 진이다.

'안 좋은데. 이거 안 좋아…….'

"이것이 왜 네놈의 방에 있는 것인지 설명해 보거라."

미운이 하화에게서 옥비녀를 빼앗아 진에게 들이밀며 평소와는 다르게 냉랭하게 말했다. 물론 진은 알아듣지 못했지만 미운의 어조에서 분노를 읽을 수는 있었다.

"워… 워(난… 난)."

쫘악!

진은 미운의 손찌검에 저만치 날아가 고꾸라지고 말았다.

진은 벙어리여야 했다. 그간 어깨 너머로 배운 몇 마디 말로 해명을 하려는 것이 오히려 상황을 더욱 악화시킨 것이다.

"발칙한 것! 내 아량을 베풀어 네놈을 믿고 먹여주고 재워줬건만 이리도 나를 기망할 수 있단 말이냐! 어서 저 배은망덕 놈을 일으켜 세워라!"

분기탱천하여 진을 향해 침까지 내뱉는 미운이다. 그러나 진은 얼굴로 튄 침을 닦을 여력도 없을 만큼 정신을 놓아버린 후였다.

아비가 재빨리 다가가 진을 일으켜 세웠다.

"도둑놈이 기절해 버렸는데요?"

몇 대 더 맞는 꼴을 봐야 하는데 부실한 자식이 단 한 방에 기절을 해서 아쉬워하는 아비였다.

"그놈을 깨워서 뒤뜰로 끌고 와라. 내 손을 잘라 죄를 물을 것이다."

미운은 마녀답게 순식간에 살벌한 형을 결정하고 횅하니 나가 버렸다.

하화는 울먹이며 기절한 진을 안타까운 시선으로 쳐다보다가 미운을 따라 나갔다.

조그마한 팔각정이 있는 뒤뜰에는 미운과 하화, 그리고 몇 명의 기

생들과 아비가 웅성이고 있었다. 빙 둘러싼 그녀들 가운데 진이 물을
잔뜩 뒤집어쓴 채 손이 뒤로 묶여 꿇려 앉혀져 있다.

'어째 잘나가더라니……'

여기에 온 지 얼마나 되었다고 죽을 일이 이리도 많이 일어난단 말
인가.

산에서는 개밥이 될 뻔했고, 천 길 낭떠러지 밑으로 날개도 없이 날
뻔도 했고, 이제는 한마디 변명도 하지 못한 채 장애인이 될 판이니, 이
리도 기구한 팔자가 또 있을까.

기가 막히고 심란하여 눈물이 다 나올 지경이었다.

진의 뒤엔 커다란 채도를 들고 서 있는 주방장 또한 심란한 눈빛을
감추려 먼 산을 바라보고 있었다.

얼굴의 반을 차지하고 있는 커다란 눈망울에 눈물을 그렁거리고 있
는 아이의 손목을 잘라야 한다는 데야 아무리 세상 험하게 살아왔더라
도 쉽지 않은 일일 터였다.

그에 반해 시종일관 고소한 미소를 머금고 있는 아비다. 설마 손목
까지 자른다고 할지는 몰랐지만 어쨌든 진을 쫓아낸다는 데 한없는 만
족감을 드러내고 있는 것이었다.

"도둑놈의 손목을 잘라라!"

미운의 추상같은 명이 떨어지자 주방장은 끙 소리를 내며 묶인 진의
팔을 풀어 도마 위에 올려놓았다.

진은 발버둥을 쳐 반항해 보았지만 열 살짜리 아이의 힘으로는 어른
들 사이에서도 힘깨나 쓴다는 주방장의 악력을 뿌리칠 수 없었다. 더
군다나 아비가 다가와 진의 어깨를 짓누르기까지 했으니 결국 진의 손
목은 꼼짝없이 도마 위에 가지런히 놓이게 되었다.

주방장은 불편한 기색이 역력했으나 이내 모질게 맘을 먹었는지 채도를 높이 치켜들었다.

벼락같이 떨어지는 채도. 기어이 진의 손목을 절단 내고야 말 그 순간이었다.

"안 돼!"

느닷없이 터져 나온 외마디 비명.

주방장은 진의 손목에서 채 일 촌도 되지 않은 거리에서 정확하게 채도를 멈추었다.

한낱 기루의 주방장이 휘두르는 칼질이라기보다 고절한 무위를 익힌 무사의 도법에서나 풍기는 절기에 가까운 솜씨였다.

그러나 이를 알아보는 능력을 가진 이는 이곳에 아무도 없었다.

잠시 침묵이 흐르던 장내는 비명을 기점으로 낮은 탄식 소리로 휩싸여갔다.

하화는 눈물을 잔뜩 머금고 뛰쳐나와 주방장 최가를 밀쳐 내고 진의 앞을 막아섰다.

입술을 꽉 깨물고 결연한 표정을 지어 보이는 하화.

"그만두세요. 이 어린것의 손목이 잘리는 것을 저는 볼 수가 없어요."

천성이 잔인하지 못한 하화다. 그런 그녀가 자신 때문에 진이 불구가 되는 것을 보고 있을 수만은 없었던 모양이었다.

돈줄이나 진배없는 하화가 막아서니 미운은 당황하지 않을 수 없었다.

하지만 이곳은 보통의 기루가 아니다. 돈보다 중요한 원칙과 규율이 엄격한 본 문의 분타이기도 했던 탓이다.

"너 역시 본 문의 법도를 모르지 않을 터. 네 손을 벗어난 일임을 모르는 게냐!"

두 팔과 다리를 넓게 펼치고 버티고 서는 하화. 물러설 수 없다는 의지다.

"나라에는 국법이 있어요. 이 아이에게도 사정이 있을 수 있고, 변론할 기회를 주어야 해요. 관의 판단에 맡겨요. 판관의 판결이 이와 같다면 저도 더는 막지 않을게요. 그렇게 해주세요."

관은 이미 유명무실이고, 판관은 탐관오리다. 관에 끌려간다고 해도 변론할 기회가 주어질지도 의문이고, 자칫 손목이 아니라 목이 달아날 수도 있는 일이니 지금보다 나아진다는 보장은 없었다.

하화는 단지 시간을 벌어보려는 속셈인 게다.

응당 있어야 할 손목에서의 통증은 없고 소란과 침묵이 반복되자 진은 질끈 감았던 눈을 슬며시 떠보았다.

주방장은 채도를 든 채 두리번대고 있었고, 자신의 앞에는 전담 기생 아가씨가 좁고 가녀린 어깨를 활짝 펴고 오연히 서 있는 모습이 보였다.

그들이 주고받는 말을 알아들을 수는 없었지만 당장 손목이 달아날 상황은 벗어난 것임에는 분명했다.

'옘병할!'

괜찮다.

한순간에 불구가 될 횡액을 면했으니 나쁘지 않다.

그럼에도 욕지거리가 솟구치는 것을 막을 수가 없었다. 시퍼런 채도가 자신의 손목을 향해 내리 꽂히는 순간 너무나 놀란 나머지 오줌을 지린 것이다. 아니, 지린 정도가 아니라 흥건하다.

벌써 두 번째다.

스스로 보호할 능력이 없었기 때문에 간담 역시 많이 줄어 있었고, 성숙하지 못한 아이의 신체 구조상 그럴 수도 있는 일이다. 그러나 진이 어디 이런 상황을 이해하고 고개나 까닥거릴 만한 상황이냔 말이다.

진은 내가 왜 이러나, 하는 심정에 맑디맑은 하늘을 보며 한숨을 폭 쉬었다.

한편, 아비는…….

'옘병할!'

괜찮았다.

손목을 자른다는 것이 막상 눈앞에서 벌어지는 일이 되자 너무 심한 것이 아닌가 하는 마음이 없지 않았지만, 저 미운 자식을 쫓아낼 수만 있다면 그런 것 따위는 상관없었다.

물론 관에 넘겨진다면 죽도록 태형에 처해지거나, 재수없으면 목이 잘려 효수될 터이니 제 놈 입장에서는 지금보다 좋을 일이 하나도 없다.

그러나 몇 해 동안 하화를 모셔봤기에 그녀의 성정을 잘 안다. 그런 일이 일어나도록 방관만 하고 있을 하화가 아니다.

결국, 썩은 동태눈은 사지 멀쩡하게 살아남을 것이고, 앞으로도 잘 먹고 잘 싸고 잘살 것이다.

'그렇게 놔둘 수는 없어, 절대!'

아비의 복수혈전은 아직 끝나지 않았다.

제16장

의문의 주방장 최가 2

곡간은 의외로 깨끗하다.

풍동(風動)이 여유롭고 격자 사이로 들이닥치는 볕 또한 충분하니 습기가 머무를 사이가 없어 쾌적하기까지 했다.

하나, 어디까지나 곡간으로써 최적의 장소라는 말이다.

"니기미……."

눅눅하고 음침하고, 간혹 후다닥 뛰어다니는 쥐새끼 기척에 신경이 곤두선다. 오줌을 지린 옷은 갈아입지도 못했고 젖은 옷을 통해 침습한 한기에 앙다물어도 이가 부딪쳐 왔다.

어쩌다 이 꼴인가.

말을 알아야 상황을 정확히 알 것이고, 상황을 알아야 해명을 할 것이 아닌가. 언통(言通)을 하여 하루아침에 말을 깨우친다면 모를까, 해명의 기회란 요원한 일이었다.

돌아가는 모양새를 보니 이렇게 곡간에 며칠 갇힌 것만으로는 끝나지 않을 것은 확실했다.

결국 탈출을 해야 한다는 말인데.

탈출이라고 해서 막무가내로 벗어나기만 하면 되는 것이 아니다. 탈출로가 확보되어야 하고 추적을 뿌리칠 은폐, 엄폐할 구조물을 파악해 두어야 한다. 조력자가 있으면 좋고, 조력자가 모처에 마련해 둔 피신처가 있으면 더욱 좋다.

'빌어먹을.'

밖에서 문을 걸어 잠가 버린 것만으로도 이 몸은 곡간조차 벗어날 기력이 없거늘 빌어먹을 활로며 탈출로는 생각해 뭐 하겠는가.

"여기까지 와서 주저앉을 순 없어!"

진은 곡간에 갇힌 순간부터 탈출하기 위해 파기 시작했던, 그러나 좀처럼 파낼 수 없었던 벽 쪽의 바닥을 다시 파기 시작했다.

그때!

철컥, 끼이익.

곡간의 문이 조심스럽게 열리고 장대한 인영이 슬그머니 들어섰다.

진은 재빨리 짚단 뒤에 숨었다.

기회다.

문이 열렸으니, 돌처럼 단단하게 굳어 있는 바닥을 파낼 필요가 없게 된 셈이다.

볕이 있다고는 하나 화등이 없으면 좀처럼 분간하기 어려운 어두운 곡간이다. 그러나 들어선 인영은 화등을 들고 있지 않았다.

아직도 원인을 알 수는 없지만 진은 어둠 속에서도 미세한 빛만 있으면 대낮처럼 볼 수 있었으니 전적으로 진에게 유리한 상황인 것이다.

두리번대는 인영. 주방장 최가라는 놈이다. 변비를 악화시켰으며 손목을 자르려 했던 자. 진으로서는 호의를 가질 수 없는 자였다.

쌀독을 그냥 지나치고, 채소를 담아둔 광주리도 안중에 두지 않고 계속 두리번대며 들어서는 주방장이다. 곡간에 볼일이 있는 것이 아니라 진을 잡으러 온 게다.

진은 호흡을 숨기고 기척을 감췄다.

‘이때다!’

슬금슬금 곡간의 문 쪽을 향해 기어가던 진은 마침내 냅다 달려나갔다.

주방장의 보폭과 자신의 보폭, 갑작스런 기척에 놀라 허둥댈 시간, 사태를 파악하고 움직이는 시간, 그럼에도 자신이 곡간을 빠져나와 밖에서 문을 잠가 버리는 시간까지 모두 계산해 두고 마침내 결정한 것이었다.

곡간 문의 손잡이가 손에 잡히고.

문을 열고.

빠져나오고…….

곡간 문을 걸어 잠가야 하는 마지막 작업이 빠졌다.

의도한 바는 아니다.

대롱대롱.

주방장의 손에 뒷덜미가 붙들려 허공에 매달려 있는 상태에서는 곡간 문을 잠글 수가 없었던 것이다.

‘어떻게…….’

주방장과 곡간 문의 거리는 팔 장여. 미리 계산해 두었기에 동작은 군더더기가 없었고 기민했다. 주방장의 달음질이 제아무리 빠르다고 해도 결코 진을 따라 잡을 수 없어야 했다.

그런데도 덜미를 잡히고 말았다.

'빌어먹을.'

어쨌든, 탈출은 실패했다.

게다가.

싱글벙글.

놈이 웃는다.

시장에서 만난 그 빌어먹을 자식 생각이 아니 날 수가 없다. 그때의 상황과 다를 것이 없으니……

아니, 다르다. 그땐 많은 사람들이 오가는 대로 한복판이었고, 지금은 음침한 곡간 안이다.

'……!!'

철렁 가슴이 내려앉았다. 대로 한복판에서 아이가 몰매를 맞고, 유괴를 당해도 나 몰라라 하는 인심이다. 하물며 어두침침한 곡간 안에서야 오죽하랴. 행여 주방장 놈도 자신의 엉덩이에 관심이 많다면!

"경고하는데, 내 궁둥이에 손끝만 대도 넌 죽는다."

꼬리 잡힌 쥐처럼 대롱대롱 매달린 주제에 제법 싸늘하게 뱉어내는 진이다.

주방장의 얼굴에 놀라움이, 아니, 차라리 경악에 가까운 표정이 걸렸다. 겉보기와는 달리 담이 약한 자인가?

"너, 너는……."

"……!"

어디서 많이 들어본 말인데…….

"색목인이 아니구나."

“……!!”

많이 들어본 정도가 아니다. 저건 틀림없는 한국말이다.

주방장은 그제야 진을 놓아주었다.

내려선 채 의심이 가득한 눈초리로 주방장을 쳐다보는 진이다.

한국말을 하는 사람을 만났다는 것은 분명히 반가운 일이다. 그러나 그렇다고 해서 자신의 엉덩이에 관심이 없다는 것은 아닐 것이며, 하는 수작이 이해가 가지 않았기에 경계를 늦출 수가 없었다.

“네 사정이 궁금하다만, 지금 이러고 있을 시간이 없구나. 나를 따르거라.”

주방장은 주변을 날카로운 눈으로 훑어보고는 움직이기 시작했다.

그러나 진은 불안한 안색으로 좀처럼 주방장의 뒤를 따라붙지 못했다. 주방장이 문득 멈춰서 왜 그러느냐는 눈길을 보내왔다.

믿지 못하는 것이다. 그의 무얼 믿고 따라나선단 말인가.

주방장은 낭패한 표정을 지어 보이더니 진을 낚아채 들쳐 매버렸다.

휘이익.

‘……!!’

단숨에 담장을 뛰어넘는 주방장. 턱이 낮다고는 하나 가볍게 뛰어넘을 수도 없는 높이이거늘, 주방장은 진을 들쳐 메고도 너무나 가볍게 뛰어넘은 것이었다. 곧이어 내달리는 굉장한 속도.

그때서야 진은 왜 치밀한 계산 하에 움직였음에도 주방장에게 뒷덜미를 잡히고 말았는지 이해할 수 있었다.

‘이자, 훈련받았다.’

더군다나 혹독한 훈련을 받고 꾸준한 수련을 하지 않고서는 불가능한 움직임이다. 어찌 한낱 기루의 주방장이 이런 훈련을 받았는가.

의문은 이어졌다.

'이렇게 내달리면……!'

조심스럽지만 이목을 고려하지 않는 움직임. 진은 주방장의 거침없는 행보가 우려되었지만 곧 그 이유를 깨달을 수 있었다.

이곳은 기루다. 해가 저물어야 비로소 기지개를 켜고 활동하는 홍등루다. 해가 중천이라 함은 이곳에서는 한밤중이라는 의미와 진배없으니 지금이야말로 이목을 고려하지 않고 탈출할 수 있는 절호의 기회인 셈이다.

'이자가 나를 빼돌리려는가?'

당장 불안하기는 했지만, 곡간에 갇혀 있는 것보다 기회가 많을 것이라는 판단에 진은 주방장에게 몸을 내맡겼다.

주방장은 단숨에 기루를 벗어났고, 어느새 춘연곡의 산문에 다다라 있었다.

그곳에서 기다리고 있던 장포를 머리까지 둘러쓴 한 여인, 하화다.

"성공하셨군요!"

그녀의 사주였던 게다.

하화를 보고서야 진은 안심할 수 있었다. 그나마 신뢰가 가는 여인이 아니던가.

말을 주고받는 주방장과 하화, 하화는 중간중간에 놀랍다는 표정을 지어 보였고, 그때마다 진에게 측은한 눈길을 주었다.

이윽고 진에게 다가서는 주방장과 하화.

주방장이 말했다.

"이 여자가 하고 싶은 말이 있단다."

진과 눈높이를 맞추고 하화가 화사하게 웃어 보이자, 진도 따라 웃어주었다.

"아이, 예뻐라. 주방장님, 전해주세요. 음, 넌 이름이 뭐니? 나이는 몇 살이야? 부모님은 어디 계시니? 어떻게 고려에서 중원으로 오게 되었니? 음, 네가 내 비녀를 훔친 게 맞니? 난 절대 네가 그런 아이가 아니라고 봐. 그런데 네 방에서 내 비녀가 나왔으니 이제 어쩌지? 저녁나절엔 포졸들이 널 잡으러 올 거야. 나도 어쩔 수 없었어. 그렇지 않았으면 네 손목이 잘렸을 테니까. 손이 없으면 누나같이 예쁜 여자한데 장가도 못 갈 거야. 누가 손 없는 남자에게 장가를 들겠어? 아냐, 넌 너무 예쁘고 귀여우니까 장가를 갈 수 있을지도 몰라. 에, 그리고 또……."

막 통역을 하려던 주방장의 얼굴이 묘하게 일그러졌다.

"네 이름이 뭐냐고 묻는다. 그리고… 에에, 또… 니미럴!"

진이 놀라 주방장을 쳐다보았다.

그러니까 저 여자가 웃는 얼굴로 한참을 떠들어대던 내용이 이름 석 자 묻는 것 말고는 몽땅 욕이라는 소리라는 것인데.

진이 어이없어하는 표정으로 하화를 쳐다보자 그제야 실수를 깨닫는 주방장이다.

"아니, 아니다. 네게 한 욕이 아니야. 네 이름이 뭐냐 묻는 것이다."

그럼 그렇지.

진은 고개를 까닥거리며 하화에게 직접 진! 현진, 이라고 대답해 주었다.

"어머! 예쁜 이름이다. 진이라……. 근데 왠지 여자 이름 같기도 하다. 내 본래 이름이 이화(二花)였거든. 언니가 일화, 내가 이화. 근데 남동생 이름을 뭐라고 지었는지 아니? 삼용(三龍)이야, 삼용. 삼용이 뭐니? 촌스럽게, 호호호. 살아 있었다면 지금 열세 살이 됐을 텐데…….. 홀쩍, 날 닮아서 잘생겼을 거야.”

두 손을 마주 잡고 몽롱한 시선을 허공에 두었다가 다시 침울해지고 종국에는 눈물을 글썽이면서도 하염없이 조잘대는 하화를 보며 주방장은 고개를 절레절레 흔들었다.

“동생이 삼용이란다. 역병에 죽었다는데?”

그새 요령이 생긴 주방장의 통역을 이해한 듯 고개를 끄덕이는 진이다. 지금 상황에서 왜 그런 이야기가 나오는지 궁금했지만 어쨌든 굉장히 슬픈 얘기가 아닌가.

“그렇군요. 그래서 결론이 뭐요?”

“글쎄… 지금은 어렸을 적에 동생과 함께 동네 개울가에서 가재를 잡았다는 얘기를 하고 있구나. 집게발로 낮잠 자고 있던 옆집 사내아이의 고추에… 험! 험! 물려놨다는구나. 지금 생각해 보니 그 녀석 고추가 꽤 컸다는…….”

이쯤 되자 진 역시 더 이상 주의 깊게 듣고 있을 가치가 없다는 것을 알게 되었고 관심을 주방장에게 돌렸다.

“대체 날 왜 잡아 가둔 거요?”

보기에 주방장은 이제 삼십대 초, 중반으로 본래의 자신과 비슷하거나 한 연배 정도 아래로 보여 자신도 모르게 튀어나온 하대였다.

주방장은 물끄러미 진을 바라보았다.

“아까부터 궁금한 건데, 너 몇 살이냐?”

“몇 살이긴. 올해로 서른… 앗!”

진은 그제야 자신의 실수를 깨달았다.

“서른?”

“말을 안 한 지가 오래되어서… 얼추 열두어 살 정도는 되지 않겠습니까?”

“지금 네 나이를 내게 묻는 것이냐?”

참으로 난감한 상황이 아닐 수 없었다. 서른댓 살 먹었소, 라고 말하면 다시 곡간에다 처박을 성싶고, 그렇다고 새로 얻은 신체의 나이에 대해서는 생각해 놓은 바가 없었으니.

그러나 주방장은 이해한다는 듯 고개를 끄덕거렸다. 하루 한 끼 연명하기 빠듯한 민초들의 경우 자신의 나이를 잊고 사는 일쯤은 허다했으니 진의 상태가 의심스러운 것은 아니었던 것이다.

“어찌 이곳에 온 것인지는 생각이 나더냐?”

그것이 제일 궁금한 사람이 바로 진 자신이었다.

“그건 나도, 아니, 저도 잘 모르겠습니다.”

“눈… 때문이더냐?”

눈?

잠시 의문을 표시했지만 진은 주방장의 표정을 보고 그의 내심을 짐작할 수 있었다.

상대를 이해하는 풍토가 부족했던 시절, 남들과 다르다는 이유로 마인(魔人)이라 매도하고 배척이 빈번했던 시기였다. 이색안을 가졌기에 사람들에 쫓겨 온 것이냐 묻는 것이리라.

진은 침묵했다. 달리 설명할 길이 없었을 따름이건만 주방장은 진의 침묵을 긍정으로 받아들인 모양이다.

주방장이 짠한 표정으로 진의 머리를 쓰다듬었다.

“돌아가고 싶으냐?”

돌아가고 싶냐고? 그것이 가능할 것도 같지 않지만 그렇다 해도 지금은 아니었다.

이어지는 진의 침묵에 주방장은 또다시 긍정의 의미로 받아들였다.

"지금 상황을 알고 있느냐?"

진은 고개를 가로저었다.

"저 여자의 물건을 훔쳤느냐?"

또다시 고개를 가로젓는 진. 주방장의 엄한 눈길이 진의 이색안을 직시했다.

당당하기만한 진의 눈빛, 한 치의 거짓부렁을 찾을 수 없다.

"그러면 되었다. 하나, 네 말을 믿어줄 사람은 없다. 게다가 천하제일루는 보통의 기루가 아니다. 설명할 시간은 없다만, 이건 알아둬라. 넌 그들의 영역에서 해서는 안 되는 짓을 한 것이 되었다. 증명할 기회 따위는 없다. 의심을 받으면 그것으로 끝인 게야. 그들의 세계에서 처벌의 방식은 하나다. 눈에는 눈, 이에는 이. 이해하겠느냐?"

이해가 될 리가 없다. 기루면 기루지 보통의 기루가 아니라는 것은 무어며, 하지 않았고 증명할 수 있으면 되는 것이지, 의심을 받으면 끝이라는 소리는 무엇인가. 스스로 중화(中華)라 하여 문명의 중심임을 자부하는 중국이 어찌 이런 무법천지란 말인가.

진으로서는 도무지 알 수 없는 세계였으나 강호에 대해 알고, 무림에 대해 아는 이가 있다면 이러한 법도가 적용되는 한 문파를 떠올릴 수 있을 터였다.

하오문(下汚門). 하류잡배들이 모여 세운 거대 문파. 그들의 세계에서 통용되는 나름의 법도인 것이다.

주방장은 하오문의 영역에서 허락없이 도적질을 한 것에 대한 대가를 말하는 것이었다.

“저 여자의 도움이 없었으면, 넌 잘해야 불구가 되고 말았을 터.”

하지도 않은 일에 가혹한 형벌을 받아야 한다는 부분은 이해할 수 없었으나 하화의 도움으로 횡액을 면하게 되었다 하니 은혜를 입은 셈이었다.

“이 빚은 반드시 갚겠습니다.”

“아서라. 당분간 이 근처를 얼씬댈 생각은 꿈에서도 하지 말거라. 길을 따라 십오 리를 가면 제법 큰 장원이 하나 눈에 띌 것이다. 천하제일표국이라는 곳이다. 이틀 후, 항주로 가는 표행이 있다. 내 표행에 합류할 수 있도록 미리 손을 써놨으니 항주에 도착하거든 민파로의 김가포목점을 찾아라.”

주방장은 품에서 휴대용 통붓과 종이를 꺼내 빠르게 두 통의 서찰을 써 내려가더니 이내 진에게 내밀었다.

“이것은 천하제일루의 장 표주께, 다른 하나는 포목점의 김가 놈에게 전하면 될 것이다. 김가 놈이 언제 고려로 돌아갈지는 모르나 당분간 거기서 일손을 거들고 있거라. 기회가 되면 내 찾아갈 것인즉.”

쏟아지는 주방장의 말에 정신을 차릴 수 없었지만 진은 서찰을 품에 갈무리하며 열심히 고개를 끄덕였다.

이내 하화가 다가왔다.

잔뜩 측은한 표정, 못내 아쉬운 모양이었다.

하화는 품에서 꼼꼼하게 싸놓은 천 뭉치를 꺼내 진에게 내밀었다. 그리고는 주방장을 보며 말하자 곧 주방장이 통역해 주었다.

“돈이 필요할 게다. 은자와 옥비녀다. 너를 곤욕에 빠뜨린 물건이니 가지고 있기가 싫다고 한다. 필요할 때 요긴하게 쓸 수 있을 것이라 한다.”

자신을 풀어주고 나서 적잖은 곤욕을 치르게 될 것이 불 보듯 뻔한 일임에도 기꺼이 감수하며 여비까지 쥐어주는 심성. 진으로서는 감복하지 않을 수 없었다.

"되로 받았으니 말로 돌려주는 것이 도리. 후에 어떤 식으로든 반드시 갚겠다고 전해주십시오."

주방장의 눈에 이채가 떠올랐다.

상투적인 인사치레가 아니다. 무겁다. 진지한 어조에는 남아의 약속이 담겨 있었다.

'이 녀석 봐라?'

도무지 아이 같지가 않다. 세월이 녹아 있는 장년인을 대하는 느낌이라면 과한 것일까?

"은인의 성함을 들을 수 있겠습니까?"

진의 물음에 퍼뜩 정신을 차린 주방장이다.

"주방장 최가. 그리만 알아두어라."

범상치 않은 재주를 지닌 자가 기루의 주방장으로 지내야 하는 사연이라면 필시 곡절이 있을 터. 진은 더 캐묻지 않았다.

깊은 눈동자로 고개를 끄덕일 따름인 진을 보고 슬쩍 놀라고 마는 주방장 최가였다.

'이거 물건이네.'

결코 허접하게 굴러먹을 개밥그릇은 아니다. 그저 몇 마디 주고받았을 뿐이나 까닭없이 확신이 들었다.

진은 하화와 주방장 최가에게 다시 넙죽 인사를 하고 길을 따라 터덜터덜 걸음을 옮겼다.

진의 뒷모습을 눈에 담아두는 주방장 최가와 하화.

각자의 세계에서 상념에 젖어 있는 그들은 미처 알아차리지 못했다.

길 양옆으로 펼쳐진 어두운 숲에 숨어 이들을 향해 싸늘한 시선을 흘리고 있는 인물이 있음을…….

제17장

거리에서 만난 노인

춘연곡 산문에서 한참 벗어난 대로변에서 폴짝폴짝 뛰고 있는 아이는 진이다.

역사를 뒤바꾼다는 미친 녀석들을 때려잡자고 이 고생길을 택했다. 그러니 장차 펼쳐질 신세계에 대한 기대감에 즐거운 나머지 저리 뛰고 있는 것이라 볼 수는 없고, 그렇다고 멀쩡하게 길 잘 가다가 체력 단련이나 해보자는 취지도 아닌 듯하다.

머리는 봉두난발(蓬頭亂髮), 멀쩡했던 옷은 넝마처럼 찢겨져 있다.

모습은 저잣거리 광녀(狂女) 못지않지만 몸가짐만은 사뭇 다르다.

왼 주먹은 인중을 가리고, 오른손은 명치 앞에 놓여 동시에 언제든지 출수가 가능하며, 지면을 스치듯 가벼이 움직이며 보(步). 다른 무엇이 아니라면 특공 무술의 대적세(對敵勢)가 틀림이 없었다.

의문점이라면, 어째서 오뉴월 뙤약볕 아래서 특공 무술씩이나 펼치고 있냐 하는 것인데…….

그 해답은 진의 앞에 씩씩거리는 세 명의 사내들에게 있었다.

'헉헉, 빌어먹을! 이것들은 또 뭐야?'

커다란 자루의 입구를 연 채 진에게 달려드는 너구리상의 사내. 진이 슬쩍 피하며 정강이를 걷어차자 사내는 보기 좋게 앞으로 고꾸라져 버렸다.

그러나 충격이 크지 않은 듯, 금세 일어나 진을 사나운 눈길로 진을 노려봤다.

울그락불그락.

사내들은 화가 머리끝까지 난 표정으로 씩씩거렸다.

"이 빌어먹을 자식이!"

대화로 해결하기에는 피차 말이 통하지 않으니 애저녁에 글러먹은 일이었고, 서로 신경이나 건드리며 이리 푸닥거리를 한 지가 벌써 이 각이 넘어서고 있었다.

"둘째야, 셋째야 합공이다. 이 썩을 놈을 못 잡으면 오늘 우리의 찬란한 명호를 스스로 버려야 할 것이다!"

족제비를 닮은 사내가 결연한 의지를 보이자 나머지 사내들도 입술을 앙다물고 당장에라도 몸을 날릴 듯 자세를 낮췄다.

상태가 썩 좋아 보이지는 않는 세 사내.

이들은 이곳 춘연곡에서 철혈삼협(鐵血三俠)으로 알려진 형제들이었다. 그리고 이들에게는 또 하나의 별호가 있었으니 바로 철두삼배(鐵頭三輩)가 그것이다.

춘현곡 주민들 중에는 철혈삼협으로 알고 있는 사람들도 있고, 철두삼배로 알고 있는 사람도 있다.

전자는 세상사에 무심하거나 갓 춘연곡에서 터를 잡은 사람일 것이었고, 후자는 춘연곡에서 일주일이라도 살아본 사람일 것이었으니 대세는 세 명의 멍청한 시정잡배라는, 별호라기보다 비아냥에 가까운 칭호에 기울어져 있는 것이다.

그리고 사지 멀쩡한 사내들이 어린아이 하나를 두고 저리 방정을 떨고 있으니, 이쯤 되면 춘연곡 주민들의 날카로운 눈썰미와 작명술에 심심한 경의를 보내야 하는 것이다.

그러므로 찬란한 명호 따위는 애저녁에 쓰레기통에 처박혀 버렸으니 버리고 말 것도 없다는 사실을 이들 형제의 첫째, 춘일은 모르고 있는 것이다.

아침나절 평소 안면이 있던 아비 년이 오더니 도둑질을 하다가 도망친 녀석이 산문을 벗어날 터이니 잡아다가 행장만 넘기고 구워먹든 삶아먹든 마음대로 하라고 했었던 것이 그들이 이곳에 있는 이유였다. 게다가 일을 잘만 해준다면 천하제일루의 하루 무료 이용권을 쥐어준다고도 했다.

반반하게 생긴 사내아이를 찾는 영감이 많으니 그들에게 팔아넘겨 돈도 벌고, 공짜로 위명이 자자한 천하제일루의 기생들을 품을 수도 있는 일이니 이것이야말로 도랑 치고 가재 잡는, 노난 날이 아니냔 말이다.

장정 셋이 어린아이 하나 잡는 일이니 손바닥 뒤집기보다 쉬운 일일 것이니 두 번 생각할 것도 없이 흔쾌히 그러겠노라 했던 철두삼배였다.

그런데 이제 보니 굉장히 힘든 일이었다.

보통 꼬마가 아니었던 것이다. 미꾸라지처럼 요리조리 빠져나가는 데에는 도가 텄고, 짬짬이 발길질까지 해대니 오늘 그들 형제는 큰 곤욕을 치르고 있는 것이었다.

덩치가 산만한 사내, 셋째 춘삼은 기어이 서슬 퍼런 유엽도까지 뽑아 들었다. 맏형 춘일의 엄한 주의가 있었기에 지금까지는 참았지만, 그런 것 따위는 잊은 지 오래다. 분노가 눈을 뒤집어놓은 것이었다.

'니기미!'

인적이 없는 대로 한복판. 주위엔 몸을 숨길 곳도 없고, 걸음이 짧아 도망칠 수도 없으니 맞설 수밖에 없는 상황이다.

그런데 이제는 칼까지 뽑아 든다.

"이유나 좀 알자!"

다급히 외쳐 보지만 철두삼배가 알아들을 턱이 없는 한국말이다.

쉐애액!

머리 바로 위로 지나가는 칼. 조금만 늦었더라도 머리가 반으로 쪼개졌을 위기의 순간이었다. 그러나 위험은 끝나지 않았다. 연이어 허리를 베어오는 칼을 피해 뒤로 크게 몸을 굴려야 했던 것이다.

그러했거늘…….

퍽!

가죽북 터지는 소리와 함께 진은 눈을 커다랗게 뜨고 앞으로 고꾸라졌다. 질펀한 토사물이 내뱉으며 앞으로 무너지는 진. 춘삼의 발길질에 복부를 걷어차인 것이다.

이제야 만족한 미소를 짓는 춘삼이 엎드려 있는 진을 양단할 기세로 칼을 한껏 치켜들었다.

"그만둬!"

족제비상의 남자, 춘일이 춘삼의 손을 막았다. 춘삼은 씩씩거리며 춘일을 쳐다보았다. 분노와 함께 의문이 가득 담긴 눈빛이다.

"동강 내서 정육점에 팔게? 없으면 서운할 것 같아서 어깨 위에 대가리 얹고 다니냐? 모르겠으면 좀 물어봐라."

뒤통수를 벅벅 긁으며 수줍어하는 춘삼이다.

"역시 형은 똑똑해. 엄마 말씀은 틀린 적이 없어."

묘하게도 거대한 덩치와 잘 어울리는 어눌한 말투.

가슴께에도 차지 않은 춘일은 안도의 한숨을 내쉬며 춘삼을 다독거리고 있을 때.

퍽!

체구가 작은 사내가 진의 옆구리를 힘껏 걷어차 버렸다. 좀 전에 진에게 발길질을 당해 바닥을 굴러야 했던 둘째, 춘이였다.

진은 입에서 피를 길게 뿜으며 날아가 벽에 부딪쳐 기절해 버렸다.

"퉤! 그래도 이 정도는 해도 되지?"

춘일은 다급히 뛰어가 쓰러져 있는 진의 상태를 살펴보았다. 여자아이라 착각할 만큼 미색을 지닌 사내아이다. 마침 이런 사내아이를 찾는 영감이 있으니 흥정을 하면 많은 돈을 받을 수 있을진대 저리 묵사발을 만들어놨으니…….

"너희 꼴통을 한번 열어보고 싶다. 그 안에 들어 있는 것이 진정 몽땅 똥인지 굉장히 궁금하단 말이다! 멍청히 있지 말고 빨리 담아, 자식들아!"

춘삼이 멍청하게 웃으며 진의 머리채를 잡아 커다란 자루에 집어넣으려 했다.

그 순간!

갑자기 진의 눈이 번쩍 뜨이는가 싶더니 두 발을 모아 춘삼의 얼굴을 힘껏 차버리는 것이었다.

"어이쿠!"

춘삼은 얼굴을 감싸 쥐고 나뒹굴었고, 그 틈에 진은 내달리기 시작했다. 그러나 진의 도주 시도는 채 다섯 발자국도 옮기기 전에 무산되고 말았다. 춘일이 몸을 날려 진의 양다리를 잡아채 버린 것이다.

진은 두 발이 묶인 통에 뛰쳐나간 힘을 이기지 못하고 앞으로 넘어져 버렸다. 발버둥을 쳐봤지만 그의 힘으로는 춘일의 아귀힘을 떨쳐버릴 수가 없었다.

그사이 춘이의 보복이 이루어졌다. 다시 한 번 진의 옆구리를 걷어차 버린 것이다. 이번에는 제대로 맞았는지 비명도 지르지 못하고 정신을 놓아버리는 진이다.

널브러진 진에게 화가 잔뜩 난 표정의 춘삼이 다가섰다.

"춘삼, 화난다. 죽인다."

진의 머리 위로 한껏 들어 올려지는 춘삼의 거대한 발.

쿵!

거대한 나무 기둥이 지면에 처박히는 것과 같은 웅장한 괴음이 울려 퍼졌다. 하나 춘삼의 발밑에는 뿌옇게 일어난 먼지 말고는 아무것도 없었다.

춘일이 재빨리 진을 잡아 뺀 것이다.

춘삼은 얼굴을 잔뜩 일그러뜨리고 못마땅한 눈길로 춘일을 쏘아봤다. 그의 얼굴에는 진이 남겨준 두 개의 신발 자국이 선명했다.

"형아! 죽이자. 춘삼, 많이 화난다. 엄마가 그러는데 어른을 공경하지 않는 아이는 반쯤 죽여놔야 한다고 하셨어."

"참아라, 응? 지금 죽이면 우리가 지금까지 헛고생한 게 되는 거야. 알겠니?"

시무룩한 표정으로 고개를 푹 숙이는 춘삼. 엄마가 형의 말을 잘 들어야 한다고도 했기 때문이다.

춘삼은 갑자기 환한 표정으로 춘일을 바라본다.

"팔 하나만 자르면 안 될까?"

조용히 고개를 가로젓는 춘일.

"손가락 하나도?"

"안 돼!"

실망한 기색이 역력한 춘삼은 몸을 배배 꼬며 저만치 가더니 쪼그리고 앉아 그 누구도 모를 형이상학적인 문자를 땅바닥에 그려 넣기 시작했다.

춘일은 그런 춘삼의 등을 토닥거렸다.

"형아가 교자 사줄게."

금세 환해지는 춘삼.

"정말?"

"그럼. 이~따만큼 사줄게."

속에서는 열불이 치밀어 올랐지만 참아야 했다. 그나마 이들 형제가 행세할 수 있었던 것은 춘삼의 타고난 신력 때문이니, 어떻게든 구워삶아 놓아야 하는 것이었다.

그건 그렇고……

좀 전부터 뒤에서 들리는 북 치는 소리는 뭔가.

춘일은 불안한 마음에 화급히 뒤를 돌아보았다. 어느 틈에 둘째 춘이가 진을 담아놓은 자루에 무지막지한 발길질을 퍼붓고 있는 것이었다.

"야, 인마! 그만두지 못……"

"네 이놈들! 백주 대낮에 이 무슨 고약한 짓거리더냐!"

창노한 고함 소리에 춘일은 춘이를 미처 말리지 못하고 화들짝 놀라며 그 자리에 멈춰 서고 말았다.

일제히 고함 소리의 진원지를 향해 고개를 돌리는 철두삼배.

철두삼배의 시선이 쏠린 곳에는 남루한 행색의 노인네가 떡 버티고 서 있었다.

노인을 본 철두삼배는 어이가 없다는 표정이다.

이곳 춘연곡에서 그들 삼형제에게 이리 고성을 지를 수 있는 사람은 딱 두 명뿐이다. 천하제일표국(天下第一鏢局)의 지천검객 장공백과 파락호 집단인 춘연파의 두목, 구 뭐라 하는 놈이 바로 그들이다.

노인은 장공백도 구 머시기도 아니다.

그럼, 이래서는 안 되는 거다.

혈기 방탕한 젊은 놈들도 무서워서 피하고 더러워서 피하는 마당에 갈 날이 오늘 내일 하는 노친네야 말할 것도 없는 일이다.

"어이, 미친 영감탱이. 돼지 멱을 삶아먹었나? 목청 한번 대차네그려. 그리고 해 떨어진 지가 언젠데 대낮이 어떻고 하는 거야?"

"그런가? 언제 시간이 이리 됐지? 나이가 드니 눈이 침침해서 그런 줄 알았더니 해가 떨어진 게로군."

괜찮은 등장이었다. 위엄도 있어 보였고 기개도 넘쳐흘렀다.

해서 당장 손을 쓰지 못하고 두고 본 것이었는데 그 위엄과 기개라는 것이 결국은 노망기에 근원을 둔 것이질 않느냔 말이다.

"어이, 영감. 괜한 일에 끼어들어 어디 부러져 왔다고 며느리에게 구박받지 말고 가던 길 계속 가쇼."

"그럴까? 근데 댁들은 뉘슈?"

역시 노망난 늙은이인 게다.

"우리의 존성대명을 모르니 그런 경거망동을 했던 게지. 우리가 그 유명한 철혈삼협이오. 알았으면 빨리 사라지쇼, 올 때처럼."

"철혈삼협? 허, 강호에서 손을 뗀 지 오래니 모를 수도 있는 게지. 음?"

생각났다!

바닥에 뒹굴고 있는 저 자루.

"그렇구나. 네 이놈들! 그 어린것을 어디 때릴 데가 있다고 발길질이더냐! 요사이 강호에서는 협이라는 것이 어린아이를 납치하고 패대기치는 것으로 바뀌었단 말이냐? 고금 이래 협 어쩌고 하는 놈들 중에 정신이 제대로 박힌 놈이 없구나! 네놈들의 사문을 밝히고 당장 내 앞에 무릎을 꿇지 못할꼬!"

또다시 감당 못할 위엄이 노망기를 덮어버리는 순간이다. 하나 철두삼배에게는 노망난 노인네의 허장성세로 보일 뿐이었다.

춘삼은 진이 담겨 있는 자루를 내려놓고는 춘일을 쳐다보며 말했다.

"형, 나 저 영감 죽여도 돼?"

"응!"

춘일의 거침없는 대답에 춘삼은 잔인한 미소를 한 번 흘리고는 유엽도를 뽑아 들었다.

"너는 이제 죽었다."

이죽거리는 춘이. 그들 형제는 막내의 괴력을 믿어 의심치 않았다. 그렇지 않아도 어찌 달래줄까 막막하던 차에 잘된 일이었다. 푸석푸석한 뼈다귀 몇 개 부러뜨린다고 기분이야 나아질까마는 없는 것보다는 나을 것이다.

"우오옷!"

춘삼은 단칼에 노인을 양단할 듯, 자못 흉흉한 기세로 노인을 덮쳐 갔다.

이를 보며 기막힌 표정을 짓는 노인이다.

협 어쩌고 하기에 한가락 하는 놈들인 줄 알았더니 이건 숫제 시장에서 굴러먹는 모리배보다 못한 수준이 아닌가.

덩치 큰 녀석의 용기가 장하기는 했지만 슬쩍 한 대 맞아주기에는 너무나 어설픈 도법, 아니, 칼질이었다.

쉭!

소리도 없었다. 땅을 딛고 있던 노인의 한쪽 발이 잠시 흩뿌려진 것으로 보였을 뿐이다. 그런데도 칠 척 장신의 춘삼은 하늘을 날고 있었다. 높게, 아주 멀리도 날아간다.

춘일과 춘이는 서로의 얼굴을 쳐다봤다. 뭐가 어찌 된 것인가를 서로에게 묻는 것이다.

무공? 모른다.

어머니 말씀에 부른 배를 박차고 나올 때부터 씨바, 하고 태어나 애당초 글방이나 무도관에 보내 헌헌장부로 키우길 포기했다는 것으로 미루어 보아 당시에는 주먹질을 가르치는 곳이 있기는 있었던 모양이다. 그러나 철들고 나서부터는 도장 따위는 본 적도 없다.

도사들이 구름 타고 노닌다는 말도 안 되는 헛소리로 유명한 화산파에서 십수 년 동안 칼부림을 배우고 왔다는 지천검객 장 표주와 또 어디선가 무시무시한 쇠도리깨질을 훔쳐 배우고 왔다는 춘연파 두목 구 뭐라 하는 녀석이 크게 한판 붙었다는 소리를 듣긴 했지만 역시 직접 보진 못했다.

그러나 장담컨대, 그들도 셋째를 어찌할 수 없을 것이다. 그만큼 셋째의 타고난 신력(神力)은 무시무시하단 말이다.

그 셋째가 노인의⋯ 대략 발로 보이는 것에 얻어맞고 뻗어버렸다.

'좆됐다!'

틀림없다. 노인은 말로만 듣던, 장풍을 쏘아대고 하늘을 날아다닌다는 강호무림인인 것이다. 실제로 장풍을 쏘고 하늘을 날아다니는지는 매우 궁금했으나 그것을 몸으로 확인해볼 의사는 전혀 없는 춘일이었다. 이런 경우엔 후일을 기약하고⋯ 아니, 깨끗하게 싹 다 잊고 튀고 보는 것이 만수무강에 지장이 없는 법이다.

여기까지가 그나마 정상적인 사고의 범주에서 생활하는 춘일의 생각이었다.

동상이몽(同床異夢), 다시 말해 같은 상황을 전혀 다르게 해석하는 이가 있었으니 다름 아닌 춘이였다.

"운이 좋았다, 영감. 하나 우리 철혈삼협을 너무 우습게 보았어!"

형제만 아니라면, 엄마가 동생들 잘 돌보라는 유언만 남기지만 않았다면, 셋째와 매일 놀아줘야 하는 중노동을 저 녀석이 전담하지만 않았다면 들판에 파묻고 싶은 왠수들⋯⋯.

결국 춘일도 칼을 뽑아 들고 노인을 향해 달려들었다.

딱 한 방만 걸려라 하는 막연한 심정으로.

'엉?'

춘일의 의문. 노인이 고개를 설레설레 흔드는 장면에서 갑자기 푸른 하늘의 풍경으로 전환되는 기이한 현상에 기인한 의문이다.

맑고 높은 하늘. 턱 끝에서 전해져 오는 굉장한 통증을 감안하더라도 썩 나쁘지 않은 기분이었다.

찰싹!

한참 잘 자고 있는데 누군가 뺨을 때린다.

"야, 인마! 일어나 봐. 어라? 요놈 봐라, 코까지 곯아?"

춘일이 눈을 뜨고 처음 본 것은 꿈에서 보았던 늙은 괴물이었다. 현실 감각을 되찾는 데 더할 나위 없는 공포의 실체다.

'아이고, 어르신. 하늘을 몰라 뵙고 죽을죄를 지었습니다요! 살려주십시오.'

죽을죄를 지었는데 살려 달라는 모순적인 절규가 춘일이 하고 싶은 말이었다.

그러나 어찌 된 일인지 목구멍까지 치민 절규가 혀끝에서 머물 뿐 도무지 입이 떨어지지 않았다.

춘일이 할 수 있는 유일한 일은 눈알을 이리저리 굴리는 것뿐이었다.

"어서 자루를 열어 아이를 풀어주고 사죄하여라."

'자루도 열어주고 싶고 사죄도 하고 싶지만 꼼짝도 못하겠단 말이외다, 이 영감탱이야!'

"아니, 이놈들이 그래도 반성을 못한 것이냐!? 어디 오늘 죽어봐라!"

철두삼배는 정말이지 개천에서 먼지 나게 두들겨 맞기 시작했다.

잠시 후.

오연히 서 있는 노인을 배경으로 배를 바닥에 깔고 가끔 팔딱거리는 춘이, 그리고 나뭇가지 위에 걸려 있는 춘삼이 잠시 동안 일어났던 일을 설명해 주고 있었다.

그나마 정신을 차리고 있던 춘일도 이가 몽땅 박살났고, 그렇지 않아도 평범한 크기는 아니었던 얼굴이 전보다 두 배는 커져 있었다.

그나마 다행이라면 한참 얻어터지는 순간에 아혈이 풀려 입을 열 수 있다는 것이다.

"어르쉬, 사슈르 푸러주서야 자루르 엽져(어르신, 사술을 풀어주셔야 자루를 열죠). 흑흑흑……."

그렇다. 노인은 점혈을 했던 사실을 잊어버렸던 것이다.

"험험, 그랬었나. 진작 말을 할 것이지."

말도 못하게 아혈까지 점해놓고도 한다는 말이 저렇다.

노인이 점혈을 풀어놓기가 무섭게 불구에 가까운 타격을 받은 몸임에도 춘일은 훌쩍 뛰어가서 널브러진 자루를 열어 쓰러져 있는 진을 꺼내놓았다. 그러는가 싶더니 어느새 간간이 팔딱거리고 있는 춘이를 어깨에 메고 나무를 흔들어 춘삼을 떨어뜨려 다시 옆구리에 끼고 삽시간에 사라지는 것이었다.

설명은 길고 복잡하지만 그야말로 숨 한 번 들이쉴 짧은 시간에 일어난 일인지라 노인도 멍하니 그 모습을 쳐다보고 있었을 뿐이다.

"너도 이제 나오거라."

나직하지만 기파가 실린 음성.

황량한 대로 한복판에서 홀로 뱉은 말이었으니 노인의 정신 상태를 다시 한 번 의심해 봐야 할 때 즈음, 대로변 수로(水路) 밑에서 비실비실 기어 나오는 이가 있었으니 복수의 화신 아비였다.

아비는 내친김에 진이 단단히 곤욕을 치르는 꼴을 지켜보고 싶어 몰래 지켜보고 있었던 것이다.

아비 역시 도망가고 싶은 마음이 굴뚝같았으나 너무나 무서워 그럴 수 없었다. 그저 노인이 사라지기를 숨죽여 기다리고 있는데 노인의 음성이 들려왔고, 그 순간 속이 울렁이고 욕지기가 치밀어 견딜 수가 없었던 것이다.

주저앉아 있은 아비를 향해 서서히 다가서는 노인.

아비는 이제는 죽었구나 생각하고 두 눈을 찔끔 감아버렸다. 그러나 노인의 손은 아비의 배 위에 슬며시 얹어질 따름이다.

"……!"

상쾌한 바람이 가슴을 뚫는 듯, 욕지기는 사그라지고 마음이 진정되기 시작했다.

비로소 아비는 정신을 차리고 노인을 똑바로 쳐다볼 수 있었다.

가슴 저편 심연마저 훑어보는 듯한 검은 눈동자는 하염없이 깊기만 하여 송두리째 빨려들 것만 같았다.

"이 아이가 무엇을 그리 밉보여 이런 낭패를 당하게 만든 게냐?"

노인의 물음에 아비는 비로소 번뜩 정신을 차리는 아비다.

"그, 그건… 저, 저 자식은 도둑놈이란 말이에요. 팔을 잘라도 모자랄 판에 몇 대 맞고 부잣집에 들어가 사는 게 나쁠 게 뭐 있어요? 씨이."

진이 도둑질을 하지 않았다는 사실을 누구보다 잘 알고 있을 아비다. 그러나 거짓말도 자꾸 되뇌다 보면 세뇌가 되기 마련. 아비에게 진은 떠돌이 거지에, 도둑놈일 따름이었다.

"그래, 이 아이가 너의 무엇을 훔쳤더냐?"

"그, 그건 제 것이 아니라… 우리 하화 아씨의 옥비녀를 훔쳤단 말이에요. 내 일자리도 빼앗아가고 귀여움은 혼자 독차지하고 씨이……."

아비도 결국 어린아이일 따름. 울먹이는가 싶더니 이내 목 놓아 울기 시작하는 아비다. 노인은 그런 아비를 보며 어찌할 바를 몰랐다.

노인이 보기에 처음 아비의 눈은 거짓과 복수심으로 가득 차 있었다. 그러나 지금의 아비의 어조에서는 진정 억울함이 느껴졌다.

결국 이유가 있는 복수라는 의미다. 노인은 일장 훈계를 놓아 따끔하게 혼찌검을 내려 했으나 이제는 도리어 아비를 달래야 할 상황에 처해 버린 것이었다.

"뚝! 울지 말거라. 봐라, 이 아이도 이미 죗값을 치르지 않았느냐."

노인은 게거품을 물고 쓰러져 있는 진을 가리키며 아비를 달랬다.

아비는 여전히 훌쩍이면서도 쓰러져 있는 진의 행장을 뒤지기 시작했다.

"너 뭐 하니?"

"훌쩍, 옥비녀 찾아요. 훌쩍."

물론 아비가 찾는 건 옥비녀, 시계, 각종 지폐들, 그리고 가장 중요한 은제 담배 케이스였다.

노인은 덥석 아비의 손을 잡았다.

"네 말을 믿지 못하는 것은 아니다."

"……?"

"하나, 지금의 상황은 나로서는 이해하기 힘들구나. 네 말대로 저 아이가 훔친 물건이 옥비녀라면, 귀한 물건임에는 틀림이 없다. 그런데도 물건의 주인 대신 네가 물건을 되찾는다는 것이 선뜻 납득이 되지 않는구나."

눈에 뜨이게 당황하는 아비. 눈동자가 슬그머니 오른쪽으로 돌아갔다.

과거의 일을 회상할 땐 눈동자는 왼쪽으로 돌아가고, 상상을 하거나 뭔가를 꾸며낼 땐 오른쪽으로 돌아간다. 노회한 노인은 그것을 놓치지 않았다.

“같이 가보자꾸나. 주인에게 확인을 하고 내 직접 물건을 돌려주도록 하마.”

“놔, 놔요.”

아비가 노인의 손을 뿌리치고 달리기 시작했다. 아비의 힘이 노인의 아귀힘을 압도한 것이 아니라 노인이 스스로 풀어주었던 것이다.

저만치 달아나는 아비를 바라보는 노인이 혀를 찼다.

“쯧쯧, 어찌 저 어린것이 벌써 간계를 부린단 말인가. 앞날이 걱정이로구나.”

노인은 여전히 죽은 듯 쓰러져 있는 진을 일으켜 세워 맥을 짚어보더니 몸을 가볍게 두드렸다. 그저 툭툭 건드리는 것으로 보이기는 하나 절제되고 정심한 내력을 진의 몸속에 불어넣어 주는 추궁과혈(推宮過穴)이라는 고절한 수법이었다.

“으으음…….”

슬슬 정신을 차리기 시작하는 진.

온몸이 아프지 않은 곳이 없었지만 갑자기 청명한 기운이 온몸에 느껴지면서 그 통증이 급속히 완화되었다. 기분 또한 전에 없이 상쾌하고 맑아졌다.

참 묘한 일이라고 생각할 무렵, 진의 머릿속으로 꿈결처럼 아련히 들려오는 목소리가 있었다.

“못된 놈들 같으니. 이 작은 것을 어디 때릴 데가 있다고…….”

자신이 처했던 상황을 불현듯 떠올린 진은 눈을 번쩍 떴다.

“엇!”

자신을 빤히 내려다보고 있는 웬 거지 같은 노인.

진은 급히 몸을 일으켜 다시 싸울 자세를 취해 보였다.

"아이야, 난……."

조금 전의 일로 잔뜩 긴장도 했거니와 노인이 손을 뻗어오자 더 볼 것도 없다는 듯 혼신의 힘을 다해 노인의 얼굴에 오른발을 날리는 진이다.

지극히 급작스럽고 나름대로 온 힘을 기울여 날린 발차기였으나, 노인의 기준으로는 어린아이 발길질 이상도 이하도 아니었다.

진의 발목은 아교에 들어붙은 듯 노인의 손에 딱 붙어버렸다.

"내 말 좀 들어보아라."

듣고 싶어도 알아듣지 못한다.

진은 잡힌 발목을 포기하고 몸을 띄워 다른 발로 회충각(回衝脚)을 펼쳐 노인의 미간을 노렸다. 놀라운 임기응변인지라 노인도 적잖이 놀라는 눈치였으나 이런 정도의 각법에 당할 인물은 아니었다.

노인은 한 팔을 휘이 저었을 뿐이나 진은 어느새 원래대로 돌아가 있었다. 돌아가 있었을 뿐만 아니라 여전히 잡혀 있는 발목에서는 또다시 형용하지 못할 기운이 몰려들었다. 익숙한 것이되 또한 생소한 기운.

'사기꾼 영감…….'

언젠가 느낀 적이 있었으되 그것은 진을 이곳에 보낸 김팔봉의 몸에서 흘러나온 기운이었다.

'그래. 내 팔이 뭉개졌던 것을 그 영감이 고쳐 주었을 적에도 이런 기운을 느낀 적이 있었다. 그렇다면 이 영감도 날 치료하는 것인가?'

노인이 웃음. 악의라곤 찾아볼 수 없는 선한 미소다.

진은 비로소 발에 힘을 빼자 노인도 악력을 풀어주었다.

"무공은 어디서 배웠더냐? 처음 보는 각법인 듯한데… 보보(步步)가 가볍고 변초를 배제한 경쾌한 각법이구나. 일가를 이뤘을 법하거늘. 네 사문을 물어도 되겠느냐?"

진은 눈을 동그랗게 뜨고 멀뚱멀뚱 쳐다볼 따름이다.

주변을 살펴보니 자신을 해코지하던 멍청하게 생긴 놈들은 어디 갔는지 흔적도 보이지 않았다.

'이 영감이 날 구해준 건가?'

그리 볼 수밖에 없는 상황이었다.

노인은 자신의 물음에는 대답하지 않고 매서운 눈으로 주위를 탐색하더니, 이내 자신에게 시선을 고정시키는 사내아이에게 왠지 모를 섬뜩함을 느끼지 않을 수 없었다.

노인이 그러거나 말거나 진은 여전히 잔뜩 경계한 채 근처에서 막대기 하나를 주워 바닥에 형이상학적으로 보이는 무엇인가를 그리기 시작했다.

몇 번을 지우고 다시 그리기를 수차례, 마침내 완성된 그림은 참으로 조악한 문양의 한자였으니…….

不智 漢語(한어를 몰라).

말은 모른다면서 글은 쓴다? 노인으로서는 이해할 수 없는 일이었다.

노인이야 이해하든 말든 진은 이미 자신만의 세상에 빠져들어 다시 그림(?)을 그리기 시작했다.

高麗人(고려인).

글씨에 손가락질 한 번, 그리고 자신에게 한 번.

자신의 출신을 이르는 게다.

이제야 사정을 이해한 노인은 고개를 끄덕여 보이더니 자신도 땅바닥에 글을 써 내려가기 시작했다.

그래, 어디 갈 곳은 있느냐? 밥은 먹었고? 그놈들은 누군지 알겠느냐? 어디 다른 곳은 아픈 곳이 없더냐?

일 할.

야구에서 투수의 타율이 아니라 노인이 써 내려간 글에서의 진의 읽을 수 있었던 문자의 비율이었다.

이래서는 도무지 대화가 되질 않는다.

진은 고심 끝에 주방장 최가가 내준 서찰을 노인에게 보여주며 손짓 발짓을 해댔다.

"그렇구나. 이곳에서 얼마 떨어지지 않은 곳이니, 내가 데려다 주마."

알아듣지는 못하나, 노인의 의도를 파악하기란 어렵지 않은 바, 반색하는 진이다. 또 어떤 흉악한 놈들이 해코지를 할지 몰라 불안하던 차에 길 안내에 경호까지 해준다는 데야 마다할 이유가 없었다.

그렇기는 한데…….

왜 업혀 가야 하느냔 말이다.

세상일에 정신을 빼앗겨 갈팡질팡하거나 판단이 흐려지지 않는다는 나이, 불혹(不惑)을 얼마 남겨두지 않았거늘 이 무슨 심란한 자세란 말인가.

"어허, 자꾸 버둥거리지 말거라. 근골을 이완시켜 놓았으니 바로 걷기가 쉽지 않을 것이야."

비록 부러진 곳은 없었으나 연약한 뼈와 근육에 막심한 타박상을 입었던 터라 노인은 진의 몸에 진기를 불어넣어 뼈와 근육을 있는 대로 늘여놓은 상태였다.

이는 혈액 순환을 원활하게 하여 인간의 육신 스스로가 몸의 기능을 정상으로 되돌리려는 기능을 보다 빠르게 하는 효능이 있다. 본시 곧바로 수면을 취해야 하는 것이지만 대로(大路) 한복판에서는 그리 할 수가 없는 노릇인지라 임시방편으로 노인은 진을 등에 업은 것이었다.

노인의 이런 세심한 배려를 알 리 없는 진은 여전히 맑은 하늘을 보며 내가 왜 이렇게 됐을까, 에 대한 고찰을 끊임없이 해볼 뿐이었다.

그렇게 한참을 하늘을 노려보는 중, 진은 뭔가 이상한 현상을 발견하고 고개를 갸웃거렸다.

'어라?'

분명히 움직이고 있는 것 같은 데도 업혀 있는 진은 어떠한 진동도 느낄 수 없었던 것이다. 마치 매끈한 얼음판 위를 미끄러지는 썰매를 타고 있는 듯한 느낌.

'이 양반이 가만히 서 있나?'

아니다. 모진 일을 겪어 경황이 없기는 했지만, 길 양옆으로 듬성듬성 늘어선 초옥들이 스쳐 지나가는 환영이 보일 만큼은 아니었다.

진은 고개를 잔뜩 꺾어 노인의 다리의 움직임을 주시했다.

별거 없다. 남들 걷는 것과 별반 다를 것이 없는 평범한 보행일 따름이었다.

'거참, 묘한 일일세……'

진은 이내 관심을 접어버렸지만, 그가 무(武)에 눈이 뜨여 있었다면 필시 기경했을 실로 놀라운 무위가 노인에게서 펼쳐지고 있는 상황이 었다.

이미 실전되었다 알려진 천년신교의 천마종보(天魔從步). 전설로 회자되던 천고의 절기가 이 작은 시골 마을에서 초로의 노인에 의해 아이의 근골이 상하지 않을까 저어하는 순수한 마음에 펼쳐지고 있었던 것이다.

그렇게 십여 리를 걷자 노인과 진은 춘연곡 인근에서는 제법 규모가 있는, 중원 전체의 규모로 보자면 지극히 왜소한 장원에 이를 수 있었다.

천하제일표국(天下第一鏢局).

현판을 물끄러미 바라보는 노인의 얼굴에는 황당하다는 표정이 가득하다.

"이거야 원, 이놈의 동네는 천하제일에 한이 맺혔나 보구나. 포목점이며 기루에, 이번에는 표국마저 천하제일이니……."

노인은 진을 내려놓고 머리를 쓰다듬으며 말했다.

"아가야, 이 할아버지는 가야 한다. 항주까지 조심히… 허, 내 말해야 알아듣지도 못할 것을……."

노인은 진을 몇 번 토닥이더니 이내 발길을 돌렸다.

진은 노인의 뒷모습을 물끄러미 바라보더니 잰걸음으로 앞질러 가 냉큼 큰절을 올렸다. 말로 천 냥 빚을 갚는다고 하지만 말해 봐야 알아듣지도 못할 것이니 표현할 수 있는 최대한의 경의를 보인 것이다.

"허허, 기특한 녀석이로고. 너와 내가 갈 길이 다르지 않았다면 인연을 맺을 수도 있었을 것을……."

노인이 연신 호방한 웃음을 터뜨리자 진도 따라 웃어주었다.

"허허… 그놈, 참 웃는 것이."

노인은 진의 볼때기를 잡아 흔드는 것으로 인사를 대신하고 다시금 휘적휘적 걸어갔다.

"그나저나 백랑, 이놈을 어디서 찾는다……."

노인은 걷는 듯했지만 순식간에 관도에서 사라졌다.

진은 노인네가 걸음이 참 빠르다 생각하며 천하제일표국으로 발걸음을 옮겼다.

장공백.

그는 천하제일표국의 표주다.

그는 이곳 춘연곡에서 명망있는 문사였고, 실력있는 고수로 정평이 나 있었다.

무엇보다 그가 칭송을 받는 이유는 구파일방의 중대한 일원이자, 오 검맹(五劍盟)의 상석을 차지하고 있는 화산파의 속가제자라는 배경이 있는 탓이었다.

장공백은 자신이 화산파와 관계를 맺었다는 것을 무척 자랑스럽게 생각했다. 서른이 넘은 나이에도 문도로 받아준 유일한 문파가 대화산파임에야 말해 뭐 하랴.

하산 후에도 장공백은 화산파의 대소사를 빠짐없이 쫓아다니는 것은 물론, 표국 수입의 오 할을 화산파에 무상으로 제공하고 있었으니 화산의 장문인은 화산덕후검(華山德厚劍)이라는 별호를 친히 내릴 지경이었다.

또한, 춘궁기에는 이자 없이 쌀을 빌려주고, 표국의 곡간이 비어 더 이상 빌려줄 수 없게 되면 외지에서 직접 쌀을 구입해 나누어 주니, 때로는 장공백의 식솔들이 굶기를 밥 먹듯 한다는 소문이 나돌 지경이었고 대부분은 사실이었다.

천하제일표국을 중심으로 반경 십 리에서는 굶어 죽은 사람이 사라졌으니 그 소문은 퍼지고 퍼져, 세인들은 하늘과 땅에서 가장 후덕한 검객이라는 의미의 지천덕(地天德)이라 부르며 칭송하기에 이르렀다.

비록 외떨어진 작은 표국에 지나지 않지만 천하제일표국이라는 과하다 싶은 국명(局名)은 이십 년 전 현판식에서 무당의 선대 장문인인 무한 진인(無限眞人) 장태산이 친필로 올려준 것이다. 천하에서 가장 광명정대한 사람의 표국이니 과연 천하제일표국이라 할 만하다는 의미의 현판이었다.

이는 곧 마을의 큰 자랑거리가 되었고 장공백을 존경하던 상인들은 너나 할 것 없이 '천하제일'을 즐겨 쓰게 된 것이었다.

장안의 명물이 된 천하제일표국이고 보면 표행에 대한 의뢰가 끊이지 않는 것이 당연한 일이었다.

그러나 장공백은 표두(鏢頭)를 포함해 표사(鏢師)와 쟁자수(爭子手)까지 모두 합쳐 오십여 명만으로 표국을 유지할 뿐, 더는 규모를 늘리지 않았다.

이유는 간단하고 명쾌했다.

"표국이 커지면 더 많은 사람들을 도울 수 있을 것이니 나라고 어찌 욕심이 없겠느냐만은, 표국이 규모를 갖추면 결국 황실과 거래를 해야 하는 것이 지금의 현실이 아닌가. 몽골의 개들과는 절대 상종할 수는 없다는 말일세."

장공백은 남인(南人)의 후예였다. 최후까지 북방 민족의 정복 야욕에 저항하던 남송(南宋). 그의 조부와 그의 형제자매들은 모두 몽고 기병의 창에 꿰어져 관도에 매달렸다 했다.

장공백은 새로운 중원의 주인인 북방 민족의 관리만 보면 발작에 가까운 경기를 일으켰으니 관부와 관계를 맺는다는 것은 있을 수 없는 일이었다.

이러한 그의 내력이 주방장 최가를 만나게 된 인연의 시작점이었다.

시간이 지나면서 근간이 얕았던 이민족의 정권도 부패한 관료와 정권 다툼으로 흔들리기 시작했다. 변방에서는 또 다른 이민족들이 세력을 형성하여 창궐하기 시작했고 막강한 군사력도 결국 분산되기에 이르렀다. 암암리에 활동하던 저항 세력이 기지개를 켤 기회가 생긴 것이었다.

장공백은 군자금을 만들어 비밀리에 그들을 후원하고 있었다.

장공백이 주방장 최가와 인연을 맺을 수 있었던 그날도 표물 수송을 위시하여 장백산에 숨어들어 간 저항 세력에 군사 물자를 전달하기 위해 가던 중이었다.

인적이 드문 동토, 그러나 그곳에도 사람은 살고 있었다.

흑수말갈(黑水靺鞨), 지금은 그 존재마저 흐릿해졌지만 한때는 흩어져 있던 부족을 통일하고 금국(金國)을 세워 북송을 풍비박산 냈던 여진족.

바로 이 여진족들로 이루어진 잔악무도한 마적 떼도 사람으로 친다면 말이다.

뛰어난 무위는 몽고병 못지않게 말을 다루는 여진의 마적 떼들 앞에 선 무용지물. 시간이 지날수록 피를 뿌리며 쓰러지는 쪽은 표사들이었다.

대부분의 표사들이 쓰러지고 장공백을 포함하여 다섯만이 남아 절망적인 저항을 하고 있는 그때.

장공백은 지평선 너머 먼지구름을 보았다.

또 다른 기마대가 등장한 것이다.

'오늘은 흉(凶)만이 가득한 날이구나.'

모든 것을 포기하고 목을 향해 날아드는 마적의 언월도를 그저 바라보기만 한 그 순간.

쉭!

"컥!"

장공백을 향해 언월도 휘두르던 마적의 목을 뭔가가 꿰뚫어 버렸다.

쉬쉬쉬쉭.

연이어 날아드는 섬전과도 같은 그 무엇들에 의해 무수한 마적들이 고꾸라지기 시작했다.

우렁찬 기합성과 함께 맹렬히 달려오는 단 이십 기의 기마.

온몸을 가린 이국적인 전면 갑주와 거대한 마상도(馬上刀)를 치켜들고 말을 부리는 군사들이었다. 그들의 손에 들린 것은 마상용으로 보이는 작은 활이었다.

나중에 알게 된 것이었지만 그것은 고려각궁(高麗角弓)이었고, 그들이 일발필살로 마적 떼를 말에서 떨구어 버린 것은 '애기살'이라 부르는 편전(片箭)이었다.

과연 동쪽의 활 잘 쏘는 민족이라. 통아(桶兒)라는 속이 빈 막대에

넣고 쏘는 손가락 대여섯 마디만한 작은 화살이 천 보(千步)를 넘게 날아 갑주를 걸친 인마를 관통하는 장면은 아직도 잊히지가 않았다.

편전우(片箭雨)가 만들어낸 죽음의 폭풍우가 잠잠해지자 새로이 나타난 기마대는 기형적인 모양의 마상도를 휘두르기 시작했다.

몽고병의 만도와도 달랐으며 검신이 좁고 베기만을 목적으로 한 듯 잔뜩 휘어진 모양이 중원의 그것과도 달라 보이는 마상도 아래 마적들은 속절없이 쓰러져 갔다.

도륙 그 자체. 기마대들 간의 전투가 아닌 일방적인 학살이었다.

마적들의 기마는 어림잡아도 이백 기가 넘었다. 그중 삼십여 기를 표사들이 목숨과 바꾸어 줄여놓았다 해도 단 이십 기로 이루어진 기마대로 백칠십이나 남은 마적 떼를 도륙하는 터무니없는 일이 벌어졌던 것이다.

실로 오금을 저리게 하는 마상검술(馬上劍術)이라 하지 않을 수 없었다.

지리멸렬하고 겨우 십여 기만 살아 도망을 놓는 그들의 외침을 몇 년이 지난 아직까지도 장공백은 잊을 수 없었다.

"마기병(魔騎兵)! 악마다!"

멍하니 그 모습을 지켜보던 장공백의 앞에 피를 뒤집어쓴 한 필의 기마가 오연히 섰다.

"괜찮소?"

온통 피칠을 한 이국적인 갑주를 걸친 자의 입에서 흘러나온 말은 유창한 한어였다.

"고, 고맙소. 이 은혜를 어찌……."

"우리가 너무 늦은 건 아닌가 싶소이다. 우리는 대고려국의 북마

군(北馬軍) 소속 정찰대요. 우리의 일이니 은을 따질 이유는 없소이
다.”

고려, 들어본 적은 있었다.

장백산 아래에 있는 작은 반도국이며, 수십 년 전에 전쟁에서 패하
여 그들의 왕이 중원을 통일한 황제의 신하가 되는 치욕을 겪고 난 후
아직까지 조공을 바치는 미개한 국가라 하지 않았던가.

그러나 장공백은 그날 그저 변방의 작은 야만족 국가인 줄만 알았던
고려에 대한 인식을 바꿔야 했다.

자신을 최선지라 밝힌 고려의 무사는 문무(文武)를 비롯한 다방면에
해박한 지식을 갖추고 있었고, 무위 또한 중원의 웬만한 중소방파의 수
장들과 비교하여 고하를 논할 만한 수준이었던 것이다.

그런 자를 일개 백부장으로 부릴 수 있는 나라가 고려라는 나라였
다.

은혜를 갚아야겠다고 강짜를 놓던 장공백을 돌려세운 것은 고려 무
사의 한마디였다.

“우리는 몽고에 큰 빚이 있소이다. 오직 피로 갚아야 할 빚이지요.
그때 도움을 주신다면 각골난망하겠습니다. 그러니 이번은 그냥 돌아
가시지요. 안전한 곳까지 우리 별초군이 안내할 것입니다.”

아쉬움을 뒤로하고 장공백은 고려의 무사들과 작별을 고했다.

그리고 이 년 후, 그 고려 무사가 찾아왔다. 사람을 찾아야 하는데
그의 도움이 필요하다는 것이었다.

장공백은 그를 표국에 잡아두고 싶었으나, 그는 신세질 수 없다며 한
사코 잠시 기거할 곳을 물색만 해주면 된다는 통에 친분이 있던 천하제
일루의 루주인 미운에게 부탁하여 주방장으로 취업시켜 준 것이었다.

그 고려 무사가 다름 아닌 주방장 최가, 최선지다.

장공백은 무슨 일로 이역만리 머나먼 이국 땅에 와서 위장 취업까지 하며 자신을 드러내지 않는 것인지 궁금하지 않을 수 없었다. 하나, 최선지의 성정을 익히 아는 바, 결코 그른 일을 할 위인이 아니라는 확신을 갖고 이미 벗으로 삼아 교류하고 있던 차였다.

이런 와중에 자신의 은인이자 친구인 최선지의 서찰을 들고 온 아이가 있었으니 어찌 홀대할 수 있겠는가.

진은 눈앞의 텁석부리 노인의 과장된 몸짓에 어리둥절할 뿐이었다.

"껄껄껄, 선지, 이 친구가 광명정대하고 정이 많은 사람이란 걸 알지만, 생면부지인 너를 이리 신경 써주는 것이 참으로 깊고도 넓은 덕이라 하지 않을 수 없구나. 내 사람을 잘못 보지를 않은 게지, 암. 껄껄껄."

'거, 노인네가 정력도 좋네.'

대청마루가 들썩거릴 만큼 우렁찬 장공백의 목소리에 귀가 다 멍멍할 지경이었다.

"그래, 항주까지 간다고?"

"……?"

"참! 너도 고려에서 왔다고 했지? 아직 한어를 모른다 하니 차차 깨우치면 될 것이다. 마침 항주로 출발하는 표행이 내일 있으니 그걸 따라가면 될 것이야. 하루만 늦었어도 은인의 부탁을 들어주지 못하는 패악을 저지를 뻔했구나."

화가 나서 소리치는 것처럼 보였지만 장공백의 눈에 전혀 악의가 없었고, 호방하면서도 선한 웃음에 진도 마음이 편해져 장공백을 향해 히죽 웃어주었다.

“그 녀석. 웃음이 참으로 예쁘구나. 후에 사내 여럿 울리겠어. 나도 이런 딸 하나 봤으면 좋겠구나. 껄껄껄.”

장공백 역시 진을 계집아이로 오해했지만 알아들을 길이 없었던 진은 장공백이 웃을 적마다 실없이 웃고 있을 뿐이다.

그날 밤, 진을 씻기려던 장공백의 부인 홍씨는 혼비백산해야 했다.

“여, 여보, 계집아이가 아니라 사내아이예요!”

“호오, 그렇소? 그럼 지금부터 계집아이를 하나 낳아 그 녀석에게 시집을 보내볼까나.”

홍씨는 오십에 가까운 나이임에도 새색시처럼 얼굴을 붉혔다.

“아이, 당신도 주책이야.”

“김치 낭자… 김치… 기임치이! 허억!”

진은 경기를 일으키며 벌떡 일어나 주위를 두리번거렸다.

지독한 악몽이었다.

돼지기름 막에 갇혀서 숨을 못 쉬고 있는데 예쁘게 생긴 김치 낭자가 벌건 고춧가루로 분을 바르고 알싸한 젓갈 향수를 뿜어대며 코앞에서 춤을 추고 있었다.

그 요염한 유혹을 이기지 못하고 다가서려 하면 저만치 멀어지고 다가서면 또다시 멀어지고, 정말이지 사람 미치게 하다가 피가 말라 죽어가는 꿈이었다.

이마의 식은땀을 훔치는 진. 새어 나오는 한숨이 깊다.

“후우, 라면 한 사발에 김치 한 포기만 먹어봤으면 소원이 없겠구나.”

바라느니 일장춘몽이다.

악몽이라 하나, 김치를 만나볼 수 있는 유일한 공간인 꿈속으로 진
은 다시 빠져들었다.

간절한 소망이 하늘에 닿으면 이루어진다는 서양의 속담이 있다.
진의 소망은 하늘에 닿기 전 최선지의 마음에 먼저 닿은 모양이었
다.
표행 전날 밤, 그토록 소망하던 김치를 가지고 최선지가 천하제일표
국을 찾아온 것이었다.
엄밀히 말하면 최선지가 가져온 것은 무와 배추를 소금에 절인 침
저(沈菹)에 불과했다. 그러나 동치미에 가까운 그 깊은 맛은 기름진
음식에 질려 있던 진에게 있어서 임금님 수라상이 부럽지 않을 지경
이었다.
진이 게걸스럽게 밥공기를 비워내고 있는 사이 최선지와 장공백은
간만에 만나 회포를 풀었다.
"번번이 신세만 지게 됩니다. 아무쪼록 잘 부탁드리겠습니다."
"어허, 무정한 인사를 보게나. 부탁이라니. 벗을 두고 그 무슨 결례
의 말인가. 내 자네에게 입은 은혜를 생각하면 죽을 때까지 갚지 못할
것인데."
"자꾸 그러시면 제가 민망하여 견딜 수가 없습니다. 표주님 말씀대
로 친우지간에 어찌 은원을 계산할 수 있겠습니까."
장공백은 예의 환한 미소를 최선지에게 보냈다.
"친구 사이에는 이럴 때 이리 말하는 걸세."
"……?"
"조심히 잘 다녀와."

"……."

난망해하던 최선지는 장공백이 내민 손을 보며 비로소 마주 잡고 환한 미소를 지어 보인다.

"조심히 잘 다녀오십시오."

"그럼세. 아이는 걱정 말게. 내 항주의 자네 친구 집까지 책임지고 데려다 줌세."

마주 잡은 두 사내의 손이 힘차게 저어졌다.

그러나 최선지도, 장공백도 이것이 그들이 살아생전 나눌 수 있는 마지막 인사라는 것을 알지 못했다.

제19장

무예, 그 날카로운 만남

다음날 아침.

부산한 움직임 속에 긴 여정이 시작되었다.

표물이 춘연곡 특산품인 제례 용품이었고, 이는 항주의 항해상단에 넘길 물량인지라 규모가 제법 커서 마차 세 대와 천하제일표국의 모든 인력이 동원되었다.

진은 마차 한편에 조그맣게 공간을 내어 만든 의자에 앉아 있었다.

호위와 척후를 담당하던 표사들 몇은 말을 타고 있었지만 대부분은 마차를 포위하는 형국으로 걷고 있었기에 일종의 특혜를 누리고 있는 셈이었다.

진은 결국 가시방석과 같은 마차에서 뛰어내려 걷기 시작했다.

장공백은 흐뭇한 미소를 짓고 진에게 다가갔다.

"무료했더냐? 하나 네가 걷기에는 길이 험하니 마차에 오르는 것이

좋을 것이다."

"……?"

"그렇구나. 아직 한어를 모른다 하였지? 나도 고려말을 모르니 난감하구나. 흐음……."

가위 손을 턱에 받치고 생각에 잠긴 장공백은 갑자기 중지와 엄지를 튕기더니 옅게 드리워진 새털구름에 가려 선이 선명하게 드러나 있는 태양을 가리켰다.

"저건 태양이라고 한다. 따라 해보아라. 태양!"

바보가 아닌 이상 장공백의 의도를 알아차리지 않을 수 없다. 더군다나 배움에 대한 간절함은 진이 더했으니.

"태에양."

"옳거니! 다시 태양."

"태양!"

"그렇지. 저건 나무!"

"나아무."

배우려는 열성을 가진 학생과 가르치는 재미를 가진 선생이 만나면 순식간에 사라지는 것이 있으니 그것은 바로 시간이다.

"그래, 저건 뭐라 했더냐?"

"마아차."

"그래, 마차 맞다! 그러면… 저건?"

"음, 바위?"

"그래. 맞았다, 맞았어! 껄껄껄, 용모만 준수한 것이 아니라 오성까지 밝구나. 허허허, 기재로다, 기재야. 껄껄껄."

기실 문자를 가르치는 것도 아니고, 주먹구구식인 언문으로 외운 것을 당장에 내뱉는 것이야 무어 그리 기재 소릴 들을 만한 것이겠냐마는, 며느리가 예쁘면 사돈은 물론 사돈집 똥개도 영물로 보인다는 옛말이 있다. 장공백은 진이 대차게 퍼질러 놓은 용변도 거참, 장이 튼튼하구나, 할 정도로 진에게 푹 빠져들고 만 것이었다.

오늘도 진은 마차 위에 마련된 작은 단상에 쪼그리고 앉아 혀를 베어 물고 기하학적이라 할 수밖에 없는 무엇을 그리고(?) 있었다.

일견하기에 문자라기보다는 부적에다 그리는 파자(破字)와도 같은, 참으로 알 수 없는 형태의 그 무엇이었으나 진의 모습이 너무나 진지하고 엄숙했기에 누구라도 딴죽을 걸만한 담력을 가진 자는 없었다.

"됐다."

진이 종이를 들어 보이니 한창 문자를 그리는 외중에 보여주었던 형이상학적인 형태에서 그리 많이 벗어나지 않은 엉망인 글씨였다. 죽편필(竹片筆:모가 아닌 대나무 조각으로 만든 붓. 휴대용)로 쓴 데다 흔들리는 마차 위에서 썼다는 점을 감안하더라도 용서가 안 되는 악필이다.

장공백은 아무리 봐도 무엇을 써놓은 것인지 당최 알 수가 없었다. 그런데도 그는 환한 미소와 함께 고개를 끄덕이며 엄지손가락을 빳빳하게 치켜세웠다.

참스승은 애제자의 정도(正道)를 회초리 삼백 마디로 안내한다는 선현의 가르침으로 미루어 진이 명필 소리를 듣기에는 이미 그 초입부터 틀려먹은 것이다.

새로운 것을 배우는 즐거움에, 가르치는 재미에 지루한 표행은 시간 가는 줄 모르고 흘러갔다.

그렇게 삼 일째가 되는 날.

천막을 치고 노숙을 해왔던 표행은 처음으로 객잔으로 들어갔다. 항주 표행 때에는 언제나 들르던 곳이었고, 미리 계약을 해놓았던 터라 객잔은 텅 비어 있었다.

노숙과 표행으로 지쳐 있던 일반 짐꾼들은 배정된 방으로 들어가 휴식을 취했다.

쟁자수라고는 하지만 표물은 마차가 운반했고, 그들은 대부분 말을 부리는 마부와 마차 수리공이었다. 때문에 오히려 병장기를 휴대하고 긴장 상태를 유지하던 표사들이 지쳤으면 더 지쳤지 덜하지는 않았을 것이다.

그러나 오히려 팔팔한 표사들은 맛나게 식사를 하고 무슨 기운이 더 남았는지 뒤뜰에 모여들기 시작했다.

진 역시 쉬고 싶은 마음이 굴뚝같았으나 방으로 들어서려는 그의 발길을 잡아끄는 것이 있었다.

"합!"

"하앗!"

채채챙!

힘찬 기합 소리와 쉴 새 없이 이어지는 금속성.

'누가 싸우나?'

자고로 싸움 구경만큼 재미있는 것은 없다고 했다. 진은 흥미가 동하여 소리가 들려오는 뒤뜰로 발걸음을 옮겼다.

뒤뜰에는 삼삼오오 둘러앉아 있는 표사들이 있었으나 뒤뜰이 보이는 모퉁이를 막 돌아서는 순간부터 진은 그들의 존재조차 인지하지 못했다.

두 눈을 커다랗게 뜬 진의 시야에는 뒤뜰을 배경으로 사람처럼 생긴 성난 날짐승 두 마리가 엉키어 있었던 것이다.

"세, 세상에……!"

사람 좋은 미소를 언제나 걸고 다니며 진을 챙겨주었던 칠두홍. 어수룩한 모습이었기에 진도 편하고 만만하여 쉬이 대했던 젊은 친구였다.

그런 그가 한 마리 비조(飛鳥)처럼 이 장 높이의 허공에 머물러 있는 것이었다.

이것조차 직접 목도하고도 믿지 못할 광경이건만…….

허공을 격하고 몸을 비틀어 떨어져 내림과 동시에 손에 쥔 부이창(不二槍)을 땅바닥에 찍고 그 탄력으로 또 다른 표사에게 쇄도하는 상상 속의 움직임. 그것이 현실화되고 있는 것이었다.

도리질을 쳐보고 눈을 비벼보기도 했지만 칠두홍의 형상을 하고 있는 날짐승의 비현실적인 몸놀림은 여전히 계속되고 있었다.

부러질 듯 휘어지며 사방에 난무하는 부이창의 공격을 잔뜩 휘어진 만도로 기가 막히게 막아내고 있는 또 다른 표사, 소이백 역시 이제 약관을 갓 넘긴 어린 친구라 하였거늘.

감당할 수 없을 정도로 난무하는 도광과 이와 기막히게 어우러져 부러질 듯 휘어지며 찌르고 쳐나가는 창의 겨룸…….

"맙소사……."

챙!

한줄기 금속성 공명을 남기며 진의 혼을 빼놓았던 두 표사의 신위는 시간이 멈춘 듯, 정지되어 있었다.

칠두홍의 날카로운 부이창은 소이백의 목에 겨누어진 채 멈춰졌고, 저만치에는 소이백의 만도가 한 자 깊이로 땅에 박혀 흔들거리고 있었다. 둘의 겨룸은 칠두홍의 승리로 결론이 난 것이다.

사방에서 함성 소리가 들리고 나서야 진은 번뜩 정신을 차릴 수 있었다.

그때 진 옆에 서서 비무를 관전하고 있던 장공백이 나섰다.

"이백, 패인이 무엇이라 생각하나."

소이백이 포권을 취해 보이며 말했다.

"그야 이미 입신에 이른 칠 형의 천무창법(天武槍法)에 제가 미치지 못하여……."

장공백이 고개를 가로저었다.

"아니네. 자네의 내력과 도법은 두홍의 천무창법에 비해 손색이 없네. 두홍, 나설 수 있나?"

칠두홍은 흔쾌히 포권지례를 올려 보였다. 문제없다는 것이고, 영광이라는 의미다.

장공백 역시 포권을 취해 보이곤 검을 뽑아 들었다.

스르릉.

눈부신 백광이 번뜩이는 검. 일견 평범해 보이지만 이 검은 화산의 장문인이 장공백의 쉰 해 생일 때 선물한, 무가지보로도 손색이 없는 용연검(龍淵劍)이었다.

"오게!"

"그럼, 무례를 무릅쓰겠습니다."

칠두홍은 말 끝나기가 무섭게 쇄도해 나갔다.

또 다른 기세.

장중하고 맹렬하되 조금 전과는 확연히 다른 위력이다.

확실히 소이백과의 대련에서는 사정을 둔 모양. 그러나 장공백은 여유를 부릴 만한 인물이 아니었던 것이다.

봉의 양 끝에 창을 연결한 부이창. 봉의 유연함과 강맹함, 그리고 창의 살상력을 겸하여 다루기는 까다로우나 칠두홍에게는 손, 발의 일부일 뿐이다. 이것이 바로 천무창법의 위용일지니.

푸아악!

팍!

대기를 갈라오는 엄청난 패력.

굉장한 위세에 일견 막기에 급급해 보이는 장공백의 손은 어지럽게 흔들릴 따름이다.

그러나 어느 순간, 처세에만 급급해 보이던 장공백이 성난 호랑이처럼 폭발적인 움직임을 보이기 시작했다.

섬세하고 빠르다.

칠두홍의 부이창은 위력과 장병기의 우위로, 장공백은 빠르고 날카로운 검초로 서로의 균형을 맞추고 있는 것이다.

다시 수십 초가 지나자 칠두홍은 누가 보더라도 수세에 몰리기 시작했다.

여기까지가 삼삼오오 모여 비무를 관전하고 있던 표사들의 시각이다.

한편 진은…….

'……!!'

도무지 볼 수가 없다.

전에 없이 감각이 예민해졌고 시력도 스스로 놀랄 만큼 좋아졌지만 두 사람이 지금 무슨 짓을 하고 있는 것인지 당최 보이지가 않는단 말이다.

감탄의 찬사가 차츰 경외로 바뀌어 나갔다.

'이것이 무예……'

꽤 어렸을 적부터 검도장을 드나들며 검도를 익혔기에 나름대로 무(武)를 안다고 자부했다. 실력과 기술, 경험, 그리고 단련된 신체로 그 누구에게서라도 일신을 보호할 힘을 갖추었다고 생각했다.

상황이 엿같이 변한 현 시점에서도 약간의 노력과 시간만 주어진다면 예전과 같은 강하고 자신있는 육신을 만들 수 있을 거라는 것을 의심해 본 적이 없었다.

그러나 지금은…….

당장 예전의 자신으로 돌아간다고 해도 쉰을 넘겨 보이는 장공백은 물론이고 귀때기에 피도 안 마른 저 어린 놈들마저 이길 자신이 없다.

아무리 칼밥 먹고사는 표사들이라 할지라도 이들은 작은 마을의 작은 표국에서 박봉에 궂은일을 하는 일개 경호원에 지나지 않는다.

'그럼에도 이토록 강하다니……. 이토록 강인한 자들이라니…….'

왠지 모를 불안과 미세한 절망, 그리고 그들의 무예에 대한 경외의 감정들이 진의 마음을 진탕질하고 있을 때, 장내에는 또 다른 상황이 펼쳐졌다.

꽃나무 한 그루 없는 공터에서 백설(白雪)과 같은 꽃잎들이 허공을 수놓기 시작한 것이다.

너무나 현실적인 환상.

십사수매화검법(十四手梅花劍法) 매영만천(梅影滿天)!

'아름다워…….'

일순 찬란하게 빛나는 매화 꽃잎에 손을 뻗고 싶은 충동이 일었다. 그러나 안타깝게도, 그리고 다행히도 하늘에서 비처럼 쏟아지던 매화

꽃들은 순식간에 사라져 버렸다.

이윽고 드러난 풍경.

칠두홍은 길게 찢긴 소매를 보고 망연자실한 표정을, 장공백은 평안한 표정으로 검을 거둘 따름이었다.

장공백이 둘의 비무를 멍한 눈으로 관전하고 있던 소이백을 돌아보았다.

"봤는가?"

진정 감탄한 표정의 소이백이 고개를 조아렸다.

"감히 여쭙겠습니다."

칠두홍에게 다시 고개를 돌린 장공백이 자신감 넘치는 어조로 말했다.

"나보다 자네가 더욱 잘 알 터!"

자못 승리에 대한 호기로운 일갈로 들릴 터이나 장공백의 성정을 알고 있는 칠두홍은 전혀 불쾌하지 않은 표정으로 말했다.

"표주님은 집요하게 거리를 좁혀 오셨습니다. 때문에 천무창법의 제대로 된 위력을 뽑아낼 수 없었지요. 장병기의 약점, 결국 경험이군요."

장공백이 고개를 주억거렸다.

"맞네. 우리는 표사. 수단과 방법을 불문하고 표물을 지키고 적을 물리쳐야만 하는 숙명. 이것이 무인과 표사가 지녀야 할 무위의 차이네."

주위 표사들이 또다시 환호성을 질렀다. 믿음직한 그들의 수장에 대한 아낌없는 찬사였다.

무안해진 장공백이 손사래를 쳤다.

"내 화산의 기연을 얻어 어설프게 쥐어본 검일 뿐. 가진 재능이 모자라 이제야 오성을 보았을 뿐이야."

여기저기 포권을 해 보이던 장공백은 그때서야 진을 발견했다. 진은 그러잖아도 커다란 눈을 있는 대로 치켜뜨고 충격의 도가니 속을 벗어나지 못하고 있었다.

충격은 곧 욕망으로 변질되기 시작했다.

무(武)에 대한 욕망, 강해지고 싶다는 욕구였다.

누군가 흔들어대고 있었지만 진은 보지도, 느끼지도 못하고 있었다. 그의 머리 속을 지배해 버린 장공백과 칠 표사의 그 아름답던 신위.

그 강함만이 하염없는 영상이 되어 반복되고 있을 뿐이었다.

진의 상념 속을 겨우 비집고 들어오는 음성.

"…아야! 이를 어쩐다. 정신 차려라, 진아야!"

진은 벌떡 일어났다. 아니, 일어나려 했다.

"아!"

그러나 진은 다시 휘청거리며 주저앉고 말았다. 무아지경에 빠져 있던 중에 갑자기 일어서는 바람에 현기증이 일었던 것이다.

그러나 장공백의 눈에는 그것이 단순한 현기증으로 보이지 않은 모양이었다.

"괘, 괜찮으냐. 이보게. 보활단(保活丹)을 가져오게. 아니지, 의원! 그래, 의원을 불러오게."

장공백의 얼굴은 백지장보다 더 하얗게 탈색되기 시작했다.

"나 괜찮다."

몇 마디 할 줄은 알지만 아직은 알아듣지 못하는 진이다. 잠시 어지러워 휘청거린 것뿐인데 장공백이 어쩔 줄 몰라 하자, 지난 이틀간 배운 말을 총동원해서 괜찮다는 의사 표현을 한 것이었다.

그러나 장공백의 호들갑은 여전했다.

"진, 괜찮……. 엇!"

진은 풀쩍 뛰어 보이려다 다시 거꾸러졌다. 아무래도 아이의 몸으로 오래 걷다 보니 발에 말썽이 생긴 모양이었다.

괜찮다는 것을 온몸으로 보이려 했건만 외려 더욱 역효과만 난 꼴이 된 것이다. 장공백은 당장에 낯빛이 죽어 어찌할 바를 모르며 입에 게거품을 물기 시작하니 이제는 그가 더 아파 보일 지경이었다.

진의 신발을 벗겨보자 피고름에 눌어붙은 버선이 드러났다. 울상이 된 장공백이 금창약을 가져와라, 뜨거운 물로 소독을 해야 한다 하면서 호들갑을 떨어대니 더욱 무안해진 진이다.

정성스럽게 금창약을 발라주는 장공백을 물끄러미 바라보는 진.

진의 호소력 짙은 눈길에 장공백은 의아해했다.

"내게 무슨 할 말이 있더냐?"

"진, 그거 갈켜라."

장공백은 눈을 동그랗게 떴다.

"뭘 말이냐?"

"검… 하는 거."

"검 하는 거? 오라, 검술을 말하는 것이로구나. 하나 어쩐다지? 내가 배운 것은 대화산파의 검술이란다. 이건 화산의 제자가 아니면 전수하지 못하는 독문검술이라는 뜻이다. 알아들었느냐?"

알아들을 턱이 없다.

진은 여전히 또랑또랑한 눈을 치켜뜬 채 장공백을 쳐다볼 뿐이었다.

"어찌 설명한다."

장공백은 검술을 가르쳐 주지 못하는 것을, 귀찮아서 또는 속이 좁아서라는 오해를 할까 봐 전전긍긍했다. 그렇다고 사문의 지엄한 법도를 무시하고 잔정에 이끌려 비전검법을 아무렇게나 전수할 수는 없는 노릇이었다.

낭패한 표정의 장공백을 지켜보던 진은 활짝 웃어 보였다.

고아로서 눈치로 살아온 지난 삶. 의사 소통은 안 된다지만 장공백의 곤란한 표정을 읽고 사정이 있음을 모를 수가 없었다.

"진, 갠찬타. 진, 건강하다."

하지만 서운하다.

이들의 힘. 가지고 싶다.

미지의 적들을 마주할 때, 그들이 결코 넘어설 수 없는 힘이 절실히 필요했다.

'무예! 저 정도라면, 저것이 진정한 무예라면… 반드시 익혀야 한다! 가야 할 길. 이것으로 정해졌군.'

아쉬운 이는 진만이 아니었다.

어른스러운 행동거지와 배려가 참으로 기특하여 제자로서만이 아니라 방법만 있다면 수양아들로 삼고 싶을 지경임에 장공백의 안타까움은 이루 말할 수 없었다.

"내 화산검법은 가르칠 수 없으나, 다른 검법이라면 가능할 듯싶구나. 네 발이 다 낫고 말을 더 익히면 내 가르쳐 주마."

"……?"

장공백은 손짓 발짓을 해가며 자신의 의도를 설명했고, 용케 알아들은 진은 뛸 듯이 기뻐했다. 장공백의 입가에도 흐뭇한 미소가 번졌다.

"껄껄, 녀석, 그토록 좋더냐. 너같이 총명한 아이를 가르친다는 즐거

움도 큰 법이니, 나 역시 노년에 즐거운 일이 생긴 것이 아니겠느냐.
껄껄껄."

진이 넙죽 엎드리더니 절을 하려 했다. 달리 표현할 길 없는 고마운
마음에서 나온 행동일 뿐이었으나 장공백과 같은 무인들에게 그것은
또 다른 의미였던지라 급히 진을 일으켜 세우며 말했다.

"나와 같은 삼류무인이 너와 같은 기재를 제자로 받으면 천의을 저
버리는 일이다. 틀이 작으면 작은 그릇이 나오기 마련. 후에 항주에 도
착해서 보호자의 동의를 얻은 후에 화산에 추천서를 넣어주마. 악 장
인은 너의 자질을 극성까지 끌어올려 줄 능력이 있는 분이시다."

좋다는 소리일 게다.

어쨌든 뭔가는 가르쳐 준다지 않는가.

강해져야 한다.

이제부터 시작이다.

제20장

녹림은 일통되고 그들의 왕이 강림하도다!

병풍처럼 둘러진 험준한 산맥은 해시계를 반 토막 내놓았다. 정오가 두 시진 전이었건만 서쪽 하늘은 어느새 붉은 노을에 감겨 있었다.

"자, 힘들 내시게나."

표행은 이제 한 달을 넘기고 있었다.

장공백은 자꾸 늦어지는 표행길에 조바심이 났다. 보름 정도 여유를 가지고 출발을 했지만 지금에 와서는 보름의 여유가 무색할 만큼 표행이 늦어지고 있는 탓이었다.

천재지변이 원인이라면 차라리 나을 것이나, 최근 표행이 날짜를 제대로 맞추지 못한 이유는 다른 곳에 있었다.

사방에서 창궐하는 도적 떼 때문이다.

녹림천하문(綠林天下門)이 개파된 이후, 녹림도는 대부분 사라졌다.

그들은 더 이상 도적질로 연명하지 않고, 문파의 보호 아래 정당한 상행위로 생계를 이어가고 있는 것이다.

여우가 사라진 산을 차지하고 든 것은 토끼들이었다.

가뭄과 기근에 경작지와 호패를 버린 농민들. 평생 밭을 일구던 손으로 칼을 들고 도적 떼로 돌변한 것이다.

사납게 치켜떠 봐야 순박한 초식 동물의 눈이요, 이빨을 드러내 봐야 귀엽고 커다란 앞니 두 개뿐인 토끼.

이들이 범과 같은 용맹을 지닌 표사들이 지키는 표물을 노린다면 결과는 명약관화(明若觀火)다.

생계에 쫓겨 도적이 된 자들. 지독하게 가난하다는 죄밖에 없는 그들을 표물을 지킨답시고 죽여 넘길 수는 없는 노릇이었다.

잃느니 죽자는 심정으로 장공백은 도적들이 출몰하는 곳을 피해 다녔고, 그 덕에 표행 날짜가 자꾸 길어지는 것이었다.

그러나 표행은 곧 신용의 장사이기도 했다. 때문에 오늘 하루는 강행군을 했고 평소보다 십오 리를 더 오게 된 것이었다.

쟁자수들은 물론 표두들도 지친 기색이 역력했고, 진 역시 덜컥거리는 마차에 장시간 앉아 있어서 멀미가 날 지경이었다. 그러나 혼자만 앉아 가는 특권을 누리고 있는 터라 내색할 수도 없었다.

밀려오는 토악질을 참아내던 진은 그간 배웠던 한어와 문자를 되뇌고 또 암기하면서 버텨왔다. 그런데 이제 그것도 머리가 어지러워서 하지 못할 지경이었다.

'이런 여유가 앞으로도 주어진다는 보장이 없어.'

진은 스스로에게 채찍질을 하며 최근 배웠던 검법에 대해 다시금 정신을 집중시켰다.

‘개산초월이라······.’

개산초월검(開山超月劍).

천지를 덮고 있는 산을 가르고 밤을 지배하는 달빛마저 잠재우는 검법. 참으로 어마어마한 무명(武名)이 아닐 수 없다.

그러나 이토록 감당하기 힘든 무명을 가진 개산초월검은 ‘검술개론’ 그 이상도 이하도 아닌 초보적인 검법에 불과했다.

갓 입문한 어린아이들이나 배우는 기초 검법이 바로 개산초월검인 것이다.

전설 속의 여고수 검극여제(劍極女帝), 그녀가 강호에서 활동하던 막바지에 긴 참오 끝에 창안한 검법이 또한 개산초월검이라는 것이 장공백의 설명이었다.

지금은 모종의 사건으로 은거하고 있지만 그전에 그녀의 손에서 이 개산초월검이 단 한 차례 펼쳐졌고, 그 결과 강호제일살수 흉악귀살(凶惡鬼殺)은 두 눈과 한쪽 팔을 잃어야 했다는 것이다.

그가 불구가 되는 데에는 개산초월검의 단 삼 초식이 필요했을 뿐이었다. 그 사건 이후 개과천선하여 고향에서 무도관을 연 흉악귀살은 당시를 이리 추억했다고 한다.

“알면서도, 보면서도 막을 수가 없었어. 빠르지만 감당할 수 없을 만큼도 아니었고 강했지만 내 힘보다 세진 않았어. 그런데도 난 불구가 되었지. 그녀가 손속에 사정을 두지 않았다면 이 정도로 끝나지는 않았을 거야.”

공교롭게도 개산초월검은 바로 흉악귀살에 의해 강호에 알려지게 되었다. 본시 성명절기라 불릴 만한 고절한 무공은 직접 견식한다 해도 한 번의 눈어림으로는 짐작조차 할 수 없는 법이다.

그럼에도 결코 머리가 좋은 편이라고 말할 수 없는 흉악귀살이 단 한 번의 겨룸으로 개산초월검의 삼 초식을 모두 기억하고 펼쳐 보이기까지 했으니 그 검초의 단순함을 엿볼 수 있는 대목이다.

쾌(快) 위주의 빠르고 직선적인 검법으로, 총 삼 초 십팔 식으로 나누어지기는 했으나 이는 어디까지나 방위에 의한 분류일 뿐, 실제로는 처음부터 끝까지 하나로 연결된 일 초식의 검식을 가진 검법이 개산초월검이다.

진에겐 검술을 운용할 내력이라 할 만한 것이 하나도 없었기에 장공백은 일단 간단한 운기토납법을 가르쳤다. 개산초월검도 검결 암기를 위주로 하되 초식의 구체적인 운영은 그림을 그려가며 쉽게 설명하고 있는 중이었다.

후에 진이 화산에 가게 되더라도 기초가 탄탄하면 모래알같이 많은 화산검법의 오묘한 초식들을 익히고 이해하는 데 한결 수월할 것이라 판단한 것이다.

단순한 기공 호흡법인 운기토납법으로 진의 몸에는 어느새 진기라는 것이 자리를 잡기 시작했다.

한 달 만에, 그것도 기초적인 호흡법만으로 진기가 쌓이기 시작하고 있으니 장공백은 놀라지 않을 수 없었다.

십수 년을 수련하여 겨우 기맥(氣脈)을 개척하는 보통 사람들과는 분명히 다른 현상이었다.

게다가 엄청난 학습 능력이라니. 한 달이라는 시간 동안 진은 장공백이 하는 말의 절반을 알아듣기 시작했고, 개산초월검의 검결에 대한 이해도 성취를 보이기 시작한 것이었다.

장공백은 천 년이 아니라 만 년에 한 번 나올까 말까 한 기재라고 호들갑을 떨어댔다. 그러나 사실 기맥이 개척된 것은 주인도 모르는 아이의 육신이 특이 체질인 탓이었고, 언어와 검결의 이해는 쇠퇴한 암기력이 세월이 가져다 준 직관력과 이해력으로 대체되기 시작하는 삼십 대 중반의 사내에게는 그리 어려운 일이 아니었을 따름이다.

'검끝은 눈에 고정시키고 시선은 턱을 향하되 검을 눕히고 목에 일단세(一端勢), 음… 왼손은 그때 뭘 해야 하지?'

십수 년 동안 연마한 검술은 엄밀히 따지면 일본의 신음류(新陰流) 본가에서 파생된 일본의 도법(刀法)이다.

일본도는 중원의 도와는 무게와 형태가 사뭇 다르지만 찌르기보다는 베는 것을 염두에 둔, 중(重)의 요결을 중시하는 도(刀)임에는 틀림없다.

옛말에 검은 봉(鳳)과 같고 도는 호(虎)와 같다고 했다. 검은 가볍고 도는 무겁게 쓰는 것이라는 의미다.

그 자체로 검은 가볍고 도는 무겁다. 그런 이유로 검과 도는 파지법 자체가 다르니 검은 한 손을, 도는 두 손을 사용하는 것이 일반적이다.

때문에 슴베(검병, 손잡이)의 길이가 길어지게 되는 것이고, 자연히 쌍수집병(雙手執柄)의 파지법을 지니게 되는 것이다.

다년간 쌍수집병에 익숙해져 있던 진에게 중원의 한 손 검술은 참으로 생소한 것이었다.

또한 정중동(靜中動)의 극치라 할 수 있는 신음류 계통의 일본 검술과는 달리 그 움직임이 크고 화려한 중원의 검술이었으니, 난생처음 칼을 잡은 초출이라면 모를까 진으로서는 습관을 바꿔야 하는 부담이 적지 않았다.

‘젠장. 익숙해지겠지. 직접 몸으로 부딪쳐 봐야…….’

역시 뜻 모를 검결을 암송하는 것보다는 바짓가랑이가 젖도록 땀을 흘리며 몸으로 체득하는 것이 진에게는 더 익숙했다.

쉬익!

다소간 착잡한 심정을 뒤로하고 다시금 초식 운용에 대한 그림을 머리 속으로 정리하려는 그 순간이었다.

날카로운 파공음을 흘리며 눈어림을 스쳐 가는 검은 빗살.

‘뭐……?’

의문은 오래가지 않았다.

바로 옆에서 걷고 있던 표사의 관자놀이를 관통한 채 멈춰서 형태를 드러낸 빗살은 다름 아닌 화살이었던 것이다.

삐이이익!

비명 한마디 지르지 못하고 맥없이 무너져 내리는 표사가 땅바닥에 널브러지기도 전에, 깨진 피리 소리 같은 날카로운 소음이 하늘을 갈랐다.

“효시(嚆矢:소리를 내는 신호용 화살)닷!”

일순 겁을 먹은 쟁자수들로 인해 때문에 혼란스러워진 표행단.

경험 많은 표사들이 이들을 진정시키기도 전에 이미 하늘은 거대한 흑운(黑雲)의 살기로 물들기 시작했다.

하늘을 가득 메우며 다가오던 죽음의 먹구름.

빠르게 움직이던 먹구름이 한순간 멈춰 서는가 싶더니, 이내 무수한 점이 되어 표행단의 머리 위로 쏟아져 내리기 시작했다.

짧은 창이라 해도 손색이 없는 철전(鐵箭)이었다.

“방패를 들어라!”

그러나 준비한 방패는 다섯 개뿐. 게다가 기름 먹인 짚을 말아 만든 방패 따위는 애초에 철전과 같은 중병기를 막을 수 있는 것이 아니었다.

몇몇은 마차 밑으로 숨어들었지만 대부분은 사방에서 날아드는 화살에 무방비인 상황.

후두두두둑!

거대한 우박이 떨어지는 듯한 웅장한 소리와 함께 철전이 지면에 박혀들기 시작했다. 철전의 위력은 실로 대단하여 인마(人馬)를 완전히 관통하고도 땅속에 한 자 이상 박혀 들어갈 지경이었다.

"으아악! 이, 이것 좀 빼줘!"

지면에 깊숙이 박힌 철전에 꼬치처럼 꿰어 버둥거리던 쟁자수가 공포에 질린 비명을 질러댔으나 그의 외침은 곧 잦아들었다.

단 일각.

두 다리로 서 있는 사람을 절반으로 줄여놓은 시간이었다.

그러나 적은 모습도 드러내지 않았다. 적의 얼굴도 보지 못하고 무력의 절반을 잃은 것이다.

슈슈슈슉!

또다시 몰려드는 죽음의 흑운.

"한곳으로 모여라!"

분기탱천한 장공백의 고함. 순식간에 표사들이 동그랗게 진을 형성하기 시작했다. 그 가운데는 무공이 약한 쟁자수들과 진이 자리했다.

진을 갖춘 후 장공백, 칠두홍, 소이백과 같은 고수들이 화살을 쳐내니 더 이상 화살비는 위협이 될 수 없었다.

챙!

마지막 철전을 장공백이 쳐내자 죽음의 전주곡 같던 화살의 비는 그 쳤다.

사방에서 고통의 신음이 흘러나왔지만 묘하게 지독한 적막감이 흐르는 가운데.

"제법 시늉은 하는구나!"

태산이 무너져 내리는가.

엄청난 음파가 실려 있는 웅성(熊聲). 내력이 부족한 표사들은 당장에 핏물을 게워낼 지경인 음공이었다.

장공백마저 얼굴이 창백해졌다. 내력으로 귀를 감싸 보호해 놓았기에 다른 표사들과는 사정이 달랐지만 또 다른 이유가 장공백을 긴장시킨 것이었다.

'육합전성!'

더군다나 음공마저 실린 육합전성이다. 속임수가 아니라면 상대는 상상도 하지 못할 고수라는 의미에 다름 아닌 것이다.

이내 관도 양옆 숲에서 튀어나오는 수십을 헤아리는 자들. 난잡하고 흉흉한 기세였으나 조직적이고 절제된 움직임을 보이는 무리들이었다.

전면에 나타난 무리가 갈라지며 흑의와 청의를 입은 세 명의 사내들이 모습을 드러냈다. 그중 가운데 서 있는 청의사내의 손에는 날이 곧게 뻗어 날카롭게 서 있는, 일견 평범해 보이면서도 범상치 않은 금빛을 흘리는 도가 들려 있었다.

"웬 놈들이냐!"

내공을 실어 호기롭게 외치는 장공백.

하나, 세 사내는 물론이고 일단의 무리들조차 흔들리는 기색이라고는 보이지 않았다. 흔들리기는커녕 그들의 얼굴에는 가소롭다는 조소의 표정만이 가득하다.

전면에 나타난 세 사내 중 좌측에 선 흑포사내가 잔인한 미소를 흘리며 말했다.

"그런 건 저승에 가거들랑 네 재주껏 알아보고, 자! 죽여줄까, 그냥 죽을래? 우리가 좀 바빠서 말이야."

이리도 천하제일표국을 능멸할 수 있는 무리는 드넓은 중원 땅에도 몇 존재하지 않을 터.

"광오한 놈들이구나. 무엇 때문에 무고한 사람들을 죽이겠다는 것이냐."

"글쎄 그런 건 저쪽 세계에서나 알아보라니까 그러네?"

미친 자.

아니, 간악무도한 마귀 집단임이 틀림없다.

표행을 덮치면서 표물을 내놓으라는 소리는 없고 그저 살생만을 입에 담고 있을 따름이니 마귀 집단이 아니면 무어랴.

더욱 분개한 장공백은 용연검을 뽑아 들고 일갈을 터뜨렸다.

"고얀! 네놈들이 바로 혹세무민을 일삼은 마귀들이렷다! 나 장공백! 도적 떼라면 아량을 베풀 요량이 있으나 네놈들은 결코 살려 보낼 수 없다!"

지금껏 말없이 서 있던 청의사내가 비로소 눈길을 장공백에게 돌렸다.

"천하제일표국 장공백? 내가 아는 장공백은 지천덕이라 하더라."

따분하던 참에 비로소 흥미가 동했다는 듯한 권태로운 음성.

"그게 바로 나다!"

"크크, 잘되었다. 그럼 땅과 하늘이 감복한 보살협객의 솜씨나 한번

볼까?"

다분히 비꼬는 말투. 격장지계 따위의 얄팍한 수가 아니라 자신감이 배어 있는 말투와 행동이다.

장공백은 청의사내의 마실 나온 듯한 여유로운 반응에 내심 불안한 마음이 들어 자신의 세력을 들먹여 겁을 주려는 심산이었으나 오히려 화적 두목으로 보이는 자의 투기만 자극한 것을 알고는 더욱 당황할 수밖에 없었다.

게다가 사내의 손에 들린 금빛 칼의 형상은…….

아닐 것이다. 그가 짐작하는 사람이 이곳에 있을 이유가 없다.

장공백은 가볍게 고개를 저으며 상념을 떨어냈다.

이미 흘린 피는 되담을 수 없고, 원한은 무엇으로도 씻지 못한다.

남은 것은 철저한 복수뿐. 강력한 적을 두고 싸움에 임해서는 싸움만 생각해도 모자란 법이다.

장공백이 빠르게 주위를 둘러보았다.

모습을 드러낸 자들만 해도 오십여 명. 초전에 표사들과 쟁자수의 절반을 땅에 눕힌 철전은 사람의 힘만으로 날릴 수 있는 것이 아니다. 필시 노(弩)와 같은 공성 무기를 동원했을 터. 이를 조작하는 데에도 적지 않은 사람이 필요한 일이다.

'최소 칠십 명 이상이라는 건데…….'

민심이 흉흉해지고 기근이 겹치면서 국세를 내지 못하는 많은 사람들이 산으로 숨어들었고, 도적이 되어 다시 나타나는 일이 비일비재하다고는 하나, 이들은 모진 삶에 쫓겨 도적질을 하는 무리로 보기에는 하나같이 풍기는 기도가 범상치 않았다.

전면의 세 사내는 더욱 가관이다.

수괴로 보이는 자는 일견 길 나선 서생과도 같은 평범한 기도일 뿐이나 그자의 양옆에 서 있는 두 사내는 일대종사에게서나 느껴지는 위엄과 심후한 기백이 풍겨날 지경이었으니…….

장공백의 손에서는 땀이 배어 나왔다.

깊이를 측정할 수 없는 서생형의 사내는 물론, 당장 그 양옆에 시립해 있는 두 사내조차 자신으로서는 감당할 수 없는 벅찬 상대임이 분명했다.

'화적패 따위가 이 정도란 말인가. 꿈자리가 사납더니 흉몽이었던 게야.'

일촉즉발의 상황.

칠두홍과 소이백도 긴장한 표정으로 창과 칼을 곧추 잡았다.

청의사내가 슬쩍 턱을 주억거림과 동시에 일제히 달려드는 무리들과 표사들 사이에서 치열한 접전이 벌어졌다.

"물러서지 마라! 표물을 지켜라!"

피와 살이 튀는 난전.

진 역시 투지를 불사르며 칼 하나를 주워 들고 화적패들에게 달려들려 했다.

그러나 그것은 바람일 뿐. 한줄기 미풍이 스치는가 싶더니 어느새 몸은 굳어져 있는 것이었다. 눈알만 뒤루룩 굴리고 있는 진에게 장공백의 음성이 들려왔다.

"네 심정은 이해하지만 이럴 시간이 없다. 촌각 후면 점혈이 풀릴 터. 너는 뒤도 보지 말고 뛰어야 한다."

말도 안 된다. 전장에서 동료를 버리라니…….

그러나 객쩍은 소리 집어치우고 점혈인지 뭔지부터 풀라는 외침은 목구멍에서 새어 나오지 않았다. 아혈까지 점해 버린 것이다.

장공백은 할 말을 마치고 진을 숲으로 집어 던져 버렸다.

걱정스런 시선을 뒤로하고 장공백은 또다시 전장으로 뛰어들었다.

표사들의 무위는 도적 무리들을 압도했다.

그러나 중과부적. 화살비에서 살아남은 표사들의 무위가 고강하다고는 하나 다섯 배에 육박하는 숫자를 무시할 만큼은 아니었다.

무공을 모르는 쟁자수들은 칼 한 번 휘둘러보지 못하고 이미 불귀의 객이 되어 대지를 뜨거운 피로 적시고 있었다.

이 절망적인 상황에서도 칠두홍은 단연 발군. 그의 부이창의 양날은 이미 피로 감겨 무디어져 있었으나 시간이 지날수록 더욱 흉포하게 휘둘러지고 있었다.

그러한 칠두홍의 무위를 물끄러미 지켜보던 흑포사내가 몸을 날려 격전의 현장으로 뛰어들었다.

채재쟁!

순식간에 삼 합을 주고받은 흑포인과 칠두홍. 이 짧은 겨룸으로도 우위는 이미 판가름이 나 있었다.

"쿨럭!"

칠두홍의 입에서 뱉어지는 한 덩어리의 각혈. 단 한 번의 격돌이었지만 내력의 현격한 차이가 승부를 결정지은 것이다.

차 한 잔 마실 시간도 흐르기 전에 두 발을 땅에 붙이고 있는 자들은 모두 화적패들뿐이었다.

여기저기서 신음 소리가 들려왔고, 그 신음 소리는 공포에 찬 비명 소리로 이어지고 있었다. 넘어가는 숨을 가까스로 잡고 있던 이들을 화적패들이 하나씩 확인 사살을 하고 있는 것이었다.

이 끔찍한 만행에 미칠 것 같은 분노가 치밀어 올랐지만 칠두홍은 흑포사내에게서 눈을 떼지 못했다. 단 한순간도 방심할 수 없는 고수가 바로 흑포사내인 탓이다.

칠두홍의 눈에 불길이 일었다.

"창을 더 만들어보고 싶었지만, 당신 정도라면 가치는 있겠지. 다시 가오이다. 타앗!"

빗살같이 쏘아져 오는 칠두홍을 보고도 흑포사내는 이죽거릴 뿐.

"벌레 주제에."

어렸을 때부터 알고 지낸 칠두홍이다. 천성이 착하고 근면하여 적이 없던 친구다.

그런 칠두홍이 가슴 위에서부터 몽땅 터져 나간 채로 무너지고 있었다. 흑의사내가 내뿜은 단 일 장의 결과였다.

이제 남은 이는 장공백 혼자뿐이었다.

장공백은 곁눈질로 수풀을 바라보았다.

'다치지 않았어야 하는데.'

자신은 이미 저승에 한 발 가까이 다가가 있는 위급한 순간이었지만, 그의 관심은 온통 진의 안위에 쏠려 있었다.

'아직 벗어나지 못했을 터, 시간을 더 끌어야……'

장공백은 무작정 청의사내에게 몸을 날렸다.

상황을 보아하니 청의사내가 이들의 수괴인 듯했고, 그의 손을 어지럽혀 입을 묶어놓는다면 진이 살아남을 확률이 더욱 높아질 것이라 판단한 것이다.

극성으로 끌어올린 십사수매화검.

한줄기 백선이 만변을 머금고 청의사내를 향해 쏟아졌다.

청의사내는 자신을 향해 폭사되는 검광을 그저 가만히 지켜볼 따름이었다. 정작 반응을 보인 이는 청의 사내 곁을 지키고 있던 또 다른 흑포사내였다.

이자 역시 병장기는 빼 들지 않았다. 권각술이 장기인 모양.

사내는 맨손으로 용연검에 맞서 나왔다. 무모한 듯했지만 실제로 벌어진 상황은 그렇지 않았다.

채재쟁!

'어찌…….'

피륙의 구성에 불과한 권장이 보검에 부딪치면서도 밀리지 않는다.

아니, 단순히 밀리지 않는 정도가 아니다. 용연검이 아니었다면 이미 부러졌을지도 모를 충격까지 전해져 온 것이었다.

자연 장공백의 시선은 사내의 손으로 갔다.

엄지와 검지, 중지를 그러쥔 형태.

'응조공(鷹爪功)!'

미소 짓는 장공백. 그의 미소에는 허탈함이 가득 배어 있었다.

"녹림천하문 좌수사 응조신공 편가이! 그렇다면 네놈은 이덕패가 맞겠군."

청의사내의 모습이 이제야 그늘에서 벗어났다.

살을 에는 듯, 날이 서 있는 날카로운 안광, 콧날이 오뚝 서 이지적인 외모, 그럼에도 얼굴 가득한 까닭 모를 권태로움.

그의 이름은 이덕패였다.

녹림은 일통되고 그들의 왕이 강림하도다!

무림맹주와 어깨를 겨룬다는 일만 녹림천하문의 우두머리.

무극의 경지, 도강을 불혹에 보았다는 무공 천재!

녹림사황(綠林邪皇)!

장공백의 우려는 현실로 나타났다.

그의 손에 들린 금배대도(金背大刀)를 보고 알아챘어야 했다.

'그랬다면 단 몇 명이라도 살릴 수 있었을 것을……'

후회는 아무리 빨라도 늦은 것이라 했던가.

이제 그의 형제나 다름없었던 표사들과 식솔들은 한줄기 핏물이 되어 흐르고 있었다.

안색을 굳힌 장공백은 기개를 높여 소리쳤다.

"녹림사황이 배가 많이 고팠나 보구나! 겨우 제수 용품이나 노려 수하를 기백씩이나 대동하고 나서다니!"

장공백은 말이 끝나자마자 편가이를 무시한 채 이덕패를 향해 몸을 날렸다. 그의 눈에는 약자의 처연함과 그 이면에서 불타오르는 복수심이 묘하게 얽혀 있었다.

편가이가 앞뒤없이 달려드는 장공백의 등 뒤로 일권을 내지르려 했다.

"두거라!"

이덕패가 편가이에게 날린 전음이다. 편가이는 군말없이 주먹을 거두었다.

장공백의 화려한 매화 모양의 검광이 이덕패를 향해 뿌려지고 있었다. 이 섬뜩한 살기에도 이덕패의 입가에 걸린 미소는 더욱 짙어질 뿐이다.

제21장

녹림은 일통되고 그들의 왕이 강림하도다 2

"흐음."

이덕패는 그의 앞에 놓인 머리가 코 위부터 깨끗하게 잘려 나간 시체를 조용히 내려다보고 있었다.

"화산이라……."

길게 찢겨진 자신의 왼 소매를 보며 낮게 읊조리는 이덕패다.

살기를 포기한 쥐에게는 고양이도 코를 물리는 법이라 했던가.

본원진기까지 끌어올려 격발시킨 매화검법. 무인에게 있어서 생명의 원천이나 다름없는 단전을 스스로 터뜨리고, 제어됨없이 쏟아져 나오는 잠력을 모두 혈맥에 퍼뜨리는 최후의 수법을 장공백이 펼친 것이다.

그러나 장공백이 목숨을 담보로 펼친 한 수로 얻은 것이라곤 이덕패의 옷소매를 도려낸 작은 천 조각뿐이었다.

그렇다고 해도 실로 오랜만에 제대로 칼을 들어야 했다.

과연 명불허전(名不虛傳)이라. 구파의 위력은 역사만큼이나 깊고 중후했다.

"문주님, 이거 진짜 제수 용품뿐인데요."

편가이는 실망스러운 듯 놋그릇이며 촛대 등을 들어 보였다. 그러나 이덕패는 그리 신경 쓰는 눈치가 아니었다.

"관도를 피한다? 당했군. 일조는 여기서 잠복, 이조는 놈들의 흔적을 추적하고, 삼조와 사조는 용산(龍山)에 잠복한다. 이번 화약은 오백 근, 마차 세 대분이 넘는다. 관도가 아니라면 용산을 넘을 수밖에 없어."

화약.

같은 무게의 황금보다 비싸다는 죽음의 검은 가루가 바로 이들이 노린 물건인 모양이었다.

결국 천하제일표국은 엄한 일에 걸려들어 몰살당하고 만 어이없는 일을 당한 것이다.

"빌어먹을 하오문 자식들! 정보료는 없다고 전서를 띄워."

그때다.

크아아앙!

"으아악!"

짐승의 포효와 함께 끔찍한 비명 소리가 장내를 갈랐다.

"무슨 일이냐?"

일단의 소요에 대해 크게 관심이 가지 않은 듯 이덕패가 툭 던지듯 물었다. 소요를 지켜보고 있던 편가이가 뛰어나와 한쪽 무릎을 꿇은 채 대답했다.

“숲에서 갑자기…….”

“잘들 한다. 겨우 짐승 한 마리에. 쯧쯔.”

“저, 그게 짐승이 아닙니다. 웬 아이가…….”

그로서도 믿을 수 없는 상황이었는지 편가이도 당황한 기색이 역력했다.

“아이?”

이덕패는 소요가 일고 있는 마차 쪽으로 눈길을 돌렸다.

그곳에는 인간의 움직임이라 보기에는 너무나도 빠른, 그러나 틀림없는 인간의 형상이 녹림 수하들의 얼굴을 할퀴고 목을 물어뜯으며 몸을 날리고 있었다.

“사람이라고?”

“네, 그렇습니다. 그것도 계집아이인 듯합니다.”

무심했던 이덕패의 눈에 비로소 이채가 떠올랐다.

“계집아이? 잡아와 봐.”

“존명!”

응조권을 그러쥐는 편가이.

“야, 인마! 산 채로.”

“조, 존명!”

녹림도들은 벌써 대여섯이나 널브러져 있었다. 쓰러진 자들의 목은 살점이 한 움큼이나 떨어져 있었고 남은 자들도 얼굴이나 옷가지가 찢겨져 낭패한 모습이었다.

“길을 내어라!”

허둥대던 녹림문도들을 향해 뛰어든 편가이가 금나수로 아이의 덜미를 잡아채려 했다. 그러나 아이는 엄청난 속도로 뒤로 물러나며 오히려 편가이의 손목을 할퀴어 버렸다.

실로 기경할 움직임.

분노한 편가이는 손 모양을 바꾸었다. 죽이지만 않으면 된다 하지 않았던가. 그의 성명절기인 응조공은 아니지만 그것의 위력 못지않은 당랑공권(螳螂功拳)을 펼치려는 것이다.

이 장쯤 뒤에서 손을 앞으로 쭉 뻗어 바닥을 움켜쥐고 등을 한껏 추켜올리며 사납게 으르렁대는 아이. 영락없는 고양이의 모습이었다.

맹렬한 속도로 짓쳐 가는 편가이. 아이도 물러서지 않고 편가이에게 맞부딪쳐 왔다.

삽시간에 수십 초가 흘렀고, 편가이는 서서히 냉정을 잃어갔다.

그에게 있어 짐승 흉내를 내는 아이와 겨루면서 수십 초를 펼쳐야 했다는 것은 견딜 수 없는 수모였던 것이다. 더군다나 수십 초 동안 편가이가 얻은 것이라고는 여기저기 그어진 손톱 자국과 산발된 머리뿐이었으니…….

당황한 편가이는 몸을 크게 뒤로 뺐다.

'빌어먹을.'

때려죽인다면 일도 아니다. 그러나 사로잡으라 하지 않는가. 그 때문에 살초를 펼칠 수 없었다. 그가 아는 무공은 모두 살초로 이루어져 있었으니 죽이는 것보다 오히려 산 채로 잡는 것이 더 어려운 일이었던 것이다.

저만치 네 발로 서서 날카로운 쉿소리를 내며 짙은 자녹안을 번뜩이고 있는 아이. 그 아이는 짐승 흉내를 내는 계집아이가 아니었다. 장공백이 숲 속으로 내던져 버렸던 진이다.

진은 도망가지 않았다. 그럴 수 없었다.

길지 않은 기간이었지만 모두들 진에게 과할 만큼 친절을 베풀어준 이들이었기에 그들을 두고 혼자만 갈 수 없었다.

나뭇등걸에 허리를 찧어 제대로 걸을 수조차 없었지만 진은 두 팔로 기어서 현장에 도착할 수 있었다.

'안 돼! 안 돼, 이 개자식들아!'

분노가 들끓었지만 아혈을 점혈당한 그의 절규는 목 안에서 머물 뿐이었다.

칠두홍의 상체 반이 터져 나가며 피 안개를 뿌렸다.

소이백은 허리가 양단되어 나뒹굴었다.

진에게 호의를 보여주었던 표사들이 화적패들에 둘러싸여 난도질을 당해 쓰러져 갔다.

그리고 그 성정이 호방하고 그릇됨이 없어 보여 남몰래 존경심까지 갖게 했던 장공백.

그의 머리가 갈라지며 피분수가 치솟아올랐다.

익숙한 장면, 하나 절대로 인정할 수 없는 혈겁의 현장이 펼쳐진 것이었다.

가슴에서 울리는 또 하나의 음성!

쿠구구궁!

세상을 갈아 엎어버릴 듯한 폭음.

"최 상사님!"

"쿨럭! 비, 빌어먹을."

최 상사. 그는 진의 동료였다. 수많은 전장에서 생사고락을 함께했던 전우였다.

최 상사의 가슴에서 피분수가 솟아올랐다.

"조금만 참으세요, 조금만……."

최 상사는 웃었다. 약속이었다.

전우를 보낼 땐 웃어주는 것. 그것은 죽음 앞에서의 맹세였다.

콰과과광!

총탄이 다시 폭풍처럼 휩쓸고 지나갔다.

최 상사는… 시체마저 짓뭉개졌다.

피련가?

내 눈에서 흐르는 이것은 진정 피눈물인가?

죽여 버려!

죽일 것이다.

그래, 모두 죽여! 단 한 놈도 살려두지 마! 너의 분노를 보여줘!

죽이리라.

죽이리라.

모조리 도륙하고 말리라!

모조리 도륙하고 말리라!

"크아아아악!"

"크아아아악!"

몸조차 가눌 수 없었건만 갑자기 벌떡 일어나 살겁의 현장으로 뛰어
드는 진이었다.

겁에 질려 멍하니 쳐다보는 사내.

그리고 그 사내의 목에서 풍겨나는 비릿한 피비린내.

여기까지가 진이 기억하는 전부였다.

그 후부터는 이지를 잠식한 알 수 없는 기운이 진을 지배하기 시작했다. 자녹안은 도깨비불처럼 타올랐고, 어느새 송곳니와 발톱이 길게 자라나 있었다.

진은 피에 전 한 마리 짐승이 되어 있었다.

이글거리는 자녹안에는 당황한 편가이의 모습이 비춰지고 있었다.

'아무래도 때려잡기엔 너무 빠르다.'

날짐승과 같이 민첩하게 움직이는 진의 몸놀림은 무공을 익힌 고수에 다름 아니었다.

'짐승!'

눈앞의 아이는 사람의 형상을 하고 있을 뿐, 본능적으로 움직이는 한 마리의 들고양이와 진배없었다.

짐승은 사냥을 하면 되는 일이다.

"그물! 그래, 그물을 가져와라!"

수십 명의 화적패들이 들짐승을 잡던 그물을 들고 순식간에 진을 둘러쌌다. 진은 무리를 뛰어넘어 오직 유일한 먹이인 양 이덕패에게 달려들려 했지만 그 길목은 편가이가 교묘하게 틀어막고 있었다.

결국 진은 그물을 들고 점점 조여오는 화적패를 향해 날카로운 이를 드러내며 사납게 으르렁댈 뿐이었다.

"지금이다!"

그물이 던져지자 진은 이리저리 날뛰며 화적패의 다리 사이로 빠져나오려 했다. 그러나 던져진 그물은 하나가 아니었다. 결국 진은 두 번째 그물에 여지없이 걸려들고 말았다.

"캬오오오!"

사람이 내는 소리라고는 믿을 수 없는 날카로운 기성을 지르며 발버

둥 치는 진. 그러나 물을 먹인 그물은 발버둥을 칠수록 옥죄기만 할 뿐
이다.

　게다가 멧돼지와 같은 사나운 짐승을 잡기 위해 만든 그물인지라 그
물코 안쪽에는 날카로운 모래가 빼곡히 붙여져 있었다. 몸부림칠수록
옷과 살이 찢겨 핏물이 배어 나왔고, 탈진하여 쓰러질 때쯤에는 진은
핏물에 잠긴 고깃덩어리로 변해 있었다.

　사납던 기세와 경기와 같은 발작이 수그러들기 시작하자 동료를 잃어
분기탱천해 있던 녹림도들은 진에게 몰려가 발길질을 해대기 시작했다.

　그렇지 않아도 땀 흘리듯 피를 쏟아내던 진은 머리가 터지고 작은
팔다리가 뒤틀려 버렸다. 참혹한 모습이었지만 분노한 녹림도들은 발
길질을 멈추지 않았다.

　“그만! 생포하라 하셨다.”

　펀가이의 일갈이 있은 후에야 녹림도들은 발길질을 멈추고는 뒤로
물러났다. 그중 한 녹림도는 물러서면서도 마지막 발길질을 힘껏 날리
는 것을 잊지 않았다.

　어느새 다가온 이덕패가 눈을 찡그린 채 쪼그리고 앉아 진을 도집으
로 꾹꾹 찔러보았으나 시체마냥 힘없이 흔들거릴 뿐이었다.

　“야! 이거 걷어봐.”

　눈치를 보던 녹림도 한 명이 다가와 그물의 입을 열고 전낭의 먼지
털듯 진을 뱉어냈다.

　“너 이리 와봐.”

　마지막까지 발길질을 날렸던 녹림도가 당황한 표정으로 고개를 좌
우로 돌렸다.

　“그래, 너, 임마. 너.”

평소에는 수하들이 무슨 짓을 하든 따분한 표정으로 일관하여 대하기가 어렵지 않은 이덕패다. 그러나 지금과 같이 뭔가 잔뜩 불만스런 표정이 되었을 땐 여지없이 염라나찰이 되는 극단적인 이중성을 보이기도 했다.

이덕패는 겁에 질려 그의 앞에 선 사내의 어깨에 자신의 팔을 얹었다. 언뜻 매우 친한 지우에게나 할 법한 어깨동무일 뿐이나, 수년간 이덕패를 가까이서 지켜보았던 편가이의 얼굴은 빠르게 창백해져 갔다.

이덕패는 도집으로 넝마가 되어 쓰러져 있는 진을 가리키며 물었다.

"네가 보기에는 이게 뭔 것 같으냐?"

"그, 글쎄요."

"그렇지? 너도 모르겠지? 나도 모르겠다. 왜 그런 것 같으냐?"

"사람 같기도 하고, 들고양이 같기도 한데. 지금은 잘……."

"그렇지? 나도 그게 궁금해서 산 채로 잡으라고 했던 거거든. 근데 네가 보기에 이게 산 것 같으냐, 죽은 것 같으냐?"

"주, 죽은 것 같습니다."

"그렇지? 그러면 내가 어떻게 해야겠냐? 일만 수하를 거느린 녹림천하문의 문주가 총타를 비워두고 이름 모를 야산에서 저따위 삼류 떨거지들이나 상대하면서 염병할 비적질을 하고 있는 와중에 재미있을 것 같은 걸 발견했는데, 똥오줌 못 가리는 수하 한 놈이 무료하고 지겨움을 해소시켜 줄 만한 장난감을 깡그리 부숴놓았으니 문주는 어쩌면 좋겠냐 이 말이다."

비로소 이덕패의 팔에 감싸 안겨 있던 사내의 눈이 공포로 물들기 시작했다.

이덕패는 웃고 있었다.

선이 분명한 입술은 슬쩍 치켜 올라가 있었고, 준수한 아미도 눈 주
위의 주름과 함께 사람 좋은 인상을 자아내고 있었다.

사내도 마주 웃고 있었으나 공포로 채색된 어색한 웃음이다.

빡!

이덕패는 그대로 사내의 얼굴에 이마를 박아 넣었다. 사내는 이마는
수박 터지듯 터져 나갔다.

"어떻게 해야겠느냐고."

빡!

"이……."

빡!

"씨발람아!"

빡!

이미 형체마저 없어진 사내의 머리를 이덕패는 계속 짓뭉개고 있었
다. 그렇게 머리가 완연한 핏물이 되어 사라져 없어지고 종내에는 그
가 움켜쥐었던 녹림도의 뒷머리채만 남겨질 때까지 이덕패의 광기 어
린 박치기는 계속되었다.

잔혹한 장면에서 파생된 공포는 이를 지켜보던 녹림도들 사이로 급
속히 퍼져 나갔다.

그렇기에 그물 속에 있던 진의 눈이 슬며시 뜨였다가 다시 감기는
것을 아무도 보지 못했다.

이덕패는 온통 핏물에 뒤덮인 채로 하늘을 보며 크게 호흡을 가다듬
고 있었다. 마침내 마지막 숨을 크게 내쉬자 편가이가 미리 준비한 비
단 수건을 들고 재빠르게 다가섰다.

이덕패는 비단 수건으로 얼굴을 닦으며 예의 일상적인 저음의 음성

으로 입을 열었다.

"다음부턴 네가 직접 해라, 애들 시키지 말고."

"존명!"

이덕패는 다시 죽은 듯 쓰러져 있는 진에게로 다가갔다. 자신이 사용했던 피 묻은 수건으로 진의 얼굴을 대충 닦고는 이리저리 살펴보는 이덕패다.

"분명 사람인데… 옷도 중원의 것이고. 이런 게 갑자기 어디서 튀어나왔지?"

이덕패가 편가이에게로 고개를 돌렸다.

편가이는 어깨를 들썩이며 난처한 표정을 지어 보였다. 그 역시 알 턱이 없는 노릇이었다.

이덕패가 고개를 갸웃거리며 진에게 다시 고개를 돌리는 순간,

"크와앙!"

느닷없이 벌떡 일어난 진은 이덕패에게 달려들더니 갈퀴 모양으로 그러쥔 앞발(손)로 순식간에 그의 오른쪽 눈을 파 내려갔다. 산전수전 다 겪은 이덕패로서도 미처 방비를 하지 못할, 참으로 급작스러운 습격이었다.

대경한 이덕패가 재빨리 우장을 내질러 진의 가슴에 적중시켜 밀쳐 냈으나 이미 그의 오른쪽 눈에는 깊은 상처가 남은 후였다.

"크와아아악!"

눈을 감싸 쥔 이덕패는 고통과 분노에 미친 듯 포효했다.

눈을 잃는다는 것은 공포 그 자체다.

신체의 어느 부위에 이 정도의 검상이나 다른 외상을 입는다고 해도 흉이 남을지언정 아물면 그만이다.

그러나 상처가 완벽하게 아문다 해도 시력까지 회복되지는 않는 곳이 바로 눈이다.

다시는 두 눈으로 세상을 볼 수 없을 것이라는 공포에서만큼은 천하의 이덕패도 비켜갈 수 없었다.

이덕패의 남은 왼쪽 눈에서 광망이 일렁거렸다. 실로 어마어마한 살기가 대기에 폭주한 것도 동시의 일이다.

이덕패는 금배대도를 뽑아 들었다. 휘황한 금빛 광채가 폭사되어 사방을 밝히는 금배대도.

일 장을 얻어맞고 저만치 나가떨어진 진을 향해 이덕패가 몸을 날렸다. 가공할 압력에 의해 상의는 이미 터져 나가 너덜거리고 있었고, 푸르스름한 손바닥 자국이 선명하게 찍혀 있는 진의 가슴은 이미 숨이 끊어진 듯 파동은 찾아볼 수 없었다.

그 모습에 이덕패는 더욱 분노하여 맹수마냥 으르렁거렸다.

"이리 죽지는 못한다! 내 이 미물을 백 등분해 회쳐 먹고 씹어 먹으리라!"

치켜든 금배대도.

마침내 천극을 향해 검봉을 세운 금배대도에서 예의 도광과는 다른 더욱 눈부신 광채가 뿜어져 나왔다.

뿌옇게 자라나는 금빛 서리. 기어이 한 자나 솟아올라 온 죽음의 기운의 정체는 꿈의 경지, 도강이었다.

이미 숨을 거의 놓아버린 어린아이의 명을 재촉하기에는 과한 기운이었으나 이덕패의 도는 사정을 알지 못했다.

"크아아!"

벼락같이 떨어지는 금배대도가 진의 머리맡에 닿음과 동시에 응집

되어 있던 도강의 기운이 마침내 폭발하고 말았다.

쿠구구.

편가이만이 겨우 도강이 일으킨 폭풍에 버텨냈을 뿐 근처에서 전설의 도강을 목도하고자 했던 녹림도들은 끈 떨어진 연처럼 날아가 버렸고, 재주 좋게 휘말리지 않은 자들도 오공에 피를 흘리며 고통스러워했다.

실로 어마어마한 무력. 그럼에도 이덕패의 반응은 의외의 것이었다.

"크와악! 누구냐, 누가 감히 나의 행사를 방해하려 드느냐!"

진은 이미 숨이 끊어진 듯 꼼짝도 하지 않은 채 누워 있었고, 그렇지 않더라도 이덕패의 도가 진을 놓치는 일은 내일 아침에 해가 뜨지 않을 가능성보다 낮았다. 그러나 이덕패는 진의 연한 살을 자르는 느낌을 갖지 못한 것이다.

이덕패는 뿌옇게 피어오른 먼지 속을 광기 어린 시선으로 두리번거렸다.

"고양이 새끼에 이어 이번엔 개새끼인가? 오늘 이 이덕패가 미물들에게 욕을 당하는구나. 이 똥개 새끼! 네놈은 덤으로 탕을 해놓으마!"

먼지구름이 서서히 가라앉으며 이덕패의 금배대도가 헛 사위질을 하게 만든 실체가 드러났다.

크게 벌어진 앞가슴, 백색에 가까운 풍성한 회백모, 형형히 빛나는 귀안.

귀랑이다.

귀랑은 날카로운 이빨을 감추고 잇몸으로 물고 있던 진을 조심스레 내려놓았다.

정처없이 떠돌아다니며 식탐을 즐기는 것이 유일한 소일거리였던 귀랑은 얼마 전부터는 뚜렷한 목적이 생겼다. 바로 동족의 기운을 흘리고 다니는 작은 인간을 따라다니는 것이었다. 대체 왜 이런 귀찮은 짓을 해야 하는지는 스스로도 몰랐다. 그냥 그래야 한다는 본능에 가까운 행동이었을 뿐이다.

인간 동족은 항상 다른 인간들과 섞여 있었기 때문에 가까이 접근할 수가 없었다. 인간의 눈에 띄는 것이 달갑지 않은 터라 그저 일정한 거리를 두고 진의 뒤를 따르며 나름대로 휴식도 하고 사냥도 하며 지내는 것이 귀랑의 최근 일상이었다.

그런데 동족의 기운이 갑자기 폭주해 버렸다. 그리 두면 결국 제 기운을 이기지 못하고 죽어버릴 정도로 과도한 힘의 남용이었다. 귀랑의 본능은 동족을 구하라고 경종을 울려댔다.

십 리가 넘는 거리를 두고 있던 터라 귀랑이 도착했을 때에는 이미 동족의 기운이 급속히 약해진 후였다.

미세한 생명을 가까스로 유지하며 쓰러져 있는 동족.

그리고 동족의 숨통을 기어이 끊어놓으려 엄청난 자연의 기운이 담겨 있는 쇠붙이를 휘두르고 있는 수컷 인간.

더 두고 볼 것도 없이 귀랑은 뛰어들었다. 자신의 모든 능력을 끌어올려서야 동족을 사선에서 건져낼 수 있었다.

위급한 상황을 모면한 지금.

남은 것은 분노다.

만만하게 볼 수 없는 강한 인간이다. 그러나 감당하지 못할 정도는 아니었고 자신이 부양하고 있는 인간들보다 강한 것도 아니었다.

동족의 생명이 경각에 달리지만 않았다면, 또 미개한 수준이지만 자연의 기운을 운용할 수 있는 인간이 지나치게 많지만 않았다면 저 인간 수컷은 틀림없이 오늘이 제삿날이 될 터였다.

송아지만한 백색 늑대가 느닷없이 나타나 사람인지 짐승인지 모를 아이를 구해낸 기경할 상황에서도 조직적으로 훈련받은 고수들답게 녹림도들은 귀랑을 둥그렇게 포위하고 있을 뿐이었다.

그러나 그뿐. 하나같이 경이와 공포로 가득한 두 눈을 커다랗게 뜨고 우왕좌왕하고 있을 따름이다.

귀랑은 녹림도들을 오연한 시선으로 훑어 내리고 마침내는 이덕패를 향해 형형한 빛을 발하는 귀안을 고정시켰다.

꼿꼿하던 머리를 낮추어 으르렁대며 맹렬한 적개심을 표출하는 귀랑. 잘생겼던 귀랑의 얼굴이 서서히 변해갔다.

자녹안은 더욱 짙어졌고 일렁이는 입술 사이로 드러난 커다란 송곳니에는 살기가 가득했다. 꿈에 볼까 두려운 악귀와도 같은 형상.

"타앗!"

먼저 움직인 것은 이덕패였다.

무시무시한 속도로 귀랑에게 쇄도해 나가는 이덕패의 신형. 굳게 쥔 금배대도에서는 다시금 죽음의 기운이 피어오르기 시작했다.

그가 시작했고 그가 완성시킨 도법. 금황도법은 패도일색, 직설적이되 같은 맥락으로 변초 따윈 없다. 그따위 얄팍한 눈속임 없이도 지금껏 누구도 그의 일초, 일합을 견디지 못했다.

강호십대기병인 칠십 근 금배대도. 이에 전혀 어울리지 않는 금황도법이라는 경쾌한 도법에 도강까지 곁들어진 이후 이덕패는 서패(西覇)의 칭호를 얻고 사파의 황제로 군림했다.

그가 마음을 먹으면 아무도, 아무것도 그의 칼을 막지 못했다. 설령 전설 기사에나 나올 법한 영물이라 할지라도…….

이미 이 갑자에 이르는 막대한 내공과 묵직한 도에서 나오는 투기가 어우러진 금황도법은 극을 이룬 채 귀랑의 정수리를 파고들었다.

차앙!

'챠앙?

당장에 거대한 늑대의 머리는 반으로 갈라져야 했다. 그러나 실제 벌어지는 일은 달랐다.

도강이 무가지보인 금배대도에 서려 있다. '절대'가 무색한 힘의 조합. 누군가, 무엇인가가 이것을 막아낼 수 있다고 생각한 적은 한 번도 없었다.

하지만 이덕패의 믿음이 지금 이 순간 완벽하게 깨져 버렸다. 도강까지 곁들인 금황도법의 그 가공할 기세를 커다란 똥개가 입으로 물어 막아내 버린 것이다.

당황한 이덕패는 내공을 더욱 끌어올리며 귀랑을 떨어뜨리려 했으나 상대의 목을 물어 숨통을 끊어버리려는 투견마냥 귀랑은 한 번 문 금배대도를 굳게 물고 있을 뿐이다.

직접 보고 있으나 믿을 수 없는 일이었다. 그러나 믿을 수 없는 일은 여기서 그치지 않았다.

파앙!

귀랑이 날을 문 채 몇 번 흔들었더니 금배대도가 살얼음 깨지듯 터져 버린 것이다.

경악은 치욕에 의한 분노로 바뀌었다.

"크아악! 오늘 이 미물들을 육시할 것이다!"

이덕패의 하나뿐인 눈에는 이미 이지의 기운이 사라지고 없었다. 자루만 남은 금배대도를 던져 버린 이덕패는 연한 금색의 아지랑이를 피워대는 좌장을 귀랑의 안면에 작렬시켰다.

크엉!

이 한 수는 피할 재량이 없었는지 귀랑은 가공할 위력의 일장을 그대로 얻어맞고 말았다.

그러나 이덕패의 얼굴은 더욱 일그러졌다.

귀랑이 일장을 맞고 떨어진 곳은 진이 쓰러져 있는 곳이었고, 나가 떨어지며 나뒹굴어야 할 귀랑은 일장을 맞고 팅겨져 나간 반동 그대로 진을 물고 도망을 놓기 시작한 것이었다.

이덕패의 금황장(金皇掌)이 짐승을 상대로 헛물을 켠 것이었고, 천하를 오시할 녹림천하문의 문주가 미물의 수에 철저하게 농락당한 꼴이었다.

이를 뒤늦게 눈치챈 편가이가 재빨리 내력을 실은 화살을 날렸으나 모기가 물었냐는 듯 제법 깊숙이 박힌 화살에는 신경도 쓰지 않고 바람같이 숲 속으로 사라져 버린 귀랑이다.

"크와아아악!"

고양이 새끼에게 눈을 잃고 평상시 음식 이상으로는 생각지도 않던 똥개 새끼에게 속아 둘 다 놓쳐 버린 이덕패는 괴성을 지르며 애매한 나무에 장을 날리고 있었다.

이럴 때 분풀이 상대가 되어야 했던 녹림의 수하들은 이미 분위기가 심상치 않음을 알고는 모두 피해 버린 후였다.

달리 분을 풀 상대가 없었던 탓에 슬픈 노목들은 이덕패의 장에 얻어맞아 넝마가 되어 터져 나갔다.

깊은 숲 속, 깊은 계곡에는 한 인간의 처절한 비명만이 메아리칠 뿐이었다.

제22장

인연의 고리는 이어지고

시원한 이목구비가 조화롭게 자리잡아 총기가 엿보이고 구릿빛 피부로 인해 건강해 보이는 아이다.

아이는 제법 가파른 비탈길을 가볍게 오르내리며 작은 호미로 조심스럽게 약초를 캐고 있었다.

아이의 나이는 불과 열 살.

또래와 마찬가지로 작은 체구에 불과하지만 등허리에는 흉흉한 기세의 짤따란 도가 메어져 있고 한술 더 떠서 자신의 몸집보다 더 큰 광주리까지 메고 있었다.

뭔가를 캐내곤 활짝 웃는 아이의 하얀 이에는 평범하지 않은 현기가 흐를 지경이었다.

"호오, 이 신선초는 아직 양기가 충만한데?"

그때, 아이의 눈이 번뜩였다.

심상치 않은 기운이 느껴진 탓이다.

'호(虎)?'

광주리와 신선초를 내팽개치고 등에 매달린 짤따란 도를 뽑아 드는 아이. 단숨에 비탈길을 내리 달렸다.

도저히 어린아이라고는 믿을 수 없는 움직임이다.

쏜살같이 내달리던 아이는 서서히 속도를 늦추더니 이내 상체를 잔뜩 낮추고는 어두운 숲을 향해 조심히 걸어 들어갔다.

호랑이는 아니었다.

호랑이와 같은 기개를 갖추었지만 몸집은 훨씬 작은 표범이다.

표범은 어두운 숲 안 어딘가를 향해 낮게 으르렁대고 있었다.

아이는 최대한 기척을 죽이고 표범의 뒤쪽으로 숨어들었다.

'횡재다! 호랑이가 아닌 것이 아쉽기는 하지만… 먹이라도 발견한 모양이군.'

수풀을 가르고 접근함에도 주위의 가녀린 풀잎들은 숨을 죽이고 있을 뿐이다. 아직도 치기가 가득한 아이라지만 상승의 신법이 그의 발 끝에서 드러나고 있었다.

"수라선풍참!"

느닷없는 괴성과 함께 아이의 몸이 급격히 회전하며 표범에게 쇄도해 나갔다.

놀란 표범이 재빨리 경계를 취해 보였으나 표범이 자리한 사방은 아이의 신위가 선점한 후였다.

그러나 표범이 어떤 동물인가? 호랑이를 제외한다면 누구도 그 위에 군림할 수 없는 맹수 중에 맹수다.

그 이름에 걸맞게 표범은 사방을 잠식당한 불리한 형국에도 가벼운 몸놀림으로 아이의 일검을 피해냈다.

그러나……

서격!

피했다고 생각한 것은 표범의 감각과 생각뿐, 사방에 창궐하던 아이의 칼은 표범의 목덜미를 훑고 지나간 후였다.

크게 벌어진 목에서 핏물을 줄줄 흘리며 비틀거리던 표범은 몇 번을 더 휘청거리더니 결국 주저앉아 일어서지 못했다.

행여 있을 표범의 마지막 발악을 피해 나무 위에 몸을 숨기고 있던 아이가 가볍게 뛰어내렸다.

"헤헤헤, 이놈이면 며칠은 고기 걱정 안 하겠구나. 오, 가죽도 상품인데. 근데 이놈이 뭘 노리고 있었던 거지?"

실눈을 뜨며 어두운 숲 안을 바라보던 아이의 눈이 이내 휘둥그레졌다.

"배, 백랑(白狼)?"

아이가 백랑이라 부르는 짐승. 나무를 등지고 입가에는 선혈을 가득 머금은 채 경계의 날카로운 눈길을 흘리고 있던 짐승은 다름 아닌 귀랑이었다.

소년은 표범을 두고 재빨리 귀랑을 향해 달려갔다. 귀랑은 자신이 아는 얼굴인지 한 번 확인을 하는 듯하더니 마음 놓고 기절해 버렸다.

"야, 백랑! 정신 차려, 백랑! 허어~ 천하의 백랑이 겨우 표범 때문에 기절한다는 게 말이 되냐?! 일어나 봐."

아이가 귀랑을 세차게 흔들었으나 코까지 곯아대며 잠이 들어버린 귀랑이다.

"엉?"

아이는 울창한 수풀 탓에 어두워 미처 알아차리지 못했던, 손바닥에서 미끈둥거리며 따뜻한 액체가 이제야 무엇인지를 알게 되었다. 다름 아닌 귀랑의 피였다.

그러나 아이로서는 믿을 수 없는 일이기도 했다.

아이가 아는 귀랑은 집채만한 호랑이도 한입에 물어 죽이는 엄청난 괴물이었다. 그런 귀랑이 온통 피 범벅인 채로 쓰러져 있었으니 아이로서는 도저히 이해할 수 없는 상황인 것이다.

"이무기라도 만난 것인가?"

아이는 귀랑을 상대할 수 있는 존재는 전설에 나오는 이무기 정도는 되어야 한다고 생각하고 있었다.

생각은 그렇다 치고, 현실은 암담했다.

"젠장! 이놈을 업고 어떻게 산채까지 간다지?"

그야말로 황소만한 귀랑이 아니던가.

그래도 일단 산채까지는 옮겨야 했다. 사모가 직접 봐야 하는 중상이다.

"해봐야지."

아이가 주섬주섬 귀랑의 앞발을 추슬러 등에 끌어 업으려 했다.

툭.

기겁하는 아이.

귀랑을 들어 올리자 그 품 안에 있던 벌건 물체가 발밑으로 떨어져 내린 것이다.

사부의 말에 의하면 귀랑은 분명 수컷이라고 했다. 아이가 확인하기에도 우람한 생식기가 떡하니 자리하고 있었으니 저 핏덩이는 귀랑이 낳은 새끼 늑대일 가능성은 없다는 말이 된다.

아이는 벌건 핏덩이를 자세히 살펴보았다.

"사, 사람이잖아!"

도저히 살아 있는 생명체라고는 믿어지지 않을 핏덩어리는 진이었
다.

아이가 피에 절어 숨조차 쉬지 않고 있는 진의 맥을 짚어보았다.

"아직 살아 있다. 어찌 이 지경이 되었는데도……. 제, 젠장!"

아이가 짊어질 짐은 하나가 더 늘어난 셈이었다.

깊은 산중.

가파른 절벽을 뒤로한 채 작은 실개천이 굽이쳐 흐르고 장송이 병풍
처럼 드리워진 곳에 초라하지만 작지 않은 가옥이 한 채 들어서 있었
다.

잘 정돈된 몇 가지 외간 살림과 작은 텃밭, 그리고 투박한 농기구가
놓여 있어 사냥꾼이 사냥철에나 잠시 머무는 산장 따위가 아님을 미루
어 짐작할 수 있다.

그 앞을 서성이는 오십대 후반쯤으로 보이는 인물. 남루하지만 깨끗
한 회색 장삼포를 입고 있었고, 이미 흑(黑)보다는 백(白)이 성성한 수
염을 목덜미까지 깔끔하게 길러 온화한 인상을 풍기는 노인이었다.

노인의 이름은 공야숙. 이 산채의 주인이다.

공야숙은 아침나절에 나간 어린 제자가 돌아올 시간이 지났음에도
기별이 없자 내심 걱정이 앞서 이리 서성이고 있는 중이었다.

"천랑, 화아가 숲에서 길을 잃을 리도 없고 산짐승 따위에 쉬이 당할
만큼 나약한 아이도 아니니 그만 들어와 조식을 드시지요."

노인을 위로하는 청아한 목소리의 주인공 역시 남루한 옷을 입고 있

었고, 이런 산채에는 어울리지 않는 고운 선을 가진 대략 사십대 초반
으로 보이는 중년의 여인이었다.

그녀의 이름은 민초빈. 산채의 안주인이다.

"그야 그렇지만 녀석이 시간을 이리 지체한 적이 없었질 않소, 부
인."

믿어지지 않지만 이제 육십 줄이 머지않아 보이는 공야숙은 이제 불
혹이나 넘겼을 법한 아름다운 중년의 여인에게 부인이라 부르고 있었
다.

그러나 그것 또한 공야숙이 이제 고희(古稀:70세)에 이른 중늙은이이
며 마흔을 갓 넘겨 보이는 민초빈은 이순(耳順:60세)의 할머니라는 사
실을 알고 나면 그야말로 심장 마비 걸릴 일인 것이다.

"걱정하지 말래두요. 놀이 거리라도 만난 모양이지요."

"녀석이 너무 겁이 없어 걱정이오. 그러다 일내지."

안절부절못하는 공야숙은 근심이 가득한 눈길을 산채로 들어오는
유일한 길목인 둔덕에서 떼지 못하고 있었다.

그때 공야숙의 눈에 이채가 어렸다. 그의 시선을 따라 한곳을 바라
보던 민초빈의 눈에도 놀라움이 가득했다.

산채로 들 수 있는 유일한 길목인 작은 둔덕 위로 거대한 산짐승 두
마리가 포개진 채로 슬그머니 나타난 것이었다.

더욱 신기한 일은 두 짐승의 네 발은 전혀 움직임이 없는데도 느릿
하게 산채 쪽으로 다가오고 있다는 점이었다.

"사, 사부님, 좀 도와주세요. 헉헉."

거대한 두 동물의 품 안쪽에서 익숙한 사람의 목소리가 흘러나왔다.

다름 아닌 그들 부부의 유일한 제자 영연화의 목소리였다.

공야숙과 민초빈은 재빨리 신형을 날려 범과 귀랑을 받아 들었다. 그제야 땀으로 뒤범벅된 아이가 짐승들 틈에서 모습을 드러냈다.

연화는 여느 또래의 아이들과 다름없는 자그마한 체격임에도 팔십 근이 넘는 표범과 백 근은 될 법한 귀랑을 들쳐 메고 진마저 광주리에 담아오는 괴력을 보여주고 있었던 것이다.

무엇보다 놀라운 사실은 까만 피부와 엄청난 괴력을 지닌 이 아이가 이름에서 알 수 있듯이 여자 아이라는 사실이었다.

"허어, 멍청한 녀석아. 들것을 만들어오면 될 일을 어찌 저것들을 몽땅 짊어지고 올 생각을 했단 말이냐?"

"워낙에 급해서 들것을 만들 시간이 없었단 말이에요."

연화는 바닥에 철퍼덕 앉아 급한 숨을 몰아쉬었다. 족히 십 리는 되는 거리건만 귀랑과 표범, 그리고 진을 이고 진 채 뛰어서까지 온 것이다.

"그나저나 백랑은 또 왜 이러느냐."

"저도 몰라요. 약초를 캐다가, 그보단 광주리에 사람이……."

연화는 재빨리 광주리의 뚜껑을 열어 진을 조심스럽게 꺼내놓았다. 연화가 급히 만든 약초가 온몸에 얼기설기 붙어 있었고, 옷을 찢어 크게 벌어진 상처를 동여매어 놓은 상태였다.

연화의 응급 조치에도 진은 시꺼멓게 색이 죽은 입을 딱딱거리며 파르르 떨고 있었고, 안색은 백지장같이 하얗게 변해 있었다.

당장에 낯빛이 변한 민초빈이 급히 진을 안고 신형을 날려 산채로 향했다.

"상세가 위중하니 당신은 약을 내오시고, 화아야, 넌 지금 즉시 물을 끓여라!"

　이미 민초빈은 진을 안고 산채에 들어갔으나 그녀의 목소리는 절벽
에 메아리치듯 울려 퍼졌다.

　"너는 서둘러라."

　공야숙마저 다급하게 말하자 연화도 급히 신형을 날렸다.

　공야숙과 민초빈, 그리고 진과 연화의 얽히고설킨 인연은 이렇게 요
란하게 시작되고 있었다.

『귀안』 2권으로 이어집니다

■ 현우의 총기 교실

우리에게 약속된 땅은 고립무원의 땅이며, 하늘과 땅, 그리고 바다가 우리의 친구이자 전우입니다. 국가가 우리에게 임무를 줄 때, 그때는 우리가 입고 있는 군복이 수의임을 알고 조국과 민족에 대한 뜨거운 사랑을 충용으로 승화시킬 수 있는…….

―707특임대 대원들 각자의 방에 걸린 문구.

귀안에서 주인공 진이 몸담았던 육군특수전여단 아라한 팀은 특전사 내의 특전사라 불리는 최정예 부대 707특임대에서 모티브를 얻었다. 언제나 적진의 한복판에 떨어져 임무를 수행하는 정예 부대. 칠흑같이 검은 군복에 전술고글로 얼굴을 가린 그들은 우리에겐 수호신이지만 적에겐 악몽일 것이다!

본 설정집은 극의 재미를 위해 삽입했으나, 아무리 멋있고 우수한 무기라 해도 결국 살상 무기에 지나지 않음을 상기해 주시길.

권총류

"이것만은 절대로 적에게 넘길 수 없다!"

현우 중장은 10년간 모아온 도색잡지의 구입처와 모싸이트의 주소를 알려주지 않기 위해 최후의 방법을 선택해야 했다.

탕!

위의 경우처럼 권총이 자살용 무기라 생각하시는 분이 많은 듯. 그러나 권총은 엄연히 부무장에 속하는 공격 및 자위용 무기이며 기밀 유출을 방지하기 위한 자살 등의 문제는 각자의 선택일 뿐이라는 사실!

우리 군 특임대 요원의 대부분은 25미터 내의 적의 미간에 정확히 사격할 수 있는 능력이 있다. 이 작은 무기가 그들의 손에 들리면 무시무시한 지옥행 티켓이 되는 것이다.

마찬가지로 본문에서는 삭제되었지만 진의 별명은 '써젼트'. 다시 말해 외과 집도의를 방불케 하는 정밀 사격의 귀재다.

예리고 941(Jericho 941)

제작:이스라엘, IMI

사용탄:9m 파라블럼

장탄수:16발

특징:영식발음 제리코라고도 하며, 이스라엘 발음으로는 여리고. 인류 역사상 최초로 생긴 도시의 이름이다. 일본 애니메이션 카우보이 비밥의 주인공 스파이크가 사용해 더욱 유명해진 총이다. 현재 대한민국의 특경대, 대테

러특임대 등에서 운용 중이다.

다소 무겁고 부피가 크다는 평가를 받고 있지만, 이 때문에 명중률과 안정성이 높아 신뢰성이 높다. 40구경과 45구경 모델도 있다.

양만댐에서 진의 부무장이었으며 소도를 빼내기 전 마지막 무기였다.

K–5(DP51)

제작:대한민국, 대우정밀

사용탄:9m 파라블럼

장탄수:13발

특징:89년부터 대한민국 국군에 제식 채용되었으며, 기존의 콜트를 밀어내고 부무장으로 자리잡았다. 일반적인 더블, 싱글액션이 아닌 패스트액션 방식을 채택해 속사성과 안정성을 높였다. 미주와 동남아 일부 국가에서는 DP51이라는 모델로 판매되고 있으며, 평균 이상의 평가를 받는 것으로 알려져 있다.

박봉구 소령이 양만댐에서 사용한다.

K–5 슬라이드의 한글 로고와 그립의 상표가 없다는 사실을 제외하고는 DP51과 동일하다.

K-5의 수출형 모델 DP51

BERETTA 92FS

제작:이탈리아, 베레타

사용탄:9m 파라블럼

장탄수:15발

특징:말이 필요없는 베스트셀러 모델.

LAPD를 비롯한 각국의 경찰과 군이 제식 채택했으며, 우리 군도 일부 운용 중이다.

그래서인지 영화 등에서는 주로 정의로운 주인공이 사용한다.

다이하드의 존맥클래인, 영화 JSA에서 이병헌이 사용했다.

진이 중원에 가져간 권총이며, 천하제일인 영호성을 나무 위로 도망가게
한 총이다.
극 중간에 몇 차례 등장하며 추후 결정적인 활약을 하게 될 것이다.

기관단총

불순 세력들이 우리의 아들딸들을 인질로 잡고 귀신 씻나락 까먹는 소리
를 하고 있다!
그들을 구하라!
당당히 K-2소총을 들고 테러리스트들을 모조리 제압한 우리의 영웅들!
그러나…
인질들마저…….

이런 상황을 방지하기 위해 인질작전에서는 기관단총(Sub-Machine
Gun, SMG)을 사용한다. 소총탄보다 상대적으로 위력이 약한 권총탄을 사
용해 관통을 방지하여 인질들을 보호하는 것이다.
SMG는 2차 세계대전 당시 독일군의 'MP-38, 40' 이 근접 참호전에서
무시무시한 성능을 발휘하자 미군은 마피아의 살인 청첩장이라 악명이 자자
했던 '톰슨 건' 을 전장에 투입한다.
그러나 기관단총의 빈약한 화력은 전장 환경이 바뀌어 가면서 필요성이
차츰 사라지게 된다.
그러던 중 1972년 세계를 경악시키는 한 사건으로 SMG의 전성시대가 다
시 펼쳐지게 된다.
1972년 뮌헨올림픽 당시 팔레스타인해방기구(PLO)의 '검은 9월단' 이

이스라엘 선수단의 숙소를 습격하여 이스라엘 선수 두 명을 살해하고 열한 명을 인질로 삼아 이스라엘에 억류 중인 팔레스타인 게릴라 이백 명의 석방을 요구한 사건이 일어났다. 구출 작전 도중 경험 미숙과 장비의 부적합으로 인질 전원이 사망하는 올림픽 사상 최악의 사태가 빚어졌다.

이를 계기로 독일군은 정밀한 기관단총의 필요성을 상기했고, 그래서 탄생한 SMG가 바로 유명한 MP-5다.

UMP-45

제작사:독일, H&K

사용탄:45ACP(45구경 권총탄)

유효사거리:100m

특징:수십 년 동안 진압용 기관단총으로 명성을 날리던 MP-5 시리즈의 9미리탄은 방탄복을 뚫지 못하는 약점이 있다. 급변하는 치안 환경에서 테러범들조차 방탄복을 착용하여 기존의 MP-5의 빈약한 화력으로는 인질은 물론 진압부대마저 위험에 노출되는 상황이 발생되어 보다 위력이 강한 45구경 권총탄을 사용하는 기관단총의 필요성이 대두되었고, 이에 따라 탄생

한 것이 바로 UMP-45다.

45구경 탄은 흔히 콜트 45라 알려진 권총이며 근거리에서는 무시무시한 위력을 발휘한다.

2002년 월드컵 이후 대한민국 경찰특공대를 비롯한 특수부대에서 도입, 운용 중이다.

극 초반 양만댐에서 진이 사용하는 주무장이다.

K-7

(사진 출처:유용원 기자의 군사세계 사진 저작권자:유용원 기자님)

제작사:한국, 대우정밀

사용탄:9㎜ 파라블럼

유효사거리:150m

특징:특수전의 백미는 은밀한 기습과 조용한 퇴각이다.

생각해 보라! 화장실 간 사이 나의 동료들이 소리 소문 없이 쓰러져 있다면 대략 낭패!

이러한 임무를 위해 탄생한 무성 무기 체계가 소음기관단총이다.

대한민국 대테러 진압부대 및 UDT/SEAL 등의 특수 목적 부대에서 소음기관단총으로 MP-5의 소음기 내장 모델인 MP-5SD6를 사용해 왔다.

그러나 높은 도입 가격과(정당 약 340만 원), 국내 수요의 증가로 인해 보다 저렴한 국산 소음기관단총(정당 약 270만 원)의 필요성이 대두되었고, 국방과학연구소와 국내 총기 제작사인 대우정밀이 공동 연구해 만들어낸 소음기관단총이 K-7이다.

K-1A 공수부대용 돌격소총를 베이스로 하여 개발 비용과 시간을 줄였다.

사진에서 보이는 바와 같이 탄창 삽입구와 9미리 탄창이 비대칭인 이유도 K-1A의 몸체를 그대로 사용했기 때문이다. M16의 기관단총형인 M635도 이와 같은 형태다.

소음 효과 수준은 111데시벨. 이는 전동차가 지나가는 소리와 비등하며 MP-5SD(109데시벨)와 대동소이한 우수한 성능을 보여주고 있다.

전동차 지나가는 소리가 무슨 소음기관단총이냐 의문을 표시하는 분이 계시겠지만, 70미터 밖에서는 이것이 총소리인지 뭔지도 모를 정도라 한다.

현재 우리 군 특수 임무 팀에 상당수 보급된 것으로 추정된다.

양만댐에서 한진회의 간자인 하철수 하사가 사용한다.

저격총

전장에서 저격수는 그야말로 죽음의 사신이다.

갈리수트라는 특수 위장복을 착용하고 은밀히 숨어 있는 저격수들은 최신의 감지 장비로도 존재를 파악하기 어렵다.

원 샷! 원 킬! 한 발의 총성이 울릴 때마다 전우들이 죽어간다면 누가 있어 의연할 수 있으랴. 보이지 않은 적에 대한 공포는 사기를 떨어뜨릴 수밖에 없다.

때문에 첨단 기술이 집약된 순항미사일이 수백 킬로를 날아다니는 세상에서도 저격수는 여전히 중요한 재원으로 키워지고 있다.

숙련된 저격수는 300미터 밖의 탁구공을 정확히 맞히며 1,000미터 밖에서도 축구공 정도는 맞힐 수 있다. 자신이 축구공보다 작다고 생각하면 1,000미터 밖에서 활보해라!

M24 SWS(Sniper Weapon System) STOCK

제작사:미국, 레밍턴

사용탄:7.62㎜ 51 308윈체스터

유효사거리:800m(탄종에 따라 늘어날 여지가 있음)

작동 방식:볼트액션(수동 장전)

특징:레밍턴사의 M24은 현존하는 가장 정밀한 저격소총 중의 하나이다.

PSG-1, MSG90, 드라구노브(러시아) 등의 반자동 저격소총은 빠른 재사격이 가능하여 저격수의 생존성을 높여주지만, 상대적으로 높은 가격과 어쩔 수 없는 구조의 복잡성, 그에 따른 무게의 증가 때문에 야전에서의 운용은 문제가 많다.

따라서 저격수는 볼트액션(수동 장전)식 저격소총을 더욱 선호한다. 볼트 액션은 매 순간마다 재장전해야 하는 불편함이 있으나, 보다 간단한 구조로 반자동 저격소총보다 정밀한 사격이 가능하고 고장이 적다는 장점이 있다.

이런 이유로 우리 군이 운용 중인 오스트리아제 SSG 3000, SSG 69 등도 볼트액션식이다.

진이 중원에 가져간 소총이며 마황불패 공야숙을 공포에 몰아넣은 소총이기도 하다.

이후 결정적인 순간에 활약하게 될 것이다. 기대하시라!

AN/PVS-10 DAY & NIGHT VISION

M24에 AN/PVS-10을 장작한 모습

MSG90A1

제작사:독일, H&K

사용탄:7.62mm 51 308윈체스터

작동 방식:semi auto(반자동)

유효사거리:약 940m

특징:세계에서 가장 정밀한 반자동 저격소총이라 평가받는 PSG–1은 높은 가격과 부품의 민감도 때문에 전장의 척박한 환경에서는 사용하기 어려웠다. 이 점을 착안, H&K사에서는 PSG–1에서 부품을 줄이고 구조를 간단하게 하여 보다 저렴한 MSG90을 선보였고, 다시 MSG90A1으로 개량시켜 오늘에 이르고 있다.

현재 대한민국의 경찰특공대 및 특수부대에서 운용 중이다.

아라한 팀의 저격수인 채연 중사가 운용했다.

그러나 대테러특임대의 모든 대원들은 저격 훈련을 이수하며 누구라도 매 순간 저격수로 활약할 수 있는 역량을 기본적으로 갖춘다.

진이 양만댐에서 잠시 운용한다.